大魚讀品
BIG FISH BOOKS

让日常阅读成为砍向我们内心冰封大海的斧头。

爱的边境

〔以〕朵莉·拉宾雅 著
杨柳婧 译

浙江人民出版社

每一条河流都涌向了海洋
但海洋从不曾被填满
因为每一条河流都将回归河流
相信我吧
这是潮汐的奥秘
这是渴望的奥秘

All the Rivers

Part 01

第一部分

秋天

第一章

门口站着人。然而，那礼貌的敲门声并没有成功地盖过屋内震耳欲聋的嘈杂声。直至敲门声变得又长又重的时候，我才从胡思乱想中回过神来。

真空吸尘器发出雷鸣般的噪声，音箱里放着涅槃乐队的歌——是最高音量，这一切营造出了一种乱哄哄的效果。现在正是 11 月中旬，一个刚刚进入下午时段的周六。我在早晨处理完一些事情，现在正忙着打扫卫生。在吸干净了长沙发椅和硬木地板之后，正在吸地毯。耳朵里不但充斥着气流空洞的咆哮声，还回荡着音乐声，但是，正是这单调的噪声不知为何带给了我平静。在几分钟之内，我心无杂念，专注地握着吸尘器的软管，清除那些夹杂在纤维里的灰尘和猫毛。脑袋空空，极度平静，集中全部注意力在嵌入地毯中的那些顽固的、带着淡红色的蓝色污渍上。

在吸尘器的噪声减弱后，我迅速地振作了起来。歌曲已经进入尾声，歌手在轻声呢喃，配乐也渐渐弱了下去。在距下一首歌的前奏还有三到四秒的间隔里，因为这突如其来的安静和耳畔空荡而颇感不适的我突然听到了一声刺耳的门铃声，像是一个重获听觉的失聪者，我一时竟不知道该如何应答。

“Rak...”我结结巴巴地用希伯来语应门，“Rak rega...”我充满疑惑地瞥了一眼表，更正了自己，“稍等。”

不过是下午 1:30，可那色彩寡淡、灰蒙蒙的窗外却让人感到黄昏似乎已逼临眼前。透过水汽蒸腾的窗户，从十二楼向第九街的街角和大学城望去，只能模糊地辨认出第五大道上那些高大、华美的建筑，以及冒着烟的烟囱上方那一条像钢铁一般泛着寒光的狭窄的天空。

那穿透力极强的门铃声再次响彻公寓，只在我关掉音乐的时候停了一小会儿。“请等一分钟……”我迅速在门廊的镜子里检视了一下自己的仪容：歪向一边的马尾，脏兮兮的 T 恤，运动裤，球鞋。我气势汹汹地打开了门。

门外站着两个 40 岁上下的男人，都身着制服、系着黑色的领带。右边的那个胳膊下面夹着公文夹，比左边的那个高出一头，正站在我的面前，姿态像是一个将要去拉货的牛仔，要么就是他的两只手上各拎了一只隐形的行李箱。不论是正不耐烦地敲打着黑色皮质公文夹的瘦骨嶙峋的手指，还是他横肉纵生的脸上显露出的宽慰的表情，都证明了他们已在门口等候多时。

“你们好。”我用惊讶的语气有些勉强地说道。

“嗨，女士，我们很抱歉打扰您。我是罗杰探员，这是我的同事尼尔森探员。我们来自联邦调查局，可以进去几分钟问您一些问题吗？”

是左边的那个人在说话——那个像狙击手一样的人。他的制服看上去比他既笨重又结实的身体小了整整两号，他语调温和，把每个单词都说得十分缓慢，还拉长了音节的尾音，就像在嚼自己的舌头似的。我僵住了，像是无法理解他们的名字和职业，也理解不了他话里的含义，直到他那个没耐心还板着脸的高个儿朋友伸手从夹克内侧的口袋中掏出我只在电影和电视剧里见过的东西——一个镀金的、带有浮雕的警徽。

我一定是咕哝了什么，还诧异地、不知为何带着懊恼地眨了眨眼睛。这个动作连带着我那木讷、像聋哑人似的反应，让他们开始觉得我不怎么懂英语。那个高个子的越过我的头顶，将公寓迅速扫视了一遍。一个念头在我心中转瞬而逝，接着，那觉得他们认为我是个清洁工的猜想便被他们紧接着的、盛气凌人的态度和高音量的说话声佐证了。

“只是几个问题，麻烦了。我们想问你几个问题。”他像在对孩子说话似的，把每个单词都重读，让每个音节都清清楚楚，“我们可以进去吗？”

我的尴尬，或者是那种被羞辱的感觉，让我的声音硬了起来。我听到自己的口音因为声音的颤抖而加重了：“我可以知道……”我清了清喉咙，“不好意思，可以麻烦你告诉我为什么吗？”

高个儿“牛仔”眼中闪过一丝解脱。“你很快便会知道的，”他说，并恢复了自己权威的口气，“用不了多少时间的，女士。”

站在厨房里，我给自己倒了杯温水，一口气喝了下去。我没理由紧张，我的护照还没过期，但他们依然坐在客厅里，正等着要审问我的那两个人让我焦虑。我一边从橱柜里又拿出两个杯子，一边想着是不是该给安德鲁或者乔伊打个电话。他们都是正直的美国公民，也都在纽约住了很长时间。最终，安德鲁被选定了：他是我 19 岁时在以色列认识的老朋友，会是证明我守法、可靠的上佳人选。但是，光在内心构想我要在电话里怎么跟他解释这一切就已经让我再次感到口渴了。

等我回到客厅里的时候，发现探员们已经把椅子从餐桌上拿了下来，放回到地板上，那些椅子是我早前为了清洁地板而反扣在桌上的。

高一些的探员已脱掉了外套，正背对着厨房坐着。我看到那个绝非善类的探员站在真空吸尘器的旁边，正巡视着屋内。

“你一个人住在这儿吗？”真空吸尘器旁的探长问道。

一阵痉挛穿过我的手，让托盘上的玻璃杯也晃了晃。“是的，这是我朋友的公寓，”我说，把头歪向杜迪和夏琳的结婚照，“他们现在在远东，正享受着一次长游，我为他们看家和照顾猫。”弗兰妮和佐伊不知躲到哪里去了。

他的目光在水槽和书架下的猫粮上停留了一会儿。“你是怎么认识这对夫妻的？”他又看回那张照片，“这是他们租的房子，还是他们自己的房子？”

“这是他们自己的房子，”我说，一动不动，“我已经认识杜迪好多年了，自打我在以色列时起，他是我儿时的伙伴。他的妻子是个美国人——”

这个探员咕哝了些什么，环顾四周，说：“你是从以色列来的？”

“是的，长官。”

他漫不经心地向窗外望去，我看了他一会儿，然后利用这个空隙走到桌子附近。

“你在这儿住了多久？”

“大约两个月。”我把托盘放下，松了口气，“他们计划在春天来临之前回来。”我郁闷地想起自己的烟抽完了，“但我还有其他的朋友，他就是这儿的人，”我用眼睛搜索着无线电话，打算打给安德鲁，“你可以问问他——”

“问他？”

“我不知道……”我的声音颤抖了，“关于我……”

他转过身，再次看向窗户：“现在还不需要。”

“非常感谢您。”“高个儿”用他低沉、微弱、几乎像是无线电般的声音吓了我一跳。

“什么？”

“谢谢你的水。”他越过水杯向我投来一笑。他有一口好牙，像牙齿美白广告里的牙似的又白又整齐。

我神经质地点点头，从钱包里取出护照，翻到签证那页。尽管知道我的签证还有五个月才到期，我刚刚还是在厨房里再次检查了一遍护照上的时间。

他把护照翻过去，瞥了眼蓝色的封皮，再次返回打开的那页，说道：“所以，你是以色列国的公民，本－亚－米……女士。”

“本雅蜜妮，”我迅速补充，就好像这么做有什么用似的，“莉雅特·本雅蜜妮。”

他的眼睛扫过我紧绷着的脸，落到我那张傻笑着的护照照片上，灰色眼睛上隐形眼镜的光圈清晰可见。

他指了指自己身边的椅子：“请坐。”

“好的。”我轻声说，顺从地把椅子拽过来，椅脚在地板上刮出刺耳的一声，“我是以色列人……”

询问只持续了不到 15 分钟，大多数的问题都是那个凶巴巴的探员问的。他的高个儿同事从皮质文件夹中抽出一张表，淡绿色 FBI 徽章的水印印满了整张纸。他用蓝色的笔在左上角写下时间。然后，从我的护照上抄下我的名字——用的是大写字母，字和字间距很远。接着，他小心地抄下代表我生日的那六个数字。他的字写得既工整又漂亮，十分流畅，就像他让我重复自己的住址、公寓电话和房子主人姓名时从喉咙里倾泻出的声音一样，令人印象深刻。他写下一些神秘的首字母缩略词，还在页尾的选项里打了好几个钩。在继续写另一张表时，他突然抬起头仔细地打量起我的脸。我避开他的目光，低头盯着桌子。我能看到他写下“黑色”，和另一个“黑色”——也许是我头发和眼睛的颜色。接着，他把我皮肤的颜色描述为“深橄榄色”。

这时，那个很横的探员加入了我们。他倒着拿起我的护照，从后面翻开，停在英文介绍的那页。他把护照前前后后地翻了一会儿后，犹豫了一下，又把护照翻回了原来的位置。

“我看到你是在以色列出生的，”他说，“1973 年。”

“是的。”我从椅子上直起身来。

“那么，说明你现在已经二十——”

“九。”

“结婚了？”

我的指甲焦虑地挖着手掌：“没有。”

“有孩子吗？”

我僵硬着，握紧双拳，把双手伸到大腿下：“没有。”

“你的住址？”

“在以色列？”

“是的，女士，在以色列。”

“哦，住在特拉维夫市。”

“你是做什么的？”

我把双手抽出来，抿了一小口水，说道：“我正在特拉维夫大学攻读硕士学位。”

“专业是？”

我记起他之前觉得我是个女仆，就说道：“我有英文文学和语言学的本科学位，我翻译研究文献。”

“哦，语言学……你是个翻译！”他惊呼，“怪不得你英文这么好！”

“谢谢。我是因为获得了傅尔布莱特奖学金才来这里的，”我用一种不带任何感情、公事公办的语调继续说道，“他们帮我办了签证。”

他再次看向我的护照。“将近六个月，”他冲着那份文件点点头，“我确实看到你的签证的有效期是到 2003 年 5 月的。”

“是的，”我稳住在桌下由于不安而晃动的双脚，极度渴望能有根烟，“5 月 20 号。”

“有趣，这很有趣。”他喝完半杯水后说，“你把英语翻译成希伯来语？”

我冷淡地点点头，非常后悔提起了这件事。我本来可以只说我是个来自以色列的学生，对别的绝口不提的，但我一定是想多说点什么来挽救我的尊严。“就是这个。”我毫无兴趣地总结。

他的面部表情没有改变，用粉红色的指甲盖轻敲着玻璃杯：“我想希伯来语是你的母语……”

“是的，嗯，不……”我艰难而情绪低落地继续说道，“我的父母是伊朗移民，但我和姐姐在希伯来长大。”

轻敲声停止了，取而代之的是一声轻哼：“伊朗移民？”

“我的父母是德黑兰的犹太人，他们在20世纪60年代中期移民到了以色列。”

他确认了一下自己的拍档是否把这些全部记录了下来，接着向我转过头：“所以，他们全是——你的父母全是犹太人？”

我再次点头。为了那个带着疑惑表情抬头看我的“高个儿”，我用既响亮又清晰的声音重复道：“没错。”

“这的确很有趣，”那个坏脾气探员继续说，眉毛和额头上的皱纹拧成一团，“那你的亲戚还有住在伊朗的吗？”

“没有，”我答道，这场对话的新方向使我逐步获得了信心，“他们都移民去了以色列，都成了以色列公民，自从——”

“那你自己呢？你最近去过伊朗吗？”

“完全没有。”

“你也许去那儿旅行过？”他再次尝试，“去寻寻根之类的？”

“如果你说这个的话，伊朗并不是一个绝佳的去处，”我向我的护照伸了下头，“他们也许会让我入境，但我不确定我能出来。”

他喜欢我的回答。他带着一丝微笑看着我的护照，把它翻回他用手指卡住的那页。“所以说，你从来没有去过——”他检查盖章的页面，“伊朗。”

“是这样。”

“但是，我根据在这里看到的来判断，你在过去的几年里去过好几次埃及。”

“是的，哦，是的，去西奈。我们以前经常去，但最近那儿变得有些危险。对以色列人来说，我是说……”

他翻到护照的最后一页。在看到他从尼龙口袋里掏出了什么的时候，我不由得闭上了眼睛，我知道等着的是什么。

“这是什么，女士？”

那是我的离境授权，一份自从我退伍之后便塞了进去的文件，尽管它早就变得可有可无了。

“那是 IDF[①] 签发的，它表明我可以随意离开以色列。”在他还没来得及抛出下一个问题之前，我解释道，“在以色列，服役是强制性的。女性服役两年，男性三年。”觉得这解释还不够充分，我在他似乎要开始发问之前继续说道，“我在士兵社保组织服役。1990 年入伍，1992 年服役完毕。”

突然间一口气说了这么多，还那么努力地让自己看上去冷静又随意——虽然我发现眼下的情况已经越来越有趣了——几乎耗尽了我所有的力气。

“现在告诉我，劳驾，”他的声音现在听上去松弛了下来，几乎能算是友好了，“你是怎么做你的翻译工作的？”他合上了护照，并把它递给我，“用笔和纸，或者在电脑上？”

这个问题出乎我的预料：“电脑。”

“一部笔记本？”

我简直不能相信他依然纠结在这个问题上，说道：“是的，我……”

他把双手的十指交叉在一起，放在面前的桌子上：“在这儿，

---

① 以色列国防军。

在家？”

“要不在这儿，要不在大学的图书馆。”

“也在咖啡馆？你在咖啡馆用笔记本工作吗？”

“是的，有时候。”

“你有经常去的特定的地方吗？”

“特定的地方？”我犹豫了，并不确定他的目的，“很抱歉，我不明白……”

“女士，你最近去过一个离这儿不远的咖啡馆吗？在第九大街和第六大街的拐角那儿。”他的同伴递给他一支笔，他在表格的底部签上名，“水族馆咖啡店。”

“水族馆，哦，是的……”

“你也许上周刚去过？在周二的晚上？”

“周二？我可能去过，那是……”

他谦和地闭上双眼：“谢谢你，女士。”

第二章

就在那两名探员离开公寓不到一小时之后，我便去了水族馆咖啡店。这周的早些时候，安德鲁和我约好周六下午在那儿见面。探员在下午 3:20 终于离开，我在洗了个澡并梳妆完毕之后，决定打电话给安德鲁。我想换个见面的地点，去附近的一家咖啡馆，除去水族馆咖啡店外的任何一家。无人接听，我听到了答录机的声音。

“我们现在不在家。”由三个愉悦的声音组成的家庭合唱团高高兴兴地宣布道。安德鲁和桑德拉一年前分开了，但他始终没找到换掉这段答录机留言的勇气。一个很长的哔声打断了他们女儿乔西的大笑声。

“是我，”我边扭进大衣里，边对着门廊上那面镜子里的影像说道，“你已经出门了吗？”我等了一会儿，希望他能回答。真空吸尘器、拖把、桶和抹布都还在探员们突然到访前的位置，“好吧，没什么事。”我挂断了电话。

水族馆咖啡店位于第六大道，毗邻公众图书馆，面朝北十街的拐角。我走到玻璃门前，向里面扫视。大门在我打开它时发出清脆的一声，在关上时又清脆地响了一下。屋外很冷，刮着刺骨的大风，从熙熙攘攘的大街进入这静谧、几乎像热带一样温暖的咖啡馆的那条通道装修得十分漂亮。我沉浸在各式各样的咖啡和糕点的香气中。调子沉缓的钢琴和低音大提琴，还有特浓咖啡机散发出的香味舒缓了我冻僵的耳朵。有一张临窗的桌子还空着。我脱下外套，向侍者点了杯卡布奇诺。

那一对调查员，像俩保镖似的在我心里挥之不去。他们像是一直跟到了这里，坐在了旁边空着的椅子上。我保持了表面的冷静，带着自在的表情小心翼翼地打量着周围其他的顾客：五个人坐在黑木桌旁，有的聊得正起劲儿，有的在翻杂志；两个男人靠在柜台上；一个年轻的母亲在遥远的角落里笑眯眯地和自己的宝宝说话。没有人斜眼打量或者怀疑地瞥我，靠在柜台上的那两个男人中的一个抬起头来看了一会儿《泰晤士报》上的地铁站信息，但很快就平静地看回了自己的报纸。

这一次，我中东人的外表和我本人似乎没有给任何人带来不便。探员们告诉我，有个蠢蛋——一个模范公民，周二晚上看到我在这里，便打电话给警局抱怨，说有个中东人模样的年轻女人有些可疑的举动。他们说，那人汇报说我在用阿拉伯语写邮件，但除了他在语言学上的错误之外——他一定是看到我在用希伯来语写东西，以从右到左的顺序，便假定那是阿拉伯语。我并不能真正理解我身上的哪点或者是我的何种行为让他认为我是个基地组织成员。探员们为占用了我的时间而道歉，解释说自“9·11”起城里就弥漫着一种非常紧张的气氛，很多的恐惧和困惑，但是调查清楚每一次投诉是他们的职责所在。

“可是，你们是怎么找到我的？”把他们送至门边时，我才想起这个问题，“那个人是怎么知道我住在哪儿的？”他们说他可能跟踪我回了家，还看着我进了这栋楼，留心了我去往的房间，并把地址给了警察。

卡布奇诺和一小块黄油饼干一起被送来。我看向侍者的手表，

4:10。门铃又响了：一个女人走了进来，后面跟着一个人。有人走出去了。窗外有一队黄色的出租车在缓慢地“爬行”。在它们之上，公立图书馆哥特式的八角形结构从第十大道的街角处俯瞰向下。它屋顶上有塔楼，最高处带着罗马数字的钟塔也显示了 4:10。

“打扰一下，”一个年轻男人站在我桌子的另一端，“莉雅特？”他把我从沉郁的心境中拉了出来，“你是莉雅特吗？”

我满怀期待地点点头。一个疯狂的想法从脑海里一闪而过：这个卷头发的男人跟 FBI 有关，这是一个策略，他是个卧底探员，是被派来陷害我的。在点头并站起来之前，我困惑地伸直了脖子，用手捋了捋头发。

他松了口气，脸上一亮：“我是安德鲁的朋友。他让我来告诉你，他很抱歉过不来了。”

我现在该怎么描述他呢？我该从哪儿开始？我该如何将这个第一印象从那遥远的时刻中提炼出来？我该怎么描述出他完整的肖像，那由层层色彩构成，却又重回纯净的肖像——那幅当我的双眼第一次停留在他身上时所绘出的草草的铅笔素描，带着它所有的广度和宽度？那可能吗？我真的能保有那毫发毕现的观察、那清晰的估量，当失去之手一遍遍地触摸回忆，用指纹为它们上色的时候？

“他还好吗？”

“一切安好。他和他妻子没沟通好，他现在得去接他女儿了。”

他的声音有些嘶哑，富有情感，听上去湿漉漉的。他英语说得很好，灵活、随意又自信，他语调中无法忽视的口音显然来自阿拉伯语。

“我是哈米。”他的喉音“h”给这个地方带来了一种强烈的、属于异域的声音的回响。他伸出手来，平静、长久地与我相握：“哈米·纳赛尔。”

“哦，所以你就是哈米。”现在都说得通了，一切都瞬间清晰，“你是他的阿拉伯语老师……”

在我的手掌中，依然能感受到来自他的手掌的、令人混乱的触碰：他的手掌因为天气而寒冷又干燥，但手指却很温暖、有力。我试着回想安德鲁还说过他什么。“他是一个那么英俊的、才华横溢的家伙，你一定得见见他。”我记起安德鲁这样说。不知为何，我想起他告诉我哈米是个演员，或者是个戏剧院的学生。

“我们快要上完课时，”他说，随意地指了下大街，“他妻子打来了。”

我的目光跟随着他的手——它缓缓地移动和停在空中的方式吸引了我的目光。“是，他确实提起过你们今天要见面。”我说。

和桑德拉的艰难分手和她留下的空虚感在周末的时候会越发强烈，这让安德鲁怀念起他在雅法租房住的日子。他那时为路透社工作，带着自己的相机在军事分界线上偷偷遛来遛去，从希伯来去往阿拉伯。

我试着找点别的来说，哈米的笑容更加灿烂了。他胡子拉碴的脸上挤出一个酒窝：“他是个好人，安德鲁。他不错。”他两颗门牙中的一颗有点黄，他咧开的嘴里露出淡粉色的上牙龈。

“你……”我奇怪地犹豫了，“你来自拉马拉，对吗？”

他轻轻颔首：“希伯伦，之后是拉马拉。”

“那我们几乎是邻居。我来自特拉维夫。”

在我这样说的时候，我的声音一定停顿了一下。它紧张地躲进了我的喉咙里，因为哈米倚在桌上，像在说一个秘密似的轻声耳语："我知道。"

那么，我该从哪里开始呢？你会怎样把一个人的脸从千万张脸中区分出来？你得用上多少诗行和多少毫无新意的形容词？我该怎么描绘他第一次看向我时的脸，那依然充满神秘感的一瞥？在数不清的棕色眼眸中，我该如何分辨出那双温柔的、坦率的眼睛？它们那睿智又机敏的神情，那有点古怪和不同寻常的神情。我该如何描绘他的双唇、他的鼻子、他的眉毛和下巴？我可以用全新的、不带感情的视角去观察一个印在咖啡馆纸巾上的肖像，那么也许我可以通过坐在旁边一桌的人的眼睛，或者通过那个侍者的双眼来看哈米？

"您想点些什么吗？"侍者问哈米。

他站着没动，看着椅子说："我能坐这儿吗？"

哈米的头发乱糟糟的，像一片卷曲的花灰色海洋，发尾弯向四周。他有双柔和的肉桂色的眼睛，睫毛又长又浓密。有一个瞬间，我以为他涂了睫毛膏。他有五英尺六英寸[①]高，穿着棕色的灯芯绒裤子、灰色的毛衣和一件褪了色的小山羊皮夹克。甚至在此刻之前，在我们握手时，我就注意到了他那双宽大、美丽的手有多温柔。当他点的浓咖啡和水被送来时，他一口气喝光了杯子里的水。而我，在偷偷检视他手指关节上的毛发。他卷起袖子，前臂上有丛丛毛发，手腕上静脉血管蜿蜒。

侍者又端来一杯水，他道谢，然后向我举杯一笑："干杯。"

---

① 1 英尺≈ 0.305 米，1 英寸 =2.54 厘米。

他有个大大的、有些歪的鼻子，以及显眼的鼻孔。透过玻璃杯，我看到它们在微微地震颤。他的喉结上下翻动着。他的肤色比我的浅，是浅橄榄色，他没刮胡子。白色的、黏腻的、因为太渴而形成的黏液在他叹气后依然还凝结在他的嘴角。他喝饱了，“叮当”一声放下杯子。“哇，”他说，擦擦已变得鲜红的嘴，“我确实需要这个。”

事实上，哈米是一名画家，而非演员。他比我小两岁——27 岁。他告诉我，他在巴格达获得了艺术学士学位，1999 年凭着艺术家签证来到纽约——那是四年以前了。他住在布鲁克林弯脊大道，他的工作室也在那儿。他的合租室友叫珍妮。珍妮是半个黎巴嫩人，在学习建筑，她妈妈就是他们的房东。

“但是，珍妮自 8 月起就去法国跟她的未婚夫待在一起了。”他说，咬了一下嘴唇。他经常这么做，他的双唇交错抿紧，像是要给一个句子画上句号：“可他们至今也还没把她的房间租出去。”

我不知道他说了什么让我又想起了那两个 FBI 探员。“你不会相信我今天遇到了什么事，”我突然很兴奋地说，“就在你到这儿之前。”过了一会儿，我轻轻抿了一下嘴，又舔了舔自己的嘴唇，才发现自己是在模仿他——我把他嘴唇的动作复制了一次。在我开始给他讲那个牛仔探员和他的同伴是如何在我清理公寓时出现在门前的时候，我发现自己再次因为这件事而感到震惊和沮丧，依然不能相信这一切都发生在仅仅两个小时之前。可是，它们现在听起来很荒唐，甚至有些滑稽。

“你从没遇到过这种事？”他问我。

“什么，被跟踪？”

“不，有人认为你是阿拉伯人。”他笑了，“因为你看上去确实有点……”那是个可爱的微笑。

“什么？像是个险恶的中东人？”

“没错。”

“事实上，当我在远东旅行时，他们说我看着像个印度人，或者巴勒斯坦人。”

“我也总遇到这种事。”

“在这儿，人们一般觉得我是希腊人，或者墨西哥人……”

“我被错认过好多次！巴西人、古巴人、西班牙人……还有一次，一个人觉得我是以色列人。在地铁上，一个人开始用希伯来语对我说话。我告诉他，‘抱歉，先生……’”哈米被什么分散了注意力。“我不会说希……”我接着说道。他担忧地在大衣口袋里翻找。“稍等。”他的左手伸进另一侧的口袋，一大把硬币叮当作响，“我得找个东西。”

他探身取来自己的包——一个破旧的橘黄色双肩包，包口大开。他开始把里面的东西猛往外掏：长羊绒围巾，棕色的手套，厚实的螺旋装订笔记本，皱巴巴的药袋，合拢着的牛仔布笔袋，地铁线路图，压扁了的好彩牌香烟，另一副手套。

我接住一个掉出来又滚过了桌子的银色圆盘，问他：“你在找什么？”

“没什么，”他小声说，“只是钱，但我把它放在……”

他把拇指伸进笔记本里，把本子从后往前翻，一系列的铅笔素描一一展现：浓密的睫毛、水的波纹、卷曲的头发、贝壳……穿插在素描间的，是一行又一行带着弧度的阿拉伯文，它们在纸上上升又下降。哈米把整个前臂都探进背包里，努力地翻找，接着又很快地抽出来，用手拍拍自己的胸膛。他把手伸进毛衣下的衬衫口袋里，在掏出一沓钱之后终于松了口气：那是一张 20 元、一张 50 元和一张灰色的 100 元纸币。

我几乎要开口求他展示一下那个笔记本，这样我就能看看那些素描了，但他已经收拢了地铁票和桌上的纸，说他得走了。塔楼上的罗马数字显示出 5:05。他说他得去绘画用品店买些颜料。他放下一张 20 美元的钞票，叫来服务生："他们 6 点关门，而我没有蓝色颜料用了。"

"只是蓝色？"

蓝色和绿色总是不够用，他说，因为他总是画很多的水。"你来我工作室的时候就能看到了，"他在我扭头看向走过来的服务生时补充道，"很多很多的水和天空。"

"我想我会去的。"我转头，像在尝试着记起什么事似的皱起眉头，或者是像在这一刻被什么烦心事给困住了，"也许什么时候和安德鲁一起去。"

但哈米依然坐在那里看着我，甚至是在我已经站起来，穿好大衣之后。"为什么要'什么时候'？为什么不现在就来呢？"他问道。

第三章

屋外，繁忙的大街已经渐渐转暗。今年头一场雪在几天前的晚上降临，空气里弥漫着圣诞将至的喧闹气氛：光秃秃的树上挂好了一串串微型彩灯，商店也在橱窗里摆上了驯鹿、雪橇的模型和被装饰成红色与绿色的圣诞树；远处像玻璃一样光滑的摩天大楼闪着光。在这个夜晚，连街灯、照明灯和交通指挥灯似乎都比平时更明亮了一些。又或许只是寒冷让所有东西都闪闪发亮，是冬日的潮湿替空气抛了光，还让我的眼里涌出泪水。

我们穿过汹涌的人潮，一直在聊天。有两次，一眨眼的工夫，我觉得我在人群中辨认出了某个人：先是一个女人长得有点像我的牙医，然后是一个在特拉维夫的旧识。在他们出现又消失之后，我还能从他们眼中看到我和哈米——从那些路过的人的眼中。在隔天打电话给我姐姐时，我几乎能听到自己对对方说的话。我能听到她因为那个在第一秒就划过我心上的疯狂的主意而大笑：所有的一切都是一场阴谋，安德鲁的临时爽约，他的阿拉伯语老师，我们在咖啡馆相遇的概率……这些都是联邦调查局的探员为了陷害我而精心策划的情节。

我们路过联合广场和乔治·华盛顿纪念碑，接着来到百老汇的北边。我的脚步跟随着他的步伐，变得愈加精力充沛，身子也慢慢暖和了起来。我们停在进入第十八街的信号灯前，又继续向前走过第二十街和第二十一街。我们的聊天终于不再那么拘束了，话题飞快地从一个跳到另一个。我发现自己因为这令人愉悦的叽叽喳喳而不自觉地变得高兴起来，那笼罩在我们上空的、愚蠢的自我意识似乎消散了。哈米与我一样，变得更勇敢、自信，更放松，也更自然了。当我们在人潮中艰难地挤出一条路，穿过大街时，我能感觉到他的手在轻轻地引领着我的胳膊，又在我的大衣后面稍停了一下。他的双眼——那双在咖啡馆里深深凝视着我的双眼，在这人潮汹涌的大街上依然追随我左右。他除去向前看路，便是直直地望向我，不错过我说的每一个字，为我脸上每一个异样的表情而紧张。

“那之后，我们就分手了。”我说，直接跳到了故事的结尾，“我把自己所有的东西都搬出了公寓。两周之后，便到了这儿。”

他停在我身后，躬身在人行道上系鞋带。“四年……”他顿了一下，不知为何有些严肃，他站在人行道的边沿上，双眼依然注视着我，像是我随时都会消失一样，“那是相当长的一段时间。”

“是的。”我点头，“相当长的一段时间。”

我转头去看第二十三街拐角处那个小小的混凝土操场，同时感到他的目光依然在我身上。更远处，熨斗大厦圆形的长鼻子隐约可见，还有麦迪逊广场公园里的树，以及来来往往的行人与车辆。“什么？”我因为没听清他说的话而问道。

他把身体的重量移到左脚上，弯身去系左脚的鞋带：“我说，看上去你把这事放下得很彻底。”

他的碰触所带来的温柔，他充满诱惑的双手。我的目光不住地落到他的手指上，被上面一簇簇的黑色绒毛所吸引。

他飞速地瞥了我一眼：“不是吗？”

“眼不见，心不想。”我调侃地说，并注意到他又把头低下去了。

他错过了我故作洒脱的耸肩。我很有负罪感地想起诺姆，好奇当他知道我如此轻易地就忘记了他，以及我们夏天分手所带来的所有伤痛时，会有何感想——如果他看到我是这样毫不客气地把那些痛苦的懊悔、那些眼泪和那些带着渴望打回以色列的电话都抛在了脑后的话。我突然想知道诺姆是不是已经在用漫不经心的心情谈起我了。他是不是和我一样，在遥远的特拉维夫，正和一个新的女人说起我，还耸耸肩？

“是啊，对吧？我们也有这个说法：Ba’id an el’ayn，ba’id an el’kalb.‘看不见了，心就不想了。’”他系紧那根鞋带，“这话真是正确得让人惊叹。”

那些从他双唇中流淌出来的阿拉伯语，不知为何让我想起诺姆曾经从预备役中带回家的一个笑话，我们一直觉得它特别可笑。他和其他人都用这笑话去整路过他们检查站的巴勒斯坦人。“Inta bidoobi?”他说他们在检查某个人的文件时会这么问，“你是吗？你是 bidoobi?”他还会模仿那些巴勒斯坦人模糊地回答：“Shu?”他们就会问：“什么？Shu bidoobi?”

在哈米站起来的时候，我很好奇，如果诺姆现在看到我会说什么，他会怎么想我。

“你住在哪儿？”他在我们继续前行的时候问，“在特拉维夫的时候。”

我说不清为什么，但他说话的方式里有一种什么东西，他的阿拉伯口音中有点什么——“在特拉威？”（特拉维夫，哈米的错误发音。）让我对他的亲切感中又新加入了一种温暖。

“我们住在海边，在他父母的公寓——”

“真的吗？”他的眼睛睁得很大，“在海边？”

他的反应逗得我大笑：“距海滩两分钟路程。”

“哇！”在又走了几步之后，他说，“你能从窗口看到它吗？”

我又笑了起来。我告诉他，我们的厕所是唯一有朝西窗户的房间。从那里，如果你越过很多屋顶，可以看到一条水带。有那么一会儿，我描述起我过去晒衣服时看到海的样子：大海越过热水箱和屋顶上的卫星装置，像一片锐利的玻璃一样冲我眨眼睛，憋屈地挤在喜来登酒店和它旁边的建筑之间。等情绪平复后，我抬起头看天，心里塞得满满的，双眼含泪：“啊，那片海……那片海。”我深深吸进一口空气，“没有什么比得上那片海。”

我能感觉到他也向上看去，我用一种梦呓般愉快的语气说起了一年当中的这个时候：特拉维夫的夕阳多么美丽，深秋的夕阳，我此刻愿意为了能回去一趟而献出所有。“只是去看一场落日，然后就回来。”

“嗨，快看！”我指着突然出现在林立高楼上空的月亮。

他小声地说了什么，从胸中长长地舒了口气，肩膀也垂了下去。

“你说了什么？我没听见。”

“月亮……”他垂下眼，再次和我对视，“它几乎要圆了。”

几乎要圆了？我挣扎了一会儿，然后犹豫地说：“难道不是正相反吗？”

他的眼皮看上去十分沉重，眼神也开始散开了，像是很投入地在考虑别的事：“什么正相反？”

我说在月亮开始变化的时候，是从新月面向左开始的。所以，我们头顶上的那个事实上正在经历月亏：“看到了吗？它脸朝右。”

“我不知道，”他说，依然漫不经心地望着天空，“你确定吗？”

“绝对。”我在空中追寻着记忆里相关的希伯来单词——gimel 和 zayin，“我们有自己独特的方式去记它，因为希伯来单词的形状。”

我们到达美术用品店的时间是 5:50。哈米径直走向油画颜料区。我跟在他身后穿过了一条由彩虹的颜色组成的斑斓的走廊。在他来来回回地挑选自己需要的颜色时，我仔细地看着那些粗大的铝管，阅读标签上的名字。

在走廊的尽头，我们来到了蓝色颜料区。这里，很多纯色度和次色度呈扇形摆放着——从非常深的到极度浅的。有墨水蓝和靛蓝、天蓝和青蓝、海军蓝和婴儿蓝……一些颜色有着诗一般的名字，像午夜蓝、湖蓝和瓷器蓝。这儿还有基于金属颜料的色调：钴蓝、锰蓝和荧光蓝。一些颜色甚至还有国籍，像法国蓝和普鲁士蓝，还有英国蓝。

“快看这个！”我拿给哈米一管颜料，“哥本哈根蓝。”

他选择了孔雀蓝、风信子蓝和蔚蓝，还在颜料管中为我搜寻到另一种色调的颜料：这是一种非常贵的颜色，是用一种稀有的蜗牛做的。还没等我好奇它是不是提比利亚—— 一种独特的蓝色，常用来给祈祷披肩的边角染色——我也还来不及弄清楚哈米知不知道这件事，他便向上张望，还冲过道挥手。“这些难道不会让你有种奇异的饥饿感吗？所有这些？”他贪婪地看着我身后的货架，“就像是你想把它们全吞掉。”

“吞掉”，他说这词的时候大张着嘴。有一瞬间，我能直接看到他的喉咙，喉咙里面是黑色的，上腭是红色的。我被他选中的这个可爱的英文单词打动了，“吞掉”——听上去既迷人，又使人诧异。

“喂，”我在我们离开商店时说，“你潜过水吗？浮潜或是带着水肺潜，你潜过吗？”

他傻笑着摇摇头：“没有。”

我炫耀了我在六年前和诺姆一起上课后获得的高级潜水证书，还给他描述了沙姆和沙克斯海湾的珊瑚礁——在西奈沙漠：“你根本想象不到那有多棒，真的很不错……”

“沙姆沙伊赫？”他的眉毛挑得更高了，“在红海？”

“是的，沙姆沙伊赫，”我扭头说，因为他走在了我后面，“还有宰海卜和努韦巴口岸。”

他掏出自己的好彩香烟，向前迈了一大步，并抽出一根来：“抽吗？”

我点点头，从他手中接过：“谢啦。”

打火机在他手里“咔咔”地响了好几次才勉强冒出微弱的火，像是随时都要熄灭。“过来点，”他用手围住火苗，“快。”他靠近了些，我们把头都歪了歪，像是在分享一个秘密。但是，那火苗并没有变得强壮一点，它只点燃了烟的边缘就灭了。哈米又靠近了一些：“因为风。”

我从自己的这侧护着打火机：“是啊，今天多风。”

我能感到自己绷紧了的脸和严肃的表情。我一度觉得自己能感觉到他的卷发扫过我的前额，他又轻又暖的呼吸在风里从我的脸颊上划过。我很好奇他这样看着我的时候——从高我半个头的角度，是不是能从我的太阳穴看到我的脉搏在狂跳。

火苗变红了，随着一声轻响变得更亮。“嗯嗯……”我吸了一口，带着解脱感向后退了一步，“谢谢。”

“很好。”他满意地看了烟圈一眼，接着把包装纸揉成一团，径直丢入我们身后的垃圾桶里。

“但是，哈米——”

打火机仍然闪着光，像是在夜间航行的信号灯。“什么？”他问。

“这是你最后一根了。”

“所以，”他迅速又潇洒地用剪刀手从我手里抽出那根香烟，“我们会一起抽它。”他直接吸了两口，第一口吸得很猛，第二口短一些，“Beseder?”

他知道几个希伯来词和短语：Beseder（好的），Balagan(混乱)。他在我们走路时又说起几个：“把那个给我。”“早上好。”“你好吗？”我在他突然开始哼一首很老的广告歌时大笑出声。他哼道：“Ze tov, ze Osem！”

见我没有回应，他重复道：“Beseder?”这让我更加混乱了。我不确定他在问什么。我迟疑地盯了他一会儿，我们的视线紧紧地黏在了一起，像是那两根捏着香烟的手指，灰色的烟圈在风中盘旋上升。

“当然。”我从意乱情迷中清醒过来，把手拿开，“它是你的。”

“但现在它也是你的了。这儿。”

“那么，就一起吧。”

“嗯，一起。”

我们从二十七街走回百老汇，继续向布鲁克林的地铁站走去。这一部分的百老汇更像是一个批发市场，不那么适合游览。这里的商店都相对平民，卖一些廉价的衣服、球鞋、假发和女士皮包。我们停在一家小面包房门前，买了两杯拿铁和一些新鲜出炉、热气腾腾的椒盐卷饼。在这之后，那个话题莫名其妙地又出现了。

“你得试试，”我说，“真的，一旦你有机会。”

他吃惊地大笑：“什么，潜水？”

“听着，”我把右手放在心脏的位置，“它真的很美妙。”

他挑起眉头：“有些关于我的事情。”他像我一样把右手放在心脏的位置，“我有三件事不知道怎么去做。”

“只有三件？那还不坏嘛！”

“三件男人应该知道的事情。”

“应该？”

“是的，一个男人该知道怎么开车，但我不会。我从没开过车。”

“Walla？”我表示惊讶。

他咧开嘴笑了，就像我之前说阿拉伯语“walla”或是“achla”时那样。

我竖起自己的拇指，开始计算他的缺点：“你不会开车。”

“我不知道怎么开枪。”

无意之中，我的拇指和食指摆出一个孩子气的手枪造型：“好吧……”

“还有游泳，我不会游泳。”他看到我的脸拉了下来，“我是在希伯伦出生和长大的，”他像是在道歉似的说道，“那儿没海。”

“我知道，但是……”

“然后，我们就搬到拉马拉了，那儿也没海。”

“没错，但是加沙呢？”我发出有些烦人的高声尖叫，“你们在加沙有片海！”

他疲倦地笑笑：“加沙那片海？”他接着列举了 IDF 从西岸到加沙地带设下的重重关卡：一大堆许可证，还得等上好几个月。“我，从我是个孩子开始，”他说，看上去连他自己都无法相信，“只去过海边三次。我只去过三次。”

在几步之后，他意识到我停下了脚步。所有我说过的话，那些兴致高昂的喋喋不休，那些带着兴奋的提问。“哈米，我……”我欲言又止。

“Nu，拜托，”他浅笑着伸出手，“我不会因为这个就把你扔到海里去的，我们走吧。”

我们安静地走了一阵。我不知道该说些什么，除了我们的脚步声，什么声音也听不到，那空洞的“砰砰”声一次次地敲击在人行道上。

“但是，总有一天，你知道，”他以令人惊讶的高涨情绪说道，“总有一天，它会变成大家的海，然后我们会一起学习怎么在里面游泳。”

“一起？”

“是的，一起。”然后，他似乎突然又不确定了，开始掏自己的大衣口袋，“我去……”

“一起去哪儿？你在说什么？”

“等等，等一下。我的钥匙，我找不到我的钥匙了。”

第四章

围巾和笔袋又被翻了出来。棕色的手套，厚重的螺旋装订笔记本，这一次都被他暴躁地猛抽出来，地铁图、一把折好的雨伞都被倒在了一辆停在路边的车的引擎盖上。

他不敢相信地摇摇头，在人行道上跺脚，生气地把大衣扯下来，翻了一遍又一遍，就像他对那个被清空了的背包做的那样。他脸上有种痛苦的嫌恶表情。我留心着硬币的每一个叮当声，俯身捡起滚到人行道上的两个 25 美分和几个便士的硬币。行人从肩膀上方扫我们一眼，又无所谓地继续前行。笔记本的纸页在风中翻动。我看着他绝望地掏着自己的裤子口袋，不住地用牙齿划下嘴唇。

“等一下。”我给了他一个鼓励的眼神，小心翼翼地把一只手放在他的胳膊上，试图让他想想最后一次拿着钥匙时的位置，“可能是颜料商店，可能是你在付款的时候……”

“没有，”他自言自语道，沉重地合上眼皮，重重地叹了口气，“我不这么认为。”他再次睁开双眼，看上去很受挫的样子，“一定是在咖啡馆，我把支票拿出来的时候。”他觉得在他把钱从口袋里掏出来的时候，曾经听到钥匙发出的响声。

我们走回百老汇，但这一次是向南走，从二十八街走向第九街。我们快速地走着，目标明确，留心查看着人行道上每一个闪着金属光泽的物件。走到联合广场，右转，然后左转，接着走到第六大街。哈米精力充沛地迈着大步，为我在人群中开辟道路，我跟在他身后。我们在无数双移动着的脚边搜寻，以防钥匙是掉在这路上的。我们走过了之前的那个橱窗，和一起看过的那条灯火辉煌的小路。同样的商店大门、巨大的百货商店，同样排成一列列的树、背阴的树梢和办公大楼，现在都在我们的左侧，黑黝黝的，还上了锁。

同样的场景让我再次想起我们之前的聊天，一小时前，我们去往百老汇时所说的每一句话，但是那段对话现在是在倒叙播放，从结束到开始。像是从后往前播一卷录像带，潜意识的信息从嘈杂的声音里浮现。或者往后倒一卷录音带，回放的片段扭曲着，吱吱作响。我的负罪感变得既强烈又尖锐，心脏加快了跳动的频率，配合着我们急匆匆的脚步声。在回顾中，我注意到了所有在之前被忽略掉的细节。在我带着渴望聊起特拉维夫的海的时候，在我东扯西拉地表述自己在西奈山开车探险的时候。我记起他在那时是怎样地保持了沉默，或者在当下是怎样地无所回应。我记起他在这个路口严肃地看了我一眼。还有，就在这里，当我们停下来抬头凝视月亮的时候，他深深地叹了口气。

而现在，我开始调整自己每一个语调和表情，说话前会考虑两遍后再开口，小心地措辞，以防任何由我说出口的英文造成他人的误解。在他说话时，我睁大眼睛看他，带着显而易见的注意力集中的神情热切地点头。当他侧转身，冲着路的拐弯处一个为骑车人设立的标语牌咯咯笑时——“错路”，上面写着，我爆发出一阵做作的笑声。在我参与的这个搜索钥匙的活动中，我那样仔细地查看人行道上每一英尺，都是为了补偿、为了修复、为了重新获得那些已经失去的——一种已经不复存在的自然和随意感。

犹太教——犹太教——犹太教——犹太教，南曼哈顿所有的熟食店似乎都变成了犹太教的，我还在橱窗里看见越来越多的烛台亮在圣诞树中。我们遇上了两个戴着 streimel 和双边锁的正统派的男人，这条街的前面有一家文身打洞店，里面飘出了雷鸣般的中东鼓的鼓声。又一排的“胡姆斯[①]餐厅”，还有一家街角的小店在卖外文报纸和杂志，包括与阿拉伯标题并排的《以色列晚报》和《Yediot 美国》[②]。

我们走进一家寂静无人的酒吧，请求借用卫生间。当我站在女士洗手间的小隔间外等着里面的人出来时，忍不住幻想在墙那一边，男士洗手间里的哈米是不是也在读着小门锁上的文字——“有人”，并也同时联想到“占领”[③]。

在我那一连串的敲门声后，一个模糊的声音从隔间里面传来：“稍等。”

此刻，独自站在这里的我重新想起刚刚在人行横道上差点发生的事：沐浴在街灯发出的淡红色光芒中的哈米，突然望向我，他的目光在我的脸上流连，停在我的嘴唇上。我确信他要倾身过来吻我了，我浑身僵硬，无法移动。我记得我们之间汹涌的气流，和那令人颤抖的、几乎就要出现的一刻，但这一刻突然被变绿的信号灯打断了，周围的路人都涌上了街道。我没意识到自己又开始敲门了。

“马上！”

---

① 鹰嘴豆煮熟压泥后加入芝麻酱制成的小吃。

② 另一种以色列报纸。

③ 同一英文单词的不同释意。

我压抑着自己需要上厕所的急切渴望和脑中响起的恳求的声音，那声音像是一直在等着我落单好抓住我：“你以为自己在做什么？你在玩火。那是诱人的灾难。这就是你在做的事吗？你难道不是已经有一堆烦心事了吗？你这样做有什么用？”我突然感到很需要看看自己现在的样子，想知道他在人行横道上看到的我是什么样的。但是，这儿的水池和擦手纸器上都没有镜子。直到我把双手夹在大腿间，局促地走到门口，才在急救用品柜黑色的玻璃上看见了自己的形象——那是一张愁云密布、饱受折磨的脸。

那是什么时候的事了？五年或六年以前。我在特拉维夫搭乘一辆小型公共汽车。车从老旧的中央车站始发，可还没等我们拐过弯到达艾伦比街呢，就遇上了严重的交通堵塞。那是中午的时候，这辆小型车里几乎是空的。两名乘客坐在最后，我前面坐着一位女士。司机没来由地厌倦了广播里的音乐，开始快速换台，很多冗词和曲调的片段一闪而过。司机终于找到了一个宗教电台——以色列国家新闻台，或者什么类似的电台。他停在那儿，并在播报员大声喊的时候调高了音量：“大量的年轻女孩——犹太女人，每一年！”

那是一个米兹拉希老人深沉、温暖的声音，发音时喉音很重。“以色列的女儿们！迷失了的灵魂！”他接着喊，“被引诱去皈依了伊斯兰教，仁慈的上帝！跑去嫁给了绑架她们的阿拉伯男人，还被带到了乡村，被毒害、被殴打，和她们的孩子一起挨饿，被像奴隶一般地捆住。在以色列中部、在北部、在南部……”

透过布满灰尘的窗户，我能看到一排蓝色的巴士在夏日的光芒中缓慢地向艾伦比街行进。那个声音还在继续："姐妹之手——一个由拉比艾伦斯特创办的机构，帮忙解救那些姑娘和她们的孩子，把她们带回犹太教，让他们重新回到犹太人民温暖的怀抱。捐款或者想要接通急救热线，现在就打电话……"接着，我听见坐在我前面的乘客和司机的聊天。我记得她在跟他讲她小姑的女儿——就是爱上了阿拉伯人的姑娘们中的一个："是她们住在卢德时，家旁边建筑工地上的工人。来自纳布卢斯……"

"噢，噢，噢，"我想起那个司机倒抽着气的回应，然后他啧啧地说，"上帝帮助我们。"

"而且，他长得一点儿也不像阿拉伯人！"那个依然处在震惊中的女人补充说。

司机又啧啧了一声："那些才是你应该格外留心的。"

她给他讲那个男人是怎样说服那个女孩的，一开始给她花了好多钱，买的礼物堆成山。她可怜的小姑哀求那个女孩不要跟他走，哭得撕心裂肺，但是于事无补。那个女孩和他约会了几个月，是怀着孕结婚的。"现在，她在纳布卢斯过得一团糟，你都无法想象……"

"老天啊……"

"已经有两个孩子了，还又怀了孕。"

"上帝诅咒他们所有人。对他们来说，这可是件大事，一种骄傲。"

"她都不剩什么牙了，他打她打得非常狠。"

"那些禽兽！对他们来说，抓住了个犹太女人可是件大事。"

有人在隔间里大声地冲水。当门终于打开时，一个长腿的金发女郎走了出来。她咕哝了句什么，向后指了下门。“小心！”她大声说，指了指马桶下的一个水坑，“那儿很滑。”

我踮着脚走了进去。在坐便器上蹲下，无比解脱地释放出大量尿液。那个女孩的声音还在我耳朵里回响，混合着水箱注水和墙上管子持续的哼哼声：“小心那儿很滑，小心滑……”

我突然好奇这是不是一个征兆：那个年轻的女人，交通灯在最关键的时刻变了颜色，钥匙。是的，那些丢了的钥匙——那是我不该去布鲁克林的征兆。把那些钥匙弄出他的口袋是个天赐的干扰，上帝之手把我从可能发生的事上保护起来，他伸出手给这个还没开始的故事画上了句点。我心里再次升起一种不好的感觉，它在推和拉之间交替闪烁、在吸引力和恐惧感之间闪烁。当水箱终于注满时，这个空间里只剩排气孔单调的呻吟声。什么都还没发生，明白吗？你还能改变主意，你现在可以离开，然后回家。我站起来，整理好衣服，再次大力地冲水。

我走出去洗手，决定帮他找到钥匙之后就回家。在我们回到水族馆咖啡店时，我会温和地道别。我们也许会交换电话号码，在脸颊上轻吻，然后我会直接回家。但即使我一边用纸巾擦手，一边如此告诫自己，我也知道它们不会发生。我知道它们只是些我用来安慰自己的空洞的话。又一次，仿佛是不由自主地，我看见他的目光锁定我的嘴唇，落在他卷曲的发梢上的红灯的光像团团火焰。我看到他发自内心的微笑和我们之间让人战栗的气场。

水族馆咖啡店已经换过班了，一个新的侍者接待了猛冲进来的我们。她看着我们向窗前的桌子进军，弯下膝盖去搜索椅子底下的区域。

据她所知，没人找到过任何钥匙。厨房的工作人员和经理也证实了这一说法，经理还打电话给之前那班的服务生询问情况。

“你打算怎么做？”我在店外问哈米。

他依然在人行道上认认真真地搜索着，用阿拉伯语嘶嘶地说着什么。他再次仔细地掏着自己的大衣口袋。

“你愿意去我那儿吗？”我指向第九街，“去打个电话？”

我怎么能在此时抛下他呢？我该怎么告诉他我要回家了，他只能靠自己？我没缘由地感到了一种责任，我们像是被那一丝的负罪感绑在了一起，一种共同的命运。

他走向前，一直在仔细地搜索道路的边侧。“我首先需要一支烟。”他说。

早些时候，在我们走回百老汇的时候，我说如果最坏最坏的情况发生，我们可以找一名锁匠。我告诉他在 7 月的时候，我刚搬进公寓不久，门“砰”的一声把我关在了外面。那个锁匠 40 分钟就赶到了，很轻易地弄开了我的门锁，又装了一个新的。

我赶上他，指指一个从树干后露出来的付费电话。“我们打个电话，现在请他过来。”我说着，伸手去掏包里的电话簿，“这样的话，在我们赶回你公寓的时候，他就会在那儿了。”我又说了一遍同样的话，但已经不确定会陪他去布鲁克林了，我怀疑这个夜晚再继续下去的话是否有任何意义。当我在包里翻找时，正对上他因为听到金属的叮当声而睁大和亮起火花的双眼，直到他意识到那是我的钥匙在响。我再次被一种负罪感模糊的回响和那不可避免的象征意义所困住：他钥匙的丢失和我钥匙叮当声的出现，正是我们在以色列悲惨境况的一种简单化的象征。我甚至漫无边际地从钥匙想到了巴勒斯坦人的老房子。他们把老房子从祖父母辈一直保存下来，同样被留存的是重返被遗弃的家园、土地和水源的梦想。

在我们走近街角的香烟摊时，我看着哈米，好奇这些事会不会也在他的心里盘旋。他在一棵树旁边停下，转身背对着我，我在想他会不会告诉我他也同样意识到了这种讽刺。不管怎样，那些我迅速瞥向他的眼神（他突然大声地清了清喉咙并吐了口痰）已经足够让我确信他此时正在被比回家的权利更为迫切的问题所烦扰。

一个胖乎乎的年轻印度人经营着这个香烟摊。“好彩香烟，”哈米说，掏出一张 50 美元的钞票，“再给我一个打火机。”

“如果我没记错的话，他并不是很贵，”我说，并翻着我的电话簿，“大概是 50 块钱。”

哈米扯掉玻璃纸外包装：“谁？”

印度人把找钱递给他：“给您，先生。”

“那个锁匠。”我拒绝了他递来的烟，“是一个很好的爱尔兰人。”

“怎么了？”印度人问，带着明显的口音，“你被锁在外面啦？”他看上去好奇和热情得过分，“你需要一个锁匠？”

哈米护住打火机的火焰以防被风吹熄，点燃了一支烟：“大概是这么一回事。”他在转向印度人之前向四周望了一下，“也许有人找到了几把钥匙，并且把它们送到了这里？”

印度人拿出一张名片，但哈米还在坚持：“是一小串，两把钥匙，拴着一个类似高音符号形状的红色钥匙链。”他用手在空中旋转出那个形状，“你见过它们吗？”

那个香烟摊主露出一个大大的微笑，嘴角咧到了耳朵根：“如果有人捡到了你的钥匙的话，那应该是杰克逊，”他自信地回答，“杰克逊老在这一片晃悠，从街上捡东西。”他直直地看着哈米犹豫不决的脸，“去联合广场，说你在找威尔彻·杰克逊。”

“威尔彻？”

“噢，拜托，”我怀疑着抗议道，“你不会真的——”

“但它就在那儿。”

我在第十四街上的某处放慢了脚步，并请求他停下。我的脚正疼痛不已，寒风让我的眼睛里全是泪。这整个的长途跋涉，从北到南，从西到东，来来回回，像是个不会结束的迷宫。他坚持的计划是由一个天真的信念所决定的，他相信他可以在人群中找到一个可怜的、无家可归的人。我像他的人质一样疲惫不堪地跟着他穿过街道，被刺骨的寒风掠过，无法挣脱。我应该在我们搜索过咖啡馆之后就离开的。我应该把自己从他身边拽开，让他自己继续这漫无目的的跋涉。

我停在一个巨大的、展示着电子产品的橱窗前，看着他的背影在远处渐渐消失。我仔细地看着他走路的样子，眼里的湿气给所有的一切覆上了一层朦胧的纱，给视线里所有的色彩都加上了发着光的尾巴。在这个距离，我能看到公园里的树梢和高坐在马上的乔治·华盛顿的影子。那影子朝我晃动，像是在说：停下，莉雅特，已经走得够远了。

电子产品店和它相邻的服装店之间的墙上有一面镜子。我抽抽鼻子，擦干眼睛，看着自己在镜子中因为一路的严寒而通红的脸。这是一面脏兮兮、斑驳了的镜子，尽管我眼里已经没了眼泪，我还是凑上前去使劲地看看，但一切仍是那么模糊：我的影像，街道的影像。而哈米此时出现在了我身后。

“怎么了？”

“听着，”我绷着脸转向他，“我要回家了。”

“不！为什么？我们马上就到了！”他的目光依旧向着东方，离我很远。

“我累得够呛。”

“但是，我们马上就要到那儿了……”

“哈米，停下。已经很晚了。”

他皱起前额，用那种非常美式的、带着支持感的、遗憾的表情看着我：“我知道，是吧？”他微微笑了一下，同时咬着下唇，“我让你累坏了。嗨，Bazi，你看上去确实累了。”

还没过三小时，他就已经给我取了昵称。在路上的某一处，他开始叫我“甜豌豆”，然后在阿拉伯语里找到了合适的翻译，然后就一遍遍愉快地重复：“Bazila hilwa，”他带着节奏感，充满渴望地——“甜蜜的 bazila。”然后，又尝试“hilwa 豌豆”。直到最后缩减为“Bazi”。

还不到三小时呢，我便已经接受了这个名字：“是的。我真的很累。”我用拳头揉搓双眼，伸手去拿我的包。不知何时起，他已经把我的包接了过去，现在那包正在他手臂上晃荡。

“不，等等。”他把包抱紧，放到腰部，“别走。”

我从那面脏兮兮的镜子里看到了行人和车辆的影像，然后突然间什么事发生了，有一道闪光飞快消逝，哈米甚至没有看到。在那一瞬间，我们俩的影像在镜中增加了一倍、几倍。然后，无穷无尽地衍生，画出了无尽的长链，我们身后出现了越来越多的哈米和莉雅特。

“你看到了吗？”我吃惊地转回头来，“你看到那个了吗？”

我在人行道的边上发现了那个幻象的来源：两个搬家工人从搬家车上卸下了一面很大的镜子，正小心翼翼地抬着它前进，镜子里映出的街景也在随着他们一起移动。有一个人从服装店里走出来看着他们搬运，提醒路人不要撞上镜子。哈米和我一直盯着那面镜子，但视觉上的幻象终于渐渐消失，就像是纠缠了我们一晚上、跟着我们穿过大街小巷的有关以色列和巴勒斯坦的，让人难以承受的思想重担一样。

“嗯，来吧。”他拍拍自己的肩膀，喜气洋洋地转向人行道，“我要给你一个猪猪背。”

我在镜中的影像正冲着他大笑。他也大笑起来，装作在尖叫：“救命！救命！我被绑架了，救我！”他模仿着我的口音，“Aravim——阿拉伯人！阿拉伯人绑架了我！”

我都已经忘记那个无聊的故事是怎么被提起的了，但那不过是一小时前的事。我给他讲起罗妮戈特利布，讲起她是怎样发明一个自卫武器以防阿拉伯人在我们上学的路上企图绑架我们。每天天色尚早的时候，我们就用缝纫针把自己武装起来，然后飞速地经过我们邻居的外围墙跑去学校。那是 1982 年的夏天，小路上十分泥泞。路两旁是未完工的房子的灰色骨架，剩下的建筑也都建得七七八八。我们快速地走过它们，心里上下乱跳。特别是在冬日的早晨，7 点时也依然灰蒙蒙的。我们很害怕那些从秃着的窗架、房顶和后院里面望向我们的建筑工人——那些在那里过夜和起床准备上工的阿拉伯工人。我们担心他们会像抓走奥龙亚登和那瓦埃利梅莱赫那样把我们绑走——他们俩被掳走是那段日子噩梦般的头条新闻。这样不好，我记得有一天，当我骄傲地把偷偷藏在袖子里的厨房餐刀展示给罗妮戈特利布看时，她说：“阿拉伯人会把刀抢走。你像这样把大头针藏在两指之间，在他袭击你的时候，迅速地扎他的眼睛或是心脏，然后再拼命跑开。”

“我们坚持了快两年，我发誓，”我告诉哈米，然后因为他吃惊的大笑也忍不住笑出了声，脚步也更有力了些，“直到他们完成那个工程。”

作为回礼，他也讲了一个高中时期的故事，他那时带着侄子和邻居家两个年轻的男孩一起去拉马拉附近的瓦迪爬山。突然间，三个谨慎的犹太儿童从附近的定居点向他们走来。当看到这几个巴勒斯坦男孩时，孩子们定住了。

“他们一开始只是看着我们，我们也看着他们。大家都一动不动，也没人说话。但马上又有一个人突然出现了——一个红头发的小孩，我不知道他是从哪儿过来的。然后，那个小孩开始尖叫……”哈米在这时哈哈大笑，“他歇斯底里地尖叫着，已经完全疯了。Aravim！Aravim！”哈米兴致勃勃地用高音喊道，把他低沉、带有喉音的声音拉平来模仿以色列口音，“接着，剩下的那些孩子也开始尖叫：Aravim！再后来，他们就都跑走了！Aravim！ 像是他们看见了……我不知道……”哈米的眼睛闪过水光，“像是他们看见了一匹狼。”

有一个奇怪的、不请自来的想法闪过我的脑海：那两个斑驳的笑影将一直被铭刻在镜子里。即使我们离开了，它们也会在脏兮兮的玻璃里一直靠近，沉默着，模模糊糊的，就算是在哈米和我走向不同的路之后。这幅我们俩在一起的、美丽又生动的图景会一直活在镜子里，又残旧又不清晰，像幽灵的影子一样。

“来吧，来跟我一起。”他的眼睛里依然满是光芒，“拜托了。”

自打广场的东边起，沿路都是严重的交通堵塞，所有的交通指示灯都闪着黄色。两条向南的小巷中的一条因为施工而关闭，我们周围全部的车辆都缓慢地行进，涌向繁忙的十字路口。而这路口也被红色的胶带从一端缠到另一端，胶带上是接连不断的提醒语：“小心，小心，小心。”

我们绕着广场外围走了整整一圈才到地铁站。有几个小贩散布在台阶的拐弯处，哈米跟他们一一聊天：卖墨镜和丝巾的女人，卖海报和T恤的男人，一个梳着长长的细发辫的男人正在收拾一个旅游纪念品摊。但他们都耸了耸肩、摇了摇头。他们都不认识威尔彻·杰克逊，也不知道哈米在说什么。哈米向一个在拉大提琴的年长的女士倾下身，为打扰她而道歉，但她依然愤怒地后退，还用俄语嘟囔了什么。一个躺在长椅上的醉汉在哈米蹲在他身边时双目无神地瞪着上空。只有一个站在广场边缘发传单的家伙窃笑着说：“当然，每个人都认识杰克逊。威尔彻·杰克逊，是的。”他一小时前见过杰克逊在这周围游荡。他说我们该试着去地铁站外面找找，杰克逊有时会在那儿出没。

但是，我们在地铁站的出口看见了一个满是空罐子和空瓶子的超市推车。哈米咒骂着踢了一脚那个推车，里面的罐子和瓶子嘎吱乱响。“好吧，就这样了，算了。”他终于勉强同意了，“我们打给那个锁匠吧，给我号码。”

“喂！喂！”从街上传来喊声，“离远点儿！你们，赶紧离开！”

一个戴眼镜、灰白头发的女人从车流中穿行而来，引起一片喇叭的嘀嘀声。她从示警带下钻过，挥着拳头对着司机们咆哮，接着顺着人行道快步向我们冲过来。“别打扰他！嗨，离他……发生了什么？”她从厚厚的镜片后面生气地瞪着我们，“你们想要他怎么样？”

哈米一边咕哝着什么，一边奇怪地退后了。那个女人猛地把超市推车拉向自己。这时，我们才看见在那一堆铁罐和瓶子后的轮椅里面坐着一个脸色苍白的老人正在打瞌睡。他蜷曲着，缩在提到了肩膀上的毯子里。贴在他胸前的硬纸板上写着：“如果我走丢了，请致电（212）555-6127（杰克逊）。”

第五章

“不是的，直到我 15 岁，我们才搬去特拉维夫，在我上高中的时候。”

他抛起那串钥匙再接住：“在那之前呢？”

“在一个很小的镇子里，我不晓得你知不知道。”

他再次抛起钥匙：“是哪儿？”

“霍德夏沙隆。”

他安静了下来：“胡德夏沙隆……”（哈米的口音使他发错了音。）

“我说什么来着。”

总之，我们最后还是找到了威尔彻·杰克逊，他真的捡到了哈米的钥匙。杰克逊本人并不是轮椅里的老人，而是他 50 岁上下的、矮矮的嬉皮士儿子，是那个护着购物车的女士带我们找到他的。他说他在不到一小时前从第十八街的人行道上发现了钥匙。哈米从口袋里掏出一张 20 美元的钞票，那人交出了钥匙。

“离卡拉卡利亚不远。”我解释道。

“哦，是吗？”

“就只有十分钟的距离。”

“我叔叔的妻子就是来自卡拉卡利亚的。”

“我们住在离那儿四到五英里[①]远的地方。”

---

① 1 英里≈ 1.609 千米。

虽然依旧身处联合广场，但我们现在是在地下了——在地铁站的下层，跟大队人一起等着去布鲁克林的慢车。

“我们以前经常去卡拉卡利亚。”我告诉他。在我小的时候，我爸妈、叔叔、婶婶，还有邻居们都去那儿的市场上买东西。我越过他的肩膀，向着隧道的深处望了一会儿。“我现在很难相信，你明白吗？”我再次直视他，“当我回想的时候……”

在地铁站刺眼的灯光中，我看到他脸上一些我之前没注意到的细节。他下巴凹陷处的伤疤、他双颊上的痘痕——那是青春痘和水痘的痕迹——藏在他黑色的胡茬儿之下。他双眉间有一点红斑。他笑的时候会露出一颗染了色的门牙和淡粉色的上龈，细微的笑纹从他的眼角散开直至太阳穴。我再次仔细地看他浅肉桂色的眼睛，它们在这刺眼的光线里显出一些小的蜜糖色斑点。

“但那是在巴勒斯坦人暴动和之后的一系列事情之前的事了。在我十四五岁的时候，他们什么都在那里买——衣服、鞋子……”

我在说话时不住地偷偷闻他。穿过地铁站烟雾浓重的空气、蒸汽和煤烟，我闻到了他阳刚的气息、他脖颈上像森林一样的味道，还有一点点从他头发上传来的洗发水味，以及一点点汗的酸味。

“他们以前给我买过非常可爱的百褶裙，都是蕾丝和花边。”我大笑，用一种小女孩的手势勾勒出裙子的轮廓。

他左边脸颊上的酒窝显现了出来：“我能想出你小时候的样子。”他耸起脖子，双肩抬高，模仿着一个坏脾气的小孩，紧紧地攥着拳头，“跑啊，跑啊，一圈又一圈，”他尖声叫着，夸张地隆起肩膀，前前后后摆着手肘，“手里还攥着你的小针。”

我突然忍不住大声笑出来，笑声在地铁站回荡，引来人们好奇的目光。他嘘了我一下，又接着用希伯来语对我耳语道："Aravim！"他害怕地把双手压在脸颊上，"Aravim！"

"我永远不会忘记有一次，在我四岁还是五岁的时候，他们把我自己留在车里。"

他的双唇上还挂着笑意："在卡拉卡利亚？"

"是啊，在市场上。我一定是无聊了，要么就是太热了，所以就从车里走了出去。一个比我高一些的女孩来到我面前，她手指上缠了一根线。"我举高自己的手，双手掌心相对，来展示绳子的移动，"你知道吗？"

"知道什么？"

"那是个游戏……"我左右看了看，不确定该怎么解释，"一个女孩子的游戏。"我把用来绑马尾的皮筋解了下来，即兴演示，"过来，把手给我。"

"你这样很好看，"他说，他伸出右手，同时看着我散在肩膀上的头发，"自在。"

我把他的手摆成两个掌心相对的姿势。"别动。"我用皮筋把他的双手套住，"现在这样。"我把一根手指这样穿过去，把剩下的手指穿到另一边去。

"是哦，一个女孩子的游戏，"他小声说，点点头，"我想是的。"他看着我敏捷移动，好奇地问道，"她想做什么？"

"她只是带着自己的绳子来找我——一种灰色的毛线，在她手上这样抻着，然后她开始用阿拉伯语跟我说话。我想她是认错人了，把我当成了她的一个朋友，因为她很自在地跟我说了好多好多话。她想让我和她一起玩。”

“那你玩了吗？”

“我不知道她在说什么，或者我也有些害怕她的率真。我只是一动不动地站在那儿。然后，她才意识到自己并不认识我，也许她也害怕了。所以，我们直到她转身离开前就一直站在那儿看着对方，什么都没说。”

“就这样？”

“是啊，她就只是看着我、看看车、看看我的衣服、看看我的鞋子。我记得在她走开的时候，我望了望她的手。她走回市场里，手上还缠着那根灰色的线。我像瘫痪了一样，完全动不了。我的腿像是被绑住了。”

我是不是又说错了什么？他在我说话的时候把目光移开了，向下盯着站台看。他的视线猛地收了回去，接着他又看了回来。我到底为什么要提起卡拉卡利亚？我扯弄着皮筋，把它从一只手倒到另一只手上。有那么多的地方啊，我们是怎么聊到卡拉卡利亚的？我的紧张感随着他的沉默而加剧了，我似乎能听见我远在以色列的姐姐在电话里的声音：“看在上帝的份儿上，这都是为了什么呢？”她在我心里窃笑。阿拉伯之夜的传说？你打算把你以前去的阿拉伯杂货店也告诉他吗？我能听到她用一句话就刺穿我的内心。还有所有你吃过的胡姆斯和在雅法享用过的午餐？“哦，那些阿拉伯人啊。”姐姐叹息道，模仿着我们的祖母。祖母以前会在电视上播放不好的新闻时用舌头发出“啧啧”声，还会用担忧的语气说起那句话：“哦，那些阿拉伯人啊。”

不仅仅是和恐怖袭击有关，甚至是在播报犯罪活动或是讨论通货膨胀的时候："哦，那些阿拉伯人啊。"

我伸长脖子，不耐烦地找寻着地铁的影子。

"它马上就要来了。"他说。然后，就像是那根早已被我遗忘的灰色毛线跑进了他的心里，又在我们的头顶上盘旋，被他从半空中抓住了一样，他把它轻柔而准确地套在了我的脖子上。"你的父母，你和家人很亲密……"他说。

我的手不自觉地抬了起来，去触摸他们给我的项链。"你怎么说起这个了？"我用模糊的声音问，对他提起我的家人感到尴尬。

"我不知道，它只是表现了出来。我能看出来你是好人家的孩子。"就像这样，如此简单，他伸手拿走我的皮筋，就像是我们已经认识了一千年，然后用皮筋把自己的卷发扎到脑后。"你不需要它，"他一边说着，一边用余光瞟我，"你就保持这样。"

我看着他把卷发在颈后扎成一个圆髻，想起我此时正在特拉维夫熟睡的爸爸、妈妈。我站在他们漆黑、充满呼吸声的卧室的门口，向里看，就像我在高中时，参加过周五晚上的派对在隔天清晨赶回家时会做的那样。"是你吗，莉雅特？"妈妈会压着嗓子小声问，她一直在等我回家。"是的，妈妈，晚安。"我能听见爸爸轻柔的呼噜声。"晚安，宝贝。"妈妈说。

悄声地，就像不想打扰到家里的宁静和吵醒任何人那样，我在地球的另一端问哈米："你怎么看出来的？"

"我就是可以，我能看出来你是个好女孩。"

我在考虑我爸爸会说什么，如果他知道自己的好女孩正打算和一个陌生人一起上地铁——一个阿拉伯人，一个我才认识了几小时的人。爸爸如果现在能看到我，他会说什么呢？还不仅仅是个阿拉伯人，是个来自占领区的阿拉伯人。我忧心忡忡的母亲插话了："莉雅特，上帝知道这男人是谁，他是个怎么样的人，上帝帮助我们。就算是安德鲁也不那么了解他，现在又这么晚了……"

"但是……"我眨眨眼，结结巴巴地说，"你也是个好男孩。"

他粗声粗气地笑了，笑声很有感染力："是的，我也是。"

哦，是啊，他当然是个好男孩，我的姐姐会在电话里笑，从很远的地方嘲笑我。他就是个邻家男孩。

"但是，你更好。"他接着说，依然在笑，像是在证明姐姐的话。

一阵直扑面颊的暖风宣布地铁到来的消息。箱包、大衣和雨伞挤在一处，连同靠近了轨道的年轻人一起，让站台上响起了熙熙攘攘的声音。我的脸上一定是依然显示着爸爸、妈妈会有的震惊的表情，感觉到他们困倦的、充满忧虑的双眼从门廊那里看着我，因为哈米站了起来，轻轻地碰了一下我的肩膀，把我从出神中唤了回来："R 车，这是我们的车。"

喧闹声越来越大，铁轨也咔咔作响，引擎灯在黑暗中出现。"你很久没见他们了吗？"他大声说。

我在地铁卷起的风中眯起眼。"自 8 月开始！"我在喧嚷声中喊道，一列亮着灯的地铁列车慢慢减速了，车窗一格接着一格，"我还得过 6 个月才能回去！"

他的马尾在风中松了，他在皮筋脱落之前抓住了它："所以，你还能在这儿待 6 个月？”

我点头，地铁车厢随着一声哨声滑至我们面前。“是啊，我 5 月就得回去教两门夏季课程。”我的声音在车门滑开时恢复了正常的音量，“回以色列去。”

第六章

我们在一个我从没去过的街区下了车。他住在布鲁克林的西南，几乎是在地铁图上黄色干道的边缘了，离蓝色的河极近。我们走出地铁站，来到湾岭大道，站在被大风席卷过的、黑得像午夜似的街上时，是晚上 10:15。在一排已经拉下百叶窗的商店中间，只有一家无人的自助洗衣店和街对面一家鞋店的陈列窗里透出一星半点孤单的光。

大门在我们身后重重地关上，从外面射进来的霓虹灯光勉强照出了一条楼梯和右边的两扇门。我看到他手的影子正伸向灯的开关，然后“砰”的一声，一根灯丝在黑暗里闪了一下——灯泡在哈米关掉开关前就已经烧坏了。

我有些害怕：“你还好吗？”

“当然，来吧。”他的声音穿透了我眼前黑暗的门廊，“就在这儿。”

我能看到其中的一扇门下方有一块淡黄色的板子。在它旁边的门前，我踏在了一张地毯和一摞邮件上面。我的眼睛渐渐适应了黑暗，正在试着辨认门上的金属数字。

他的钥匙叮当作响。“稍等。”他把双肩包扔在脚边，“再等一下。来吧。”他推开门，扭亮电灯，冲我眨眨眼，“终于。”

中央供暖的轻哼声驱散了外面世界的寒冷。从左边那个小小的、黑黢黢的厨房里传来冰箱金属的嗡嗡声，右边的小浴室里隐隐约约地传来一阵不那么好闻的霉味。

我像他一样脱掉了外套。“很好，把它给我。”他说，他声音的回声在公寓里听着跟之前不同，更深沉。

他指向工作室。从门口，我能看到一张摆满了木板、卷纸和硬纸板的长桌子，画布面朝墙斜靠着。房间里有一张褪了色的蓝色长沙发椅和一个有木雕花纹支架的铜盘。我正对面是一台电视机、一套音响设备和一摞 CD 盒。在长桌上还有一大堆颜色暗淡的碎布，满溢着颜料的罐子，装着油漆罐、画刷、皱皱巴巴的颜料管、刮刀和一瓶涂料稀释剂的小篮子。我还看见一台关着的电脑，一个摆着更多卷纸、画刷罐、铅笔、书和笔记本的金属架子。

他把大衣扔到长沙发上，有一瞬间，我俩的大衣看上去就像是我俩瘫在那里，疲倦地拥抱着彼此。接着，他把窗户稍打开了一些："喝点什么吗？"

烟灰缸满了，灰尘的痕迹，油画颜料溢出的痕迹，溅得到处都是。刺鼻的气味弥漫在空气中，混合着烟味和一些从厕所传来的气味。

"嗯？"他再次问道，摩擦双手，"茶？"

我还在四周转悠、打量。

"我有一些 nana。"他脱下鞋，走到我身边，"新鲜的薄荷，刚买的。"

我在桌上的报纸和 CD 中间发现了一盘色情录像带，忍不住咯咯笑出声来。封面上是一个黑人女孩和一个白人女孩。"哎呀，"他也笑了，一把抓过录像带塞到架子上，"我没想到会有客人来……"

从工作室能看到两个房间。左边的那个门没关严。"那是珍妮的房间，"当我望向房间内部时，他的声音从身后传来，他把第二个房间的门打开，"这是我的。"

他的卧室要小一些，除了没有淡粉色的帘子和床单之外，和隔壁的房间几乎一模一样：被褥，层压板衣橱，窗户。但在这里——在哈米的房间里，我的视线被屋子的天花板吸引住了。

“哇……”

在靠近天花板的地方，绳子从这面墙挂到了那面墙，上面用衣服夹挂着大幅的铅笔素描。床的上方所有的空间都被画着同样人物的精妙的线条所占据。那是个大头小男孩，长着和哈米一样蜷曲的头发。他有瘦弱的身体和长长的四肢，手腕和脚腕上都戴着珠串。他有一双大脚。在所有的画中，男孩的眼睛都是闭着的，或许在睡觉，也许是已经死去。他穿着一件白色的晚衫和一件样式多变的长袍。他悬在空中，像一条线一样，以酒醉一般的姿态如羽毛一样在天地之间滑行，脸上是极幸福的表情。在一张画中，他飘浮于一座大城市的上空，在另一张画里，他又浮于午夜的海面上方；在一张画里，他和鸟儿一同在密闭的房间里飞行，在另一幅画里，他穿梭在一节车厢内的云层中。

不仅仅是这些画面中的流动感让我想起夏卡尔和他飞翔的爱人，在这些没有被过分修饰过的线条和细节中，隐隐透露着一个阿拉伯——或者阿拉伯式的夏卡尔。和那个男孩卷曲的长发和长长的睫毛一样，围绕着他的世界也在一同旋转着。鸟和鱼，花和树，屋顶上的天线，水的波纹，紫外线……柔软的曲线从它们中间摇摆着穿过，在每一幅画中，飞翔的感觉都会更生动一些。男孩细绳一样的四肢都旋转得更强烈，也更绚烂。伴随着这些的，是男孩喝醉了的表情，以及他羞涩的、奇妙的微笑和不自知的神态。我脸上现在也一定是这副表情。

我意识到他已经离开了我身后。“哈米？”突然间，他的卧室里只剩我一个人，一个人站在他的床单和散落满床的衣服所制造出的亲密感里，“哈米？”

他的声音从门厅尽头的厨房里传来：“马上。”

这里到处都是他的气息。同样的气味已经萦绕在我鼻前整晚。在我们离开地铁进入房间的时候，这气味愈发强烈。我看着他的衣服，还有他乱糟糟的床。

“我烧了些水。”他站在房门口，靠着门框，“我们马上就能喝到茶了。”

他大大的、苍白而扁平的双脚就是画里男孩的脚。尽管它们很大，可看上去依然精巧而脆弱。

“太美了。”

他双臂环抱在胸前，双肩前倾：“真的？”

“过来，”我压抑着自己，轻声说，“快来，你得看看这个。”

他站在我身边，抬头看着那些画作，笑嘻嘻的，十分享受，真的就像是第一次看一样。

我仰头看着天花板。“太美了……”我的呼吸沉重，整个肺部都填得满满的，除了第三句带着更多赞叹的“太美了”了之外，什么都说不出来。

“现在，想象一下它们全部，”他睁大双眼，像个要变戏法的魔术师一样张开双手，“都被涂上颜色。”

“好棒……”

“我知道，对吧？”他的笑声汹涌而来，十分洪亮，在墙上激起回响，“那将会很棒。”

用一种大咧咧的、孩子气的、充满感情的动作，他把一只手压在还挂着笑意的嘴唇上，从一幅画看到另一幅画，突然严肃了起来。

“那将会很棒。”他用担忧的声音重复着。

第七章

夜已经很深了，我从他弯着的脖颈中探出头来，小心地把自己的肩膀从他沉睡着的臂弯中移出，让自己的大腿和屁股远离他的肋骨。我整个身体依然满溢着他的温度，被他四肢的重量所包围。

我在窗边坐起身，眼睛依然睁不开，身体困倦，被空气中的空虚感轻轻包围。直到再次睁开眼，我才发现这个卧室是那么小。床上和墙面都影影绰绰。我弯下身从地板上捡起我的牛仔裤，站起来，把毛衣也拿了回来。

床单沙沙作响，哈米的腿在毯子下动了动。他的脸在黑暗里带着一种伤痛而盲目的表情，那是由沉睡带来的脆弱的迷茫，好像他也在注视着我。他深吸了一口气，翻身趴在床上，双臂环绕枕头，睡成了一条对角线的位置。我一动不动，看着他肩胛的阴影和他骨节突出的背脊，那像是一条通向他脊椎的、串满硬指环的铁链。他晶莹而柔软的上半身，他尾骨上软软的绒毛，他修长的大腿的肌肉线条。我的心在我身体里跳动着，渴望回到他身边，被我想要爬向他的愿望所唤醒。我的心跳得那么厉害，以至于它似乎要离开我的身体，燃烧着，想潜到更深的地方去，想要压在他身上，被他沉甸甸的手臂和炽热的胸膛再次环绕。想要深深陷入，在他身下碎裂。我的心在我关上门的那一刻沉了下去，被阴霾笼罩，但终于开始缓缓地跳动起来。

我在黑暗里穿衣，感觉到牛仔裤和内衣肩带紧紧地包裹住我的身体，身上的衣服让我逐渐清醒过来。我敏捷地在屋内穿行，每走一步都有一种既丰富、疲倦，又满足的感觉充盈着四肢。我坐在电脑桌前穿鞋，用手轻触鼠标，屏幕伴随着一声平稳而细微的“嗡——”声亮了起来。现在还很早，甚至不到凌晨5点，我环顾四周，在电脑屏幕发出的蓝光中找到了一部无绳电话。

我在冰箱上看到了一块出租车公司的磁铁名片，拨打号码时的应答音乐在夜晚的寂静中隆隆作响。没过多久，耳朵里满是喜庆的音符使我忽然意识到自己根本不知道这里的地址。

他穿着内衣站在门口。“发生什么了？”他的脸皱着，一只眼眨巴着闭上，他用右手挠挠头，“哪里……”

我的心怦怦地跳着，我挂上电话：“嗯……”

“你要去哪儿？”他的脚步沉重，睡意正浓。

“家。我……”

他的胸膛现在就在我的面前。他身上的温度像篝火一样发散着，轻拂到我身上。

“为什么？”他用一种干巴巴的、困意十足的声音问，嘶哑地咕哝着，“你为什么不留下？”

“我不知道，我……”

带着同样的吸引力、同样的慵懒，他像做梦一样弯下身，把脸对着我的脸。我的目光开始沦陷，变得模糊。

“我得……”我勉强地说，“离——”

他的双唇温柔地覆盖上我的，如饥似渴地慢慢吮吸，然后用舌头濡湿了我一侧的脖颈，他轻舔我的皮肤直到它们颤抖。时不时地，耐心地，带着无限的温柔，就像我教他的那样，他用牙温柔地轻咬我的皮肤。他缓慢地吮吸我的整个脖颈，带着发痛的愉悦。我的身体开始回应他，它投降了，像扇子一样张开。他啃咬我脖子上最纤弱的神经，用嘴唇按摩着我跳动的脉搏。他用舌头和牙齿在我的身上探索，直至在我锁骨上找到那甜美的、神秘的、强烈的敏感点。他的嘴锁定了它，饥渴地、热切地用牙齿摩挲着它。终于，我全身都颤抖和呻吟了起来，软成了一摊水，瑟瑟抖动。我的脸涨红，因为愉悦而狂乱，连呼吸都要停止了。我的腿也在颤动，我紧紧地抓住他。我试着继续自己的回答，可那嘶哑的回声像是从另一个纪元发出的，它在我耳边重复着：“我得离……”

第八章

凌晨，被留在厨房柜子上的无绳电话响了，铃声响了很久。片刻之后，铃声离得更近，也更清晰，是卧室的电话也一同响了起来——它用一种软绵绵的铃声回应着之前的铃声。

甚至在睁开眼睛之前，我就很清楚自己在哪儿——我在哈米这里。我记着我最终在这里睡着了，在他位于布鲁克林的家里度过了整晚。我冲着他肩膀的轮廓眨眼，看着他脖颈诱人的线条，以及随意铺散在枕头上的卷发。我在日光和电话铃声中揉了揉脸，再次合上了眼睛。我翻身背对着他，用手臂盖住脸，但我的心已经醒来，在我回忆起昨晚的细节时不安分地在胸膛中四处乱窜。远处厨房里的铃声再次响起，床边的铃声也响个不停。

哈米趴在床上接起电话："你好。"他的声音嘶哑，十分深沉，他睡意很浓地在我身后咕哝，"喔……"

"Ah，Yama，"他轻声叹了口气，用阿拉伯语小声说，"是的，妈妈，早上好。"我听到从听筒里传来的模糊声音，像是远方传来了笑声，"没关系，我已经醒了。"电话的那一端有"嗡嗡吱吱"的声音，"我能听到他们，太棒了。"他的声音里带了笑意，"是的，很好。"

时不时地，我能听懂一两个单词。他在听到听筒那边传来的兴奋的尖叫声之后，好奇地说："你在家吗？当然，没问题。"

我的眼睛现在睁开了，正盯着窗户。两条细细的、半透明的长方形雪纺绸挂在窗上，透过它们可以看到对街建筑的轮廓，而悬浮在我们头顶的那些画就像是个悬在床上的公园。

“我马上就打电话，”他说，哈米靠近我，腿在毯子下滑动，“很快。”

我转向他，唇边已经挂上了微笑，但他耳边依然放着电话。“稍等，是我妈妈，”他在我发边耳语，落下一个吻，“她在等我打……”

“谁？”他那双眼睛啊，还不到一天呢，我就已经记住了它们的样子，“你妈妈？”

他的脸看上去浮肿而苍白：“我就回拨一下。”

他的手指按下挂断键，然后忙音响起。我把头移回去，把脸埋进他的肩膀，看着他放在键盘上的手指。他每按下一个键都会迟疑一下。我因为区号而吃了一惊：“真的吗？”我问，马上看到了他眼睛里蜜糖色的小点，“你们也是972？”

他的手指像是责怪似的在我鼻尖一点：“那你以为呢？”

电话响了第二声，接着是第三声，然后是一个女人的声音：“你好？你好。呀，哈米？”

“Ah，Yama.”他把听筒稍稍拿远了一些，放在我俩头的中间，邀请我一起听，“是的，妈妈，你好吗？”

我好奇地把头凑过去，听了一小会儿。

“太好了，我可整周都没和你说话了。”她的声音很愉悦、轻快，带着安逸的语调，“现在，奥马尔和阿迈勒努尔一起在这儿，他也说没听到你的消息。”

“我前天试着给他打过电话。”他说阿拉伯语时，声音听上去有些不同，更轻快，语言自然而然地从他嘴里流出，少了英文带来的一定程度上的严肃感，“我往他办公室打的。”

现在是周日。我不确定具体的时间，但看上去是赶不上 11:00 的瑜伽课了。乔伊一定会失望的：我们说好在瑜伽课上见，再一起吃午餐。我想起和乔伊昨天早上的对话，我给她讲了我的周末安排。我计划要打扫公寓、洗衣服，四点钟的时候见安德鲁。“除此之外，我没什么特别的计划。”我在电话里告诉她，一点也没想象过我自己躺在这张床上，从来没想到自己会在隔天的早上在这个位于布鲁克林的房间中醒来。

FBI 探员，水族馆咖啡店……我在心里回想着那一路穿街越巷的奇怪的搜索，我们是怎么一路到了这里，还有昨晚的一切：我们在巴士上古怪的交谈是如何开始的，我是怎么样兴奋起来，是怎么样说了一大堆的话，以及事情是如何发展到现在这步的；还有他对我的好奇和渴望，他是怎样进入我的身体、点燃我的欲望，我们是怎样和谐地融为一体，怎样的迷醉和令人窒息。我们在一起的感觉太美妙了，我们持续地感到震撼和兴奋。我想起我们在黎明到来前的厨房中梦一般地做爱，他是怎样触摸我、脱掉我的衣服、取悦我，和我一起呻吟直到我抵在橱柜上达到了真正的高潮；我们是如何回到这里，他在我的手臂上睡去，而我也慢慢地睡着，在我入睡前的最后时刻，虚弱而精疲力竭。我悲伤地想着，带着切实的懊悔，尽管我已经开始想念他，已经开始想这是多么令人遗憾，放弃他是怎样一种徒劳的挣扎，以及忘记他该是何等的艰难。

“她叫什么？”

她叫什么？！我睁大眼睛转向他：他干吗要跟他妈妈说起我？

他咧嘴一笑，眼睛里充满了调皮的光。“她的名字是豌豆。”他甜滋滋地对电话说。

他妈妈大笑：“那是什么意思，Bazila?”

“是的，甜蜜的。”他伸手拂去我眼角一片不易察觉的碎屑，“甜甜的豌豆。”

第九章

一定是从厕所传来的味道引起了我的不快——那里没窗户，也没排气孔，轻微的，来自下水道的难闻气味和潮湿而狭小的空间在我走进去的那一刻打击了我。或者我也许在来这儿之前就后悔了，当我赤脚走过工作室时，脚掌感受到的那黏腻的、布满灰尘的地板，这种难受的感觉又迅速蔓延至了脚尖。

在白天的阳光下，我看见抽水马桶里环状的浮渣，油腻的水池的排水口周围全是已经凝结了的刮胡膏，还有毛发。我看见发了霉的塑料窗帘，瓷砖上灰色的生水垢，水池底下还有一只捕鼠夹。

也可能是因为这恼人的莲蓬头，大多数的出水孔都被堵死了，所以极细的水流从剩下的出水孔喷射而出，直刺皮肤。可能是这难以控制的水速，可能是墙壁里的水管发出的汩汩的呻吟声，尽管我依然能够听到哈米在打电话，在厨房和客厅之间来来回回地踱步。他说话的声音很大，充满警觉，交谈对象也不再是他的母亲，也许换成了他的兄弟或者别的亲戚，他几乎是在吼了。

更或许是因为阿拉伯语，那种刚刚在他体内被唤醒了的语言，轻柔又嘶哑，带着一种自然而然的熟悉感在我耳中回响。即使在我辨认出其中希伯来语的余音和听懂两种语言中同样的单词之前，我便认出了他们带有喉音的中东式发音中的 khet 和 ayin。阿拉伯语，现在十分响亮地穿过了卫生间的门。他低沉而男人味十足的声音突然间听上去那么阴险、粗鲁和暴力，像是一连串的咒骂。我疑惑地把脸转回来，打开了水龙头。接着，我试着弄清楚他是不是再次谈起了我，留心他是不是提到了任何有关“以色列”和“犹太人”的话。我听见了大笑声，同时一股隐约的臭气再次向我袭来，让我的脸皱了起来，使我窒息。

我从浴帘后走出来时发现他来过卫生间，我一定是没听到他开门的声音。我的表情在我向下看到马桶圈的时候缓和了下来——他把它放下来了，我还发现了一条叠得很整齐、干净的墨绿色毛巾。隔着墙，我听见他在给自己吹口哨——他的电话显然是打完了。我听到一首模模糊糊的歌一路被他唱到了厨房。我用毛巾把自己裹起来，匆匆走出去，关上门，踮脚走向工作室。

当我看到桌上的景象时，我呆住了。他已经摆好了两个人的餐具，桌上满是皮塔饼、各种各样的奶酪、番茄、黄瓜、橄榄油、中东芝麻酱和青橄榄，以及一块黄油、一罐果酱，还有巧克力饼干。

他什么时候有时间买这些的？就在昨天，我们还几乎找不到任何东西来吃呢。从我们醒来的时候，他就在打电话，所以他是怎么创造出这顿盛宴的？我饿极了，也许这正是我变得非常易怒、突然脾气很坏的原因。可即使是这用心准备的早餐，这上好的咖啡的香味也都让我神经紧张，就像那条干净的毛巾一样。如此浪漫的幸福——他为自己爱人准备的惊喜早餐，他在厨房愉悦的口哨声、随意的哼歌声。他想讨好我、淹没我、爱我的渴望，甚至是远处教堂报时的钟声和外面熙攘的人声……这一切都让我慌乱不安，我只能听到好多人在用希伯来语尖叫：“Ra！Ra！Ra！坏！坏！坏！”

“这是怎么做到的？”我在他小心翼翼地端着两个冒着热气的马克

杯走来时问，“你怎么有时间啊？”

他给了我一个讨好的笑：“我很早就出去了。”他把马克杯放在桌下，松了口气，“就在你又睡过去之后。”

我再次回忆起黎明的时候，我在睡去之前脑海里的想法：想要不爱上他多么难啊。那是怎样的不可能，我担忧地想，多么复杂，去坚持不要陷入爱河，去让我的心忘记这个奇怪的、很绅士的男人和这个令人兴奋的夜晚，不要被激情卷走。在半梦半醒中，在他的气息的环绕中，我想这将会多么危险、多么复杂。如果不当心的话，我可能在这一秒就会爱上他。

他的手伸进饼干袋里，沙沙作响。“我的胃早就在诉苦了，”他说，把一块饼干蘸入他的咖啡里，“你没听见吗？它制造了好多噪声。”他傻笑着，在我的背后继续说。我在他卧室的门口踌躇了一下，接着关上了门。

我迅速弄干了自己，果断地，用毛巾把全身擦干。在来不及之前结束它，我想。坚定一点，就像你昨天本该做到的那样。我挤出头发里的水，握紧发尾，想起我们是怎样在城里飞奔，和我发现要离开他是多么的困难。我用手快速地翻转毯子，寻找我的内衣。是的，就像这样，说再见，然后回到你自己的方向上去。快点把这事了断，用沉重但坚定的心抉择。这样是更好的，对我们俩都更好，再也不要见他了，就算在安德鲁家。即使他找到我，即使他打电话，就统统拒绝好了。是的，就这样。我会假装这一晚真的很有趣，是个很棒的晚上，但是不，拜托了，这不是认真的，你给我的那支烟确实够劲儿。就这样，把发生的一切都怪罪在大麻上好了。

穿好衣服，扣上扣子，我的头发被束成了一个高马尾。我从房间里走出去，发现他还在原来的位置上，拿着那袋饼干站着。他一看见我就笑了，咂咂嘴。“哦，”他一边思索着，一边擦嘴，“我还有这些。”

他伸手从屁兜里掏出两支牙刷，让两支牙刷跳起舞来，从一边跳到另一边，看上去是那样的快乐又活泼。“蓝色还是黄色？”他的牙上还有食物的碎屑和巧克力的痕迹，“你更喜欢哪一个？”

第十章

两小时之后，我们回到了我的公寓。他跟着我进了厨房。“还有那个？”他指着柜子上装满维生素的罐子。

“是的，”我确认，把拖把和扫帚放进壁橱，“那是我的。”

我把水桶和其他的清洁工具也一并乱塞进去。一切看上去和我昨天离开时并无两样：椅子还摆在调查员坐过的地方，桌上留着一份他们填好的表格的副本。我现在开始检视它：我该把它留着吗？谁知道呢，我也许有天会用到它。但是，一阵突然发作的愤怒让我把这张表格揉成一团，丢进了垃圾桶。

我继续带着忙乱的表情四处走动，思绪翻涌。走进房间时那种独特的情绪依然纠缠着我，让我没办法停下来把东西都捡起来，放回正确的位置上。我又一次撞上他。

“那电脑呢？”他指着显示出大堆飞翔着的烤面包机的电脑屏幕，“那是你的吗？”

我点头，转向真空清洁器：“走开。”

从我们进入屋子的那一刻起，他就开始走来走去了，仔细地打量家具和家里的植物，看看窗户和照片。频繁地停下来猜测一个东西是属于我还是属于房子的主人，想知道自己能不能猜出哪些东西是我的。他对 CD 的收藏大为惊叹，他掠过书脊，用手在沙发背上轻轻地摸摸。现在，他注意到了一张叠放在 VCR 上的报纸，上面还放着一副眼镜。“这也是？”他热切地问，把眼镜架在自己的鼻梁上，“你的？”他的双眼带着疑问转向我，从那女孩子气的、细细的镜框后面眨眨眼睛，“Bazi.”

“只在看书的时候戴。”我咯咯地笑了。

看他戴着我的眼镜的感觉又奇怪，又好玩，像是我脸上的一部分从他那儿看着我。他拿起报纸。“UN 观察家，”他像新闻播报员那样大声地念出标题，“昨晚抵达伊拉克。”

我再次走回真空清洁器旁边。我已经把插销从插座中拔出，把电线卷好，现在，我把它从走廊倒推回书房。

妈妈和爸爸看上去喜庆而美丽，在从客厅照过来的昏暗的光里高高兴兴地看着我，骄傲而快乐地咧着嘴笑。这张在爱丽丝和迈卡婚礼上拍的照片钉在书桌上方的软木板上，在笔记本、便笺和几张其他的家族照中间：我姐姐抱着还是婴儿的艾维尔德，亚拉在学前班度过自己的第三个生日，爸爸和迈卡在花园里玩着西洋双陆棋，一张记留有我祖母的微笑的珍贵的照片。

听到他的声音逐渐靠近，我不由得紧张了起来。“这是卫生间吗？”他边问边打开左手边的门，“好嘞，我找到它了。”他关上了身后的门。

在书桌上，靠近传真机的地方，答录机正眨巴着自己的红眼睛，显示有五条新的留言。第一条来自听上去声音焦虑的安德鲁，他用自己特有的、带有浓重口音的希伯来语催促我快接电话：他得赶着去接乔西，他得取消我们的会面了。他打来的时候，我一定是在洗澡来着。第二条留言是审查署的提醒，提醒该带猫咪去打疫苗了，我听到一半就切换到下一条。乔伊郁闷地告诉我她突然来了客人，所以没法和我在明天早上的瑜伽课上碰面了。第四条又是安德鲁，在道歉，说他拜托了自己的阿拉伯语老师哈米去一趟咖啡馆。“哈米找到你没？等等，我有另一通电话打进来，”他说，打断了自己，“也许是他。”

“嗨，莉雅特，”我姐姐爱丽丝的声音在此刻响起，听上去很困，“一切都好吗？我之前尝试着打给你，”她沮丧地说，背景是她换着电视频道的声音，“打给我，如果你马上就回家的话，因为我彻底的——”她打了个哈欠，然后继续，“累了。我们和孩子们在海法待了一天，去了科学博物馆。你应该看看迈卡和爸爸。”她带着笑意的语调从答录机里传来，“他们自己就像两个小孩子。”他对我那么温柔、那么好、那么甜蜜，我内心啜泣着告诉她，那么，问题出在哪儿呢？她问：你在意人们怎么想？我回答：我不知道，它让我害怕。她说：有什么好怕的呢？你只是在找乐子，稍微胡混一下，没什么别的了。显而易见，我说服了她和我自己，就一周而已。你又不是明天就要嫁给他了或是别的什么。她说。是的，你是对的。我同意。做爱又不是打仗，她开玩笑，也许对你俩都好呢。“好吧，我也不知道自己为啥在这儿瞎扯。”她在电话的另一端清醒了过来，关掉电视，“晚安，亲爱的，我们明天再聊。”

机器的“哔”声宣告了这条语音的终止。“删除，请按一——六。保存，请按九——二。”我按下了一和六，但由我和哈米如此迅速的发展所带来的一些问题而引发的痛苦和焦虑却无法被删除。

我听到浴室里传来冲水的声音，便走出了房间。从房门口向屋内匆匆看了一眼，照片上折射出来的光在一瞬间冲我眨了眨眼。光在黑暗里在他们的脸上跳舞：一星淡黄色的光点在爸爸、妈妈的脸上，一道微光在祖母的脸上。

“所以，你是在告诉我……”他在门廊的另一端大声说。

我关上门，不安地站在门前，双臂像保镖似的抱在胸前。

“你只需要缴纳社保？除此之外还有，什么？”他跟着我进了卧室，坐在床边，“喂两只猫？”

“还有给植物浇水。”我打开灯。

这里也是一团糟。我在洗澡前脱下的 T 恤和运动裤摊在地板上，球鞋也是这儿一只，那儿一只。我捡起毛巾和袜子随意丢进洗衣篮，里面的衣服和床单已经溢出来了。我盖上盖子，坐在上面抬头看。

“那也是你的？”他问。

在床头柜上的所有书里，他非得挑出那本厚厚的、看上去并不显眼的。

“那是《圣经》。”我说，注意到他轻微地退缩了一下。

“《圣经》？”他似乎对发现了自己手里握着的是什么而感到惊讶，“真的？”

他把书从胸前移开，测量着它的厚度和重量，翻来覆去地看。一些我之前有过的奇怪感觉，在客厅，当他戴着我的眼镜的时候有过的感觉，在他开始翻动书页的时候又出现了。

他翻到书的中部。我站起来好奇地靠近他，看见那正是《撒母耳记下》，第 31 章。我看着他从《撒母耳记上》翻到《撒母耳记下》，感到一抹若有似无的微笑爬上了我的嘴唇，因为有那么一瞬间，在他庄重地研究着这本书，沙沙地翻动书页的时候，我觉得他是在祈祷。他向前翻到《诗篇》部分，在我惊讶的目光中迅速舔了舔拇指，跳过《列王纪下》翻到《耶利米书》，从《以西结书》到《箴言》，从《雅歌》到《路得记》。无规律的章节在我眼前飞过，在我来得及阅读它们之前就飘浮、滑行着离开，但仅仅只是略读这些文字，我已经可以感到希伯来语在我心里回响。

“你们在学校学它吗？”他问。

“从二年级开始。”我坐回洗衣篮的盖子上，面对着他，“一直到高中。”

他充满疑问地抬起头，拍拍床罩：“到这儿来。”

我耸肩：“我在这儿挺舒服。”

我姐姐又在念叨了：“你干吗又捉弄人家？前一秒离都离不开，下一秒就又冷酷又难以接近，什么都闷在心里。”

我在说话时也一直能听到她的声音：“我肯定你们在学校学《古兰经》。”

“在伊斯兰语课上，是的。”他撇了下嘴，额头的皮肤皱了起来，“但我已经告诉过你，”他翻动书页，“我从没喜欢过它。”

他之前在地铁上跟我说过，他母亲在过去的几年里变得越来越虔诚，这让他觉得难以接受。那是从1996年他父亲因为心脏病去世的时候开始的，他父亲是69岁时去世的，那也是哈米在巴格达的第一年。他飞回家参加葬礼，但在一个月之后又返回学校上课，直到两年半之后，他才又见到自己的母亲。那是在沙特阿拉伯——她从自己的寺庙出发，和一些女人一起踏上去往麦加的朝圣之旅。他说如果他父亲一直活着，看见母亲变成这样，整日都在祈祷，用黑纱把自己完全遮起来，他的心会再碎一次。

“他是彻底的无神论者，一个固执的无神论者。在所有的邻居都禁食和祈祷的时候，他会打开自己最贵的那瓶威士忌。《古兰经》上说，‘La ill’a ila Allah’，意思是‘除阿拉外，别无上帝’。但我的父亲过去时常告诉我们：‘La ill’a wa’khalas.’意思是：‘从没有上帝，就这样。’他就是一个普通的男人，不是什么学者或者天才。当我们住在希伯伦的时候，他开了一家杂货店，卖油、香料那一类的东西。一个平凡的人，但有着艺术家的灵魂。他喜欢雕刻木偶，在我们小的时候，他做过各式各样的小塑像和风筝。他会点金术。他在屋顶上养鸽子，他以前每天早上都会上去喂它们。他也种天竺葵和苦艾，种在生锈的铁桶里。他是一个特别的男人，我并不是因为他是我爸爸才这么说的。他是个热爱生活的人。他喜欢喝酒、吃饭、大笑，他也很爱我母亲。”哈米在地铁上谈起自己的父亲时听上去很悲伤，他不住地抿紧双唇，我知道那是他情绪剧烈起伏时会有的动作，“这就是我们在她变成那样时感到很难过的原因。”

哈米家里一共有四个兄弟和三个姐妹，他昨晚告诉我的。最大的姐姐在希伯伦做幼儿园老师。接着是一对双胞胎：一个在拉马拉当高中老师，一个在城里的广告公司当绘图师。一个兄弟在突尼斯做电影研究，另一个在柏林学习政治学和法律。还有一个姐姐和丈夫、孩子一起住在约旦，是一名药剂师。

“你好啊，莉雅特。”我姐姐又从另一个房间插嘴道，“你是在哪儿遇到这个人畜无害的阿拉伯人的？他一定是那些被西化了的人中的一个——说不定还是个德系犹太人呢！”她的笑声也让我微笑起来。

“这是你收到的一份礼物吗？”

“什么？”

他举起《圣经》，翻到第一页，提示我左下角那早已被遗忘的、用蓝色墨水写下的祝词：“我们希望你能成功地完成在 IDF 中的服役。基地 80 名指挥人员。11 月，1991。”

我阅读着这些“历史悠久”的文字，已经 11 年了，不知是被哪个驻扎在哈代拉附近的基础训练营的军官写下的，是哪个秘书在指挥官办公室里潦草地写了几十次，一本《圣经》接着另一本《圣经》。就算是在昨天，我也很清楚地知道这个时刻一定会到来，它有一天会在我们之间炸开，但这一刻依然让我感到措手不及。

“嗯，那是……”我结巴着，“我是在军队里得到它的，在我是个士兵的时候。”

“在军队里？”他紧绷了一下，但很快又舒展开来，扬起眉毛，“那么，在你应征入伍的时候……”他把《圣经》举得老高，“他们给你这个？”

“Ahah.”

“每个士兵都给？”

“是的。”我小心地回答道，有种奇怪的背叛感——像是也许有人会偷听到，像是把机密情报交给了敌军。

条条浓烟和炽热的文字点燃了黑色的天空，军旗在恼人的狂风中翻滚，繁星满天。我再次想起女兵们头顶上那遥远的夜间景象，我记得自己站在其中的一列，因为寒冷而颤抖，在朱迪亚沙漠基地举行的盛大的宣誓仪式中。我那时是个被吓坏了的 18 岁少女，顶着歪斜的帽子，穿着橄榄绿的军装，带着惊恐的表情敬着军礼，在别人的注视中紧张地站着："我特此宣誓和保证……右手在《圣经》上颤抖。我特此宣誓和保证……左手紧紧地攥着冲锋枪的枪柄……我对以色列国的忠诚。"

"噢，好吧，"他难过地点点头，他把《圣经》放回床头柜，"拿着卡拉什尼科夫冲锋枪和《古兰经》。"

"什么？！不，不，"我反对，立马感到内疚和愤怒，"我丝毫不这么想。"我大声，一字一句地说道，像是说给遥远的、在墙的另一边的、电话线的另一端的、在以色列的那些竖起的耳朵听的，"那完全不是一回事。"

"为什么不是？"他也激动了起来，"那难道不是完全相同的法西斯场景吗？有枪、有士兵，还有圣书？"

"场景也许看上去有些相似，"我酸涩地承认，脸由于愤怒而涨红了。

他挑起一段持怀疑态度的眉毛："不对吗？"

"一点也不对！"我激动了起来，使劲摇头，"以色列的军队，就像是法国或者美国的军队一样，像是叙利亚的军队或者阿尔及利亚的军队！"就算他的目光已经变得无神，并从我身上移到窗边，我也没有停下，"是为了保卫主权国的公民而组建的。"说了这么一堆！爱丽丝的声音猛地击中我："谁任命你为驻联合国的以色列大使了？""就像伊朗和德国都有自己的军队一样，"我坚持道，"我们也有，我并不打算为了这个而道歉。"

"我没有要求你道歉。"

“不为有一个国家而道歉，谢谢老天，也不为有一支能保护我的强大的军队而道歉。”

“你们强大的军队正在占领一处平民——”

“那你知道吗？我也不会为我们是这次冲突中更有力量的那一方道歉！不会，因为如果局势相反，上帝宽恕，如果你们在48小时内赢了这场战役……”

就在我用那种坚信自己是正义的一方的语气继续絮絮叨叨，努力忽略内心汹涌的讽刺感的时候，忽然感到了一阵恶心。这场辩论听上去既无意义，又没有必要，像是广播里令人生厌的谈话节目在喋喋不休。

他沉重的叹息声像是从嘴里滚落的哭号：“我们现在真的要开始一场辩论吗？”

“是你，”我为自己辩护，火花四溅，“是你挑起的。”

“我？”他鼻子猛哼了一下，“看看你自己！”

我们是怎么僵在这里的？我们到底在干吗？谁会真的在意？谁会真的烦心？“忘了吧。”

第十一章

黑夜降临，风把窗玻璃背后的景物吹得东摇西摆。街上的指示牌和交通灯在狂风中乱晃，树梢拍打着它们。大学城一角的垃圾桶已经被掀翻，风卷起一切，吹飞干叶子和报纸的碎片。前一秒，大风才呼啸着把所有的树顶都拖向一边，使街灯也跟着摇晃，下一秒，它就迅速地换了方向，又再次席卷而过。风速渐强，它挑衅似的晃动着街上的车辆，把越来越多的袋子、铁罐和废纸高高卷起，像是在对抗着眼下和谐的秩序，对抗着笔直的、编号整齐的大街小巷，对抗着这城市绘制出的水平和笔直的线条，对抗着这里完美的设计。

我听到哈米从卧室走出来的声音，他的匡威鞋底的橡胶在镶木地板上摩擦出声。我已经在客厅待多久了？5 分钟，10 分钟？窗户在夜里变成了一面镜子，我在它上面看到他的影像越来越近，直至来到我身边，我们一齐向外面的街道望去。

“所以，那是什么时候？”他终于发问了，他的声音打破了我们共同营造的静默，“你是什么时候参军的？”

我想跟他说我没有讨论政治的心情，但我担心那像是一种逃避。除此之外，他也许会以为我当兵的时候无恶不作，但事实上我只是在拉马特甘的一名副福利士官。多大的事？又不是一个严肃的阿拉伯杀手。

“1991 年到 1992 年，”我干巴巴地说，窗户里的影子呈现出一种苦相，“那是很多年以前的事了，我甚至不清楚我们是怎么聊到这儿的。”

但我确实是清楚的，我非常清楚，这是不可避免的。昨天，当我们等地铁的时候，他问我是怎么认识安德鲁的，我回答时甚至没有想到我们曾在同一个基地服过役。我告诉他，安德鲁没有家人在以色列，所以以前会在周五跟我回家吃饭。每个人都爱他，他变成了家里的一分子。我东拉西扯，像是叽里呱啦地说话和开玩笑能让他忘记我在开头是怎么说的一样。“安德鲁甚至会在我和我男朋友待在集体农场的周末去拜访我的父母。”我告诉他。接着，我停下了，因为我第一个男朋友艾维查曾经是一架直升机的副驾驶员。我想象着他飞过拉马拉，在哈米母亲的房子上空驾驶直升机迅速掠过。

“是我在提问。”他提醒我。

他的影像依然盯着窗外，我有一种想触摸他的强烈欲望，想靠在他身上，想再次进入他的身体。像是有一部分的我昨夜埋在了他身体里，而此刻的我想完整地进入他的身体。我颤抖起来，从昨晚开始的缺觉突然渗入骨髓，让我十分不适。

“等等，1991 年？”他从窗户前转身面向我，诧异道，“我 1991 年的时候在监狱，待了 4 个月，在约旦河西岸的小村德哈赫利亚。”

我的心骤然下坠：“监狱？”

“那儿有几个女兵，所以我们可能——”

“为什么？”我的声音受到了惊吓，变得又细又虚弱，“你做了什么？”

就像他可能想象我是一名穿着 IDF 制服的士兵，武装着来复枪一样，我看见他的脸从一辆装满了囚犯的巴士车的车窗向外看，像是电视里一闪而过的新闻画面。我看见他和其他的囚犯一起戴着手铐，双眼蒙着黑布。

“只是因为乱涂鸦，”他不屑一顾地说，伸了伸懒腰，将手臂朝天花板探去，“我和我哥哥奥马尔，他们逮到我们在画一面旗子。”

“乱涂鸦？”

“在希伯伦的一面墙上。”

“然后，就因为这样……”我确实震惊了，觉得难以置信，但心里清楚，这因为惊讶而倒抽的凉气中也包含了一定的安心，“四个月？”

“是啊，那些渣滓，”他打着哈欠说，“乱涂鸦违反了那儿的法律。”

但是，你以为他曾经做过什么？我嘴里有种酸涩的味道，反问着自己：一次恐怖袭击？愧疚万分，像是他也许意识到了自己曾出现在我一闪而过的幻想中：在一群戴着手铐、蒙着双眼的人中间，在恐怖分子和可疑的破坏者中间——我转身面向窗户，眯着眼看在风中摇摆的树梢。

“你那时多大？你应该是已经……”

他又打了个哈欠，点点头，说：“15。”

他的哈欠打得更长，也更频繁，它们威胁着要传染给我。

“画巴勒斯坦国旗和使用国旗上的任何颜色都是违法的。”

我止住了一个哈欠：“等等，你的意思是？”

“红色、绿色、白色和黑色，你不能用这几个颜色。就算你在画没什么要紧的东西，比如一个西瓜。”他窃笑了一下，捂住嘴，“他们会因为这种事逮捕你。”

我本可以让思绪沦陷在他不经心的、打着哈欠的语调中，我本可以再靠近一些，拥抱他，挤进他的双臂中，让它们再次环绕着我。我本可以咕哝点什么来分散他的注意力……有一瞬间，当我想起自己在地铁上给他背诵我小时候在阿拉伯电视广播里听到的台词时，看到他脸上出现的表情让我感到快乐，我几乎要笑出声来。我那时背诵道：“Sabakh al'kheir，saydati wasaadati fi urshalayim al-kuds.”我模仿着曾经每周五下午都会播放的阿拉伯电影中那戏剧性的台词，“Mish mumken！Mish mumken！”和“Inti Taliya！Taliya，Taliya！”而他哈哈大笑。

我没有这么做。我只是一动不动地，沉默着盯着窗外很久，然后说：“到底德哈赫利亚在哪儿？在绿线的哪一边？Inta bidoobi? Shu bidoobi...”我不好意思地问道，却并不真的想知道，心里害怕他会说出什么来，“那……那里是什么样的？监狱里。”

“你知道吗？”他听上去有些惊喜，“这可太奇怪了。”

“什么？”

“我今天还想起过这件事，就在早上我还记起它来。”

我几乎要说：“这就是我让你想起来的事？你在以色列监狱里的经历？”

但他跳了起来，开始哼一首小调：“Lai la Lai la...”他的声音迟疑了片刻，又继续哼起来，“Lai lai laaai...”他开始向左向右地轻轻摇晃自己的脑袋，陷入了对往事的回忆中，“Lai lai la lala la lai...”他唱得越自在，越让我开始认出这就是我从浴室出来时听见他在厨房吹口哨的曲子，“Lai lai lai lai...”在我听出这个旋律的时候，一股寒气滚过我的脊柱：那是一首伊高巴山唱过的流行曲的副歌，它在我还是个小姑娘的时候曾经红极一时。“我的心里有一只小鸟……”歌词自然而然地在我脑中浮现，使我内心充满感动。“它在我的身体里唱歌……”我回忆起那首歌的旋律，希伯来语的歌词带来一种旧日的温情。“关于逝去的秋天和春天，关于一千份爱……”接着，我突然反应了过来，“你是怎么知道这首歌的？从广播里？你们在监狱里有广播？”

他停住了哼唱，哈哈大笑：“广播？”

我也笑了笑，焦虑地等待着：“那你是从哪里知道这首歌的？”

“那儿有一帮士兵，”他说，微笑的痕迹从他的唇边消失了，“他们那时会这么做……”停顿了很久，他再次看向我，不知为何带着歉意，“他们逼我们给他们唱歌。”

“唱歌？”

“是的，他们觉得那样很好笑。”

“用希伯来语唱？唱那首歌？”

他的头点了一次，又一次，像是无法控制自己：“我很幸运，能跟我哥哥在一起。他们把我们一起关进了监狱，因为如果我是一个人的话，我肯定会变糟很多。他被吓坏了——奥马尔，他为我们的父亲担心，父亲那年第一次心脏病发，在医院住了很久。所以，奥马尔一直看着我，确保我不会再惹上什么麻烦。他在德哈赫利亚有很多兄弟，都是和他一般大的孩子，会扔石头和燃烧弹，或者焚烧轮胎。所以，只要有一个我们这边的人做了出格的事，士兵就惩罚所有人。一旦有人开始打架、叫喊或者惹麻烦，他们就会把我们都赶到外面，让我们一动不动地站两三个小时。”

他的脸沉了下来，声音也渐渐模糊。他又打了一个哈欠。这一次，他用双手压住了这个哈欠。当他抬起头时，眼里蒙上了一层薄薄的水雾，他看上去几乎是愉快的：

“那儿有一个家伙，一个光头，戴眼镜的士兵，我最害怕他。怕他和他的一个朋友—— 一个讨厌的胖子，胖子总是在出汗。那些龌龊的事对他们来说是很好的娱乐。如果他们看到我们中的哪个人没在唱歌，会立马开始打他。像这样抓住他的衣领，吼他。或者，他们会从后面靠近，使劲撞那个人的背，猛击他脖子的后方，踢他的脚。他们还会大喊：‘要么你张开嘴，要么今天就谁也别吃饭了！整个牢房的人都会因为你而挨饿！’有时，无缘无故地，仅仅是他们来了感觉，他们会说：‘如果不唱歌今天就没烟！或者没有早饭！’”

“你唱了吗？”

“我一开始很坚定——绝对不唱。我怕极了，但就是一个音也不唱。后来，是奥马尔让我开始唱的。他会唱得很起劲，像在享受歌唱，假装自己正高兴。他不在意士兵们的嘲笑，或者他的朋友可能会看到。他会开始唱歌，拽着我和他一起。他一次次地这么做，直到我们最终学会了所有的歌词。你还能怎么做呢？然后，你就只能使劲地唱。尽管那些希伯来歌词都是些脏话，曾经有个人告诉过我它们的含义，但是我喜欢那个曲调。四个月之后，你知道，它长在了我身上。那之后，曾经快把我逼疯的一件事，就是那段旋律真的很美。尽管我们被放了出去，回到家，我也会哼给自己听。我常常忽然发现自己边洗澡边唱它，或者边骑车边唱。这曾经快把我逼疯了，我会打开广播或者电视，播放一卷带子，就是想把它赶出我的脑海。”

听到他突然说希伯来语是多么奇怪啊，那么重的阿拉伯口音和错误的发音。“我有一只小绵羊……”他开始唱，我担心地看着他带着一脸嘲讽继续哼着，“一只小绵羊……”他温柔地唱着，试图记起歌词，“……和一只山羊。”对于我以色列的耳朵来说，他唱得是那样笨拙、那样可笑，像周五晚上戏剧小品秀上被演过火了的阿拉伯人，“我不需要七十二个处女……”

听着那原本动人的以色列歌曲在他嘴里被如此粗俗地歪曲，想象还是个少年的他，像一只马戏团里的熊一样惊恐地站在监狱的院子里，为了取悦士兵们而唱着歌。

“每次我感到可爱的……”

那些粗俗的词语，那段旋律……一阵可怕的、惊恐的笑声从我喉咙里不受控制地冲出来，刺痛了我的嘴唇，像是我在和那些以色列典狱官一起笑，正被这表演取悦。

“我把她们带到……”

“停下！”我一只手抓住他的肩膀，另一只手捂住他的嘴，“停下。”

他微微地笑了，把脸从我手下转开：“坚持一下，稍等片刻。”

“不，不，停下！”我压住那苦涩的笑声，那恐怖的、咯咯响的笑声，不让它变得更响，“我不想听到它。”

第十二章

现在是晚上了，客厅里的灯还亮着。桌子上是晚饭的残渣，外卖来自国王大街上的越南餐厅，小的塑料杯和碗，皱了的纸巾，还有半瓶红酒。我们从杜迪和夏琳的收藏里偷了一瓶酒，还从他们冰箱的深处偷了一罐巧克力味的 Ben&Jerry's 冰激凌。冰激凌冻得硬邦邦的，还覆盖着一层薄薄的霜气。哈米把它放到暖气片上解冻，但当我们洗好澡，神清气爽地走回房间时，冰激凌已经化成了热巧克力。洗漱干净，头发湿漉漉的，我们像一对江湖大盗，一个男管家和一个女仆，刚偷摸着享受过大餐，还用他们主人昂贵的酒买醉。我们一起洗了一个豪华的泡泡浴，还因为看到发亮的镜子里我们俩带着蒸汽的影像而感到兴奋。我们用他们松软的睡袍把自己包住，还——感到香香的和一点醉——在他们的床上亲热。

卧室的黑暗被客厅的一丝光亮稀释。佐伊正窝在床角，舔着冰激凌勺，弗兰妮四脚朝天地瘫着，从她在衣橱旁的栖息处看着哈米。猫咪的轻声响动被风的呻吟声和呼啸声加强了。窗玻璃随着风来来回回地呜咽而颤动，哈米的双肩包里放着 CD。当他从客厅走回来时，阿瑙尔·伯拉罕的音乐已经填满了屋里的黑暗。音乐渗入我们放松而舒展的四肢，沙漠笛和轻轻的鼓声填满了我们窃窃私语中的空隙。

“Bazi？”他瞟了一眼我挣扎着要睁开的双眼，“你睡着了？”

“不，我没有，我……”我翻身到自己的这边，蜷起身，“我只是把眼睛闭上了。”

他靠近，把我抱住。我们的腿在毛毯下缠绕在一起，我们温暖而协调的身体再次感应到了彼此。我的脚趾——我们这么快就熟悉了彼此——张开紧贴他的跟腱，抓紧他的脚后跟。

他的声音从我的后颈传来："你在想什么？"

"没什么，只是这音乐，让我想起我以前读过的东西。"我先试着在心里翻译，然后，把客厅传来的、如梦一般的旋律当作背景音，背诵道，"音乐是灵魂间交流的语言。"

他的头在我身后抬起："什么？"他在我重复这句话时把头向我这边靠了靠，他的嘴唇在我背上轻声重复，用一种嘶哑的耳语把它翻译成阿拉伯语："Al-musika hiye lura a-li ma e-ruakh bithaki maa halha."他声音的回音在黑暗中盘旋了一会儿，最终被音乐声吞没。"这句真的很美，"他深吸了一口气之后说，把脸埋进枕头里，"你在哪里读到的？"

"他叫约书亚·凯纳滋。"我说。然后，有些自豪地，我补充道，"他是一名以色列作家。"

"他用希伯来语写作？"

"是的。"我引用了原文，"Musika hi ha'safa sheba hanefesh mesochachat im atzma."

"再说一次。"

"Musika hi ha'safa sheba hanefesh mesochachat im atzma."

"看，在你说的时候，这语言听上去在某些方面有点不同。"他的声音听着有一点忧伤，他在我的头发里咕哝，"更轻柔，"他的耳语让我忍不住颤抖，"当你说希伯来语时，我几乎觉得它很好听。"

第十三章

尽管我已经精疲力竭，但还是过了很久才睡着。哈米早就挪到了稍远的地方，面朝上平躺，嘴冲着天花板张开。他的呼吸慢慢地有了轻微的鼾声，应和着窗外大风的呼叫声。我感到自己需要再回顾一次那些画面，再重听一次那些声音，才能把它们暂时放下，进入梦乡。一幕接着一幕，我召唤那些画面，让它们在漆黑的天花板上重演。昨晚和今天下午的每分钟、每小时，我们在这间公寓里共度的时光。我反复重演之前的 24 个小时，再次想起我姐姐录在答录机里的声音，还有乔伊和安德鲁的信息。我的思绪从这周我该完成的任务，还有那些等着我的工作上又飘回了这个房间，回到哈米在黑暗中有节奏的呼吸上。我回忆起在他入睡前的低语："我跟你说什么来着？"他听上去很果断、心满意足、内心笃定，眼睛已经闭上了，"一切都会好起来的。"

直到我起身上完厕所，喝了一些水，还——尽管我知道所有的窗户都已经关上、锁好——从一个房间去往另一个房间放下窗帘、关掉灯，确认大门已经锁好并拴紧门链，再爬回床上之后，我才跟自己说："一切真的都会好起来的。"因为昨天在咖啡馆里、酒吧里、大街上，在整个城市里，无数的年轻情侣相遇了，男人和女人的人生轨迹相交，一起度过周末，抚慰彼此，在这个巨大的城市里用这种简单的方式缓解了彼此的孤独。只是这样，我在意识逐渐模糊、呼吸也渐渐沉下去的时候想。我的呼吸和他的协调为一。就像它在昨日那样迅速地开始一样，它会在明天就结束。它会以一个大大的拥抱和一个在门前友善的亲吻而彻底结束，所以，睡觉吧，Bazi，一切都会好起来的。

All the Rivers

Part 02

第二部分

冬天

第十四章

12 月。感恩节和圣诞节之间的三个星期里，清醒的夜晚还有昏睡的白天，我们几乎一直黏在一起。在布鲁克林漆黑的公寓里过着与世隔绝的日子，或者和猫一起待在曼哈顿，一齐被窗外的落雪染上淡蓝色。然后，我们再次回到哈米的房间，在长沙发上流连，在阅读灯粉色的灯光下嬉闹。我们会一起静静地待上几小时，长时间地交谈，交换数不清的意见，倾听、喃喃低语。在风的呼叫和雷的炸裂声里，我和他躲在暖气片甜蜜而温暖的热风里安静地取暖。相同的几张 CD 在重复播放：查特贝克，莫兹斯坦，肖邦，艾拉・费兹杰拉……那些天寒地冻的 12 月里的日子，2002 年的最后几天，再次隐隐地出现在我的脑海里，尽管被保存在我的记忆里已经有些许失真，但它们依然在大雾中闪耀、在光里歌唱。又或许是随着时间流逝，它们不再那么清晰，却有了一种梦幻般的余晖。

我们在这里——在沙发上，激情满溢又精疲力竭。或者一同在厨房里，煮番茄酱肉丸和土豆当午餐，让艾拉和刘易斯在一边低吟。我们回到客厅，端着剩下的酒玩西洋双陆棋。接着在那个小小的、昏黑的卧室里，我们笼罩在一层奶白色的半透明中，被遮蔽也被照耀。事隔许久再次回望，我看见我俩滚在地毯上大笑，捂着我们发疼的肋骨—— 一直到连让场景模糊的指纹也似乎开始褪色。

等我们醒来去洗澡时，已经是夜晚了。放在烤箱里保温的吃剩下的烤肉依然香气四溢。拉希德塔哈横扫一切的歌声从扬声器里传来，混合着一个我记不起名字的黎巴嫩歌手颤抖的声音。然后是我自己，双颊通红，含着轻笑，在臀部裹着一条紫色的围巾，不敢相信自己在做什么。哈米得意扬扬又心满意足，散开腿瘫坐在长沙发椅上，看着我扭动身体双臂向着天花板缠绕着上旋，他的眼睛里亮晶晶的。

但是同样地，这一切都隔着遥远的烟雾。即使是在他爱慕的眼神里跳舞、旋转、轻舞发丝，我依然可以从旁观者的角度看到我们俩，也许是透过站在结冰的窗沿上的小鸟的眼睛。从扬起的卧室窗帘的后面，透过我腕上薄薄的丝绸，我看见自己一直跳舞直至开始眩晕。很短的时间之后，两个人影：他穿着工作服，拿着一块脏脏的抹布清洗着画刷，她扎着高高的马尾，交叉腿坐在长沙发上，膝头摆着电脑——我能穿过覆盖着雾气的黑色玻璃窗看到这一切。小鸟早就飞走了。

我从屏幕上抬起头来。他还站在我上一次偷看他时的那个位置：右眼眯着，左臂平伸，拇指跷起。上上下下地挥着画刷，在画布前面走来走去，眼神专注。从长沙发看去，我只能看到他的侧影。他向离我很远的画架靠近，接着用右手拿起调色板和那一小堆蓝色、绿色和黄色的颜料。画刷再次移动起来，我看着他的卷发随着他每一次点头而轻轻颤动。

还有些时候。爱丽丝……有些时候，我们几乎可以飞行。在我们漫步在这座城市之后，穿过东村或者下东区，当我们走上第一大道或者第二大道，从拥挤的人潮和圣马科斯附近的周末摊贩中艰难穿行。

当我们手拉手穿过满是派对、游客的大街，美丽的情侣们从我们身边经过，留下香水和须后水的味道，大堆的孩子闹哄哄地聚在人行道上。当我们脚步轻盈地穿梭在卖焚香、珠宝、电影海报和旧书的摊贩中间，路过的酒吧和咖啡馆每一次开门都会传来一阵欢乐的音乐声和叽叽喳喳的交谈声，成千上万繁忙的餐厅中传出谈话的碎片、银器的碰撞声，还有调味品的香味。寿司和三明治、沙拉，中国菜和印度菜，鲜花和气球在人流和鸣着笛的出租车中被兜售。路上还有乞丐、卖艺的人、玩杂耍的人和扑克骗子。有时候，会遇见定在原地一动不动的、穿着盔甲的中世纪骑士或者埃及的木乃伊、人形的雕像。突然之间，还会有一只惟妙惟肖的戴胜鸟标本出现，尾端粘着真的羽毛，单只脚站着，充满威严。一个又一个长着厚厚胡子的圣诞老人跟我们打招呼，挺着大大的肚子，脸颊红扑扑的。巧克力和广告宣传册，慈善箱和响着的铃铛，它们都聚在了一起。街头的音乐家们像一个巨型的流动乐队，迪伦给柴可夫斯基让了路，从大提琴到单簧管，从爵士到乡村，从曼陀林到萨克斯管。夜晚浓重的冷空气混合着雪花飘落时，干净的湿气中还有烤肉串店和汉堡店飘来的烟。我们走过的地方都有管弦乐队的吹奏，天地间的一切也在跟着轻哼。整个世界似乎变成了一条线，带着脉搏和满溢的生命力，带着声音、灯光和色彩——我感到我们俩在任何一秒都能飞起来，从人行道上人群的头顶掠过，直直飞向高空。

你也许会说这只是因为我们下午抽的大麻，或者是我们刚刚喝过的、能让一切都顺当起来的啤酒。又或者，像你之前说过的那样，偷来的水尝着才更甜：我们正在享受着那醉人的自由感觉。当我们走上街道的时候，常常被成功地隐藏了自己的感觉所包围。当我们拥着彼此前行，没有人知道我们是谁，我们只是嘈杂中的两个普通人。在这城市数不清的闪烁灯光中和巨大的喧闹里，一只孤独的氢气球突然升到高空，而我们的目光也一直跟随着它上升。我的心在腾空、在旋转，幸福得要炸开了。它像那只气球一样在空中滑行，像个银色的斑点一样消失在大楼的上空。

我再次把视线从电脑屏幕上抬起。他正在调颜色，舌头从嘴角探出来，淡粉色。他注意力十分集中，把画刷的圆头蘸入黄色的颜料堆里，然后在调色板的中央留下厚重、浓稠的一条，旁边是他刚调好的白色颜料块。他加了很多的蓝色，又稍微蘸了一点更深的蓝色。他把这些颜色都混合起来，快速把它们搅拌成蓝—黄—白。

现在，魔法开始了。这种神秘的魔法每一次都会把我的注意力从电脑上吸走。我开始预测，密切注视着画刷，看着它搬运颜色，用各种方式旋转、梳理它们，把它们铺散开。转瞬之间，黄色便变得有些脏，还带了灰色，它明亮的色彩此时蒙上了灰尘，蓝色消退变淡，不再那么纯粹，它吸收了灰色。我看着他调和这些颜色，随着蓝色和黄色的消失，一种全新的颜色出现了：一种生动的绿色。

我的双眼又转回电脑屏幕。我完成了最后的几行，接着又从头开始阅读、删除、修改。但是，我的思绪已经散了，它悄悄地溜走，时刻关注着房间里的哈米，留心着哈米的破 T 恤、在他牛仔裤下晃动着的大腿肌肉。我被诱惑去仔细观察他额头上交错的纹理。接着，我的注意力又停在了他头发上的发圈、他手指上的颜料点，那些斑迹——

绿色、黄色和蓝色——印在他脸颊和额头的皮肤上。

在那些时候，似乎像电影里一样美丽而闪耀的纽约正在我们脚下无限地延伸着。当我们走在一起，在人潮中穿行，我觉得这座巨大的城市也陷入了爱河，像我们一样沉醉。这座城市为了我们而点亮了无数灯光，为取悦我们而努力地施展着自己的魅力：建筑看上去都更高了，树木也变得更翠绿、更耀眼，夜晚的天空有了更深沉的颜色——一种优雅的浅蓝，地铁冲得更快了，发出更响的嘎嘎声，节日庆典的光点亮了每一条街，和嘈杂的声音一起突然间覆盖上了城市吵闹的音乐声……

“那是什么，Bazi？”他的声音离得很近，一个暖乎乎的吻落在我脖子的后面——他靠在我的身后，“等等，你在写关于我的事？”

“当然不是。”

他越过沙发的靠背俯下身，半张脸被电脑点亮。他带着好奇的期待从眼角瞥了我一眼：“那你为什么总是打量我？”

“没有原因，也没有很频繁呀。”

“还在给你姐姐写信？”

“是的。”我把电脑移开，放在桌子上，“或者又可能不是……”

“那继续写吧。”

“我都不确定还会不会把它寄出去了。”

“好吧，不论如何，写写我是多么的英俊。”

“好啊。”

“还有聪明。”

“既聪明，又英俊。了解。”

他的嘴唇在我的脖子上摩挲，让我的头皮都绷紧了。“你还得写上你是那么的……”他对着我耳后的阴影小声说，“那么的……”他的牙齿轻轻夹住我的耳垂，用嘴吮吸着我的耳朵。他的左手敏捷地从左边环过来，手指充满爱意地在我的锁骨上游荡，解开我的扣子。我的金耳环依然卷在他的舌头里。在我的右边，他的左手伸进我的衣服里，寻找着我的心跳，“那么的……”

他的手很稳，充满自信，在我的两胸之间逗留。我低头看见他沾满颜料的手指在温柔地揉捏我的乳头，我几乎就要窒息。我看着他的手伸向我另一边的乳房，一遍遍地揉捏，我的皮肤上留下了他爱抚过的斑点和浅色的痕迹。一阵担忧在我心中闪过，就像大雾里远处的灯光：我们就像那些颜色，飘浮着相聚，交融为一体，绿色、黄色和蓝色。他弯着身体，更深地进入，我把手指插进他浓密、卷曲的头发中。越过他的头顶，我的视线落在了放在桌子上的电脑的屏幕上，看着那些我写了一下午的文字。我是从昨天下午开始写的，没什么特殊的目的，只是想快速地回复一下我姐姐的邮件。但是，今天当我继续开始写它的时候，它突然间就换了一种风格，更加热烈、更加诗意。我被一种想要放肆地去讲故事的欲望和一种通明的、锐利的清醒的感觉所攫住，文字自己汇聚起来，流淌了一页又一页，翻腾起泡沫。直到我意识到自己并不是在给爱丽丝写信，收件人事实上是我自己，它是留给未来那个我的信息——一个还是未知的我自己，那个已经回到以色列很久的我自己，那个将会一直住在特拉维夫的自己。那个遥远的我总有一天会打开这封邮件，阅读这些文字，也许带着一种后见之明，能更好地理解此时我的内心正在发生着什么，我在这些疯狂而美丽的日子里都经历了什么。她会提醒我自己曾和哈米一起，曾经在纽约，在位于布鲁克林的工作室里。她会阅读那一行行的文字，记起我曾经怎样像那只整个下午都栖息在窗沿上的鸟一样坐在这个长沙发上，在2002 年的 12 月。她会看着我那样地爱着他，写下这些字句。

第十五章

周四的时候，我在电话里告诉爱丽丝，我们和乔伊还有托姆一起去参加了一个位于切尔西的“崭新而耀眼的展览”的开幕式，之后去了他们熟悉的一个小酒馆吃晚餐。“真正的法国人都在那儿吃晚餐，那儿简直棒极了，”在那夜的尾声，他们把我们送回了布鲁克林，还上楼欣赏了哈米的画，“你不会相信他们有多么喜欢它。”

我能听到她在电话那头正把碗碟从洗碗机中取出，打开又合上橱柜。“他们说画真是太出色了，”我夸口道，“又美丽又杰出。”我的热情更加高涨，“他们都为他折服。”我听见随着她移动的无绳电话发出的嗡嗡声，还有时断时续的流水声。“还有——听这个，”我的脸紧贴着电话，“托姆说他有个朋友是兰登书屋集团艺术书籍部的资深编辑，他要把她介绍给哈米。他说她一定会为他的作品疯狂的。”

我手中的铅笔一直在乱画着星星和金字塔，兴奋地在《白蚁和琥珀石：中新世里的内共生》——一篇用黄色和蓝色标注过的复印文件的边缘瞎涂鸦，在电话响起来之前，我一直埋首于这篇文章。

“哈米，”我觉得自己的涂鸦可爱极了，“在听到这话时几乎要昏过去了，他甚至不知道——”

“这事要朝哪里发展，莉雅特？”她突然很没耐心地问道。

“那个出版——”

“嗯？”她的呼吸声打断了我的话，“这事要朝哪个方向发展，亲爱的？”

微笑依然挂在我的嘴边。什么朝哪里发展？在我发问之前，她走回了那个很吵的水龙头旁边。“哈米，哈米，哈米。”她在话筒旁沙沙地弄着什么东西。“哈米做了这个，哈米说了那个。现在已经几乎过去两个月了，”她的声音短暂地被一声尖锐的不锈钢管的撞击声所淹没，“你每次谈话都只会聊哈米、哈米、哈米。”

我手里的铅笔掉了，因为在这儿也是一样的，在我画的星星和三角形中，几个画了花边的、罪大恶极的“哈米斯”不知何时出现了。我缓了一下，让自己回过神来，苦涩地说：“爱丽丝，你出什么问题了？”

“我怎么了，莉雅特？我出了什么问题？”

在最初的震惊和让人感到刺痛的受辱感过后，我内心的一部分也被她吓了一跳——被我是那么的透明吓了一跳。她怎么能永远都一眼就看穿我？我聪明的姐姐，即使是在地球的另一端，打着横跨大西洋的电话，也能精确得如此令人心痛。

“好吧，那么，我再也不会跟你讲任何事了，”我带着抵抗的口气嘟囔，“如果你不想听——”

但她迅速地反击了：“这个叫哈米的家伙，我是说……像是他已经完全地占有了你。我无法再和你讨论其他的任何事，自从你遇到——”

“哦，拜托，这又不像——”

“说实话，这像是他给你下了降头。”

“什么？”

“自从你遇到他之后，你就像是……”她停顿了一会儿，犹豫地哼了很长的一声，“我不知道，像是陷入了某种蛊惑……”

“那叫作，”我酸涩地嘘她，用那种我有时会对她用的、烦人的语调，和少年才会有的那种争辩的口气，“堕入了爱河。听说过吗？”

你，我的大姐，在度过五年的婚姻生活和养育了两个孩子之后，也许已经忘了爱情是什么，我在心里想道……但是，我苦着脸吞下了剩下的话，继续用铅笔在手边敲击。你，带着你的家务：洗衣服、看孩子……会不会有可能是你嫉妒了呢？我烦躁地摇晃着铅笔，不耐烦地，就像是她能看见我一样。这也许就是你不愿意听我讲的原因——

“堕入爱河是好的、健康的，”她像女学究，或者自以为是的傻瓜那样回复道，“我希望你能得到最好的。继续吧，就在爱里愿意待多久就待多久……”

“哦，多谢，真的。”

“但是，这全部的……”在长哼了一声之后，她又停住了，被碗碟分散了注意力，“全部的这些……”

“全部的什么？”我失去了耐心。

“你知道，全部的关于飞翔的这些事，‘我们从现在起的每一秒都有可能飞到天上去。’全部的这些……”

该死，该死。我把电话从耳边远远地拿开，握着它的手也愤怒地攥紧了。该死。那封愚蠢的邮件。我最终还是把邮件发给她，真是太傻了。那些文字现在在她嘴里听起来多么陌生、可笑，多么引人怀疑和不可靠。我周六晚上回家时重新读了那些文字，我担心的正是这个。我就是担心她也许会觉得它很可悲。像是要冲淡我自己澎湃的情感或者是缓和里面多愁善感的情绪，我在结尾加上了：“上帝，我都不知道自己是不是该把这封信发给你。”接着，我加上了一个谄媚的笑脸。然后，即使我知道已经很晚了，我自己也累坏了，也许应该等到早上再说，却还是点击了“发送”。那个黄色信封上的翅膀拍动了起来，我看着它倦怠地飞向了她的邮箱，我知道自己将会后悔。

“我该怎么跟你说呢，莉雅特……”她叹息道，听上去很烦心，“这整个故事……我越来越有种感觉，这不仅仅是一个……”她的声音听上去很忙，被跟着她移动的壶和锅的碰撞声所淹没。“你知道……只是一次……一次尝试，就像它刚开始时那样。”她的声音再次消失，又带着玻璃的叮当声再次出现，“我开始有些担心，因为——”

“爱丽丝，你要么跟我说话，要么去做别的事情！”我生气地嚷着，自己也吃了一惊，“真的，你不能这样聊天的！”

有一瞬间，一切都静了下来，只剩无绳电话的“吱吱”声。接着，她猛呼了一口气，几乎是在嘲弄：“你会吃惊的。”她停了停，接着说，“稍等一下，我正往外走。”

在遥远的本亚米纳，她离开厨房，穿过客厅走向后院。那里现在是下午。背景传来电视里儿童卡通片没什么水准的曲子，而在这儿，在这篇文章的边缘，我手里的铅笔又开始乱涂乱画。我神经质地画出越来越多的直线和三角，回忆我上周从布鲁克林给她打电话时她说过的话：“哦，你现在在他那儿？”她的声音意外地冷却了下来。“他就在我身边。”我说，大笑着，“但他听不懂我在说什么。一切都好吗？”她听上去有些犹豫：“算了，等你回家再给我打电话吧。”“不，等等，我去另一间房间。”我迅速从长沙发上站起来。“莉雅特，拜托，我不能这样跟你聊天。”她在我把自己关进珍妮的房间之后依然坚持，“我们就试试明天或者别的什么时候。”“好吧，”我同意，很失望，“如果你想要那样的话。”接下来，不知为何带着歉意的，就像是要让我碰钉子又要安抚我一样，为了补偿她声音里明显的、带着不满的距离感，她补充道：“我不知道，莉雅特，是你在说话，但你像换了一个人似的，让我觉得有些不舒服……”

此刻，我听见她正拖着一把塑料椅子，小鸟在鸣叫。“你应该看看我们在院子里做的工作。”她说，听上去很放松，焕然一新，“今年，所有的花都开得太好了。”这正是我们还是孩子时她会做的事：当她想要结束一场争斗，像什么事都没发生过一样继续玩耍时会做的事。我发觉自己几乎被她平和的闲聊所安抚，关于正发芽的水仙花和郁金香，顺着篱笆新栽种的那一排柏树幼苗，还有西番莲的藤蔓延得有多快的那些家常。在我固执地一语不发很久之后，她终于心软了：“我不知道，莉雅特。我只是有些不知所措。”

“我才不吃这一套，告诉我究竟怎么了。”她的沉默让我的声音失去了信心，我更进一步，“是什么事影响了你？我不能理解。”

“没有什么事。”她犹豫着说。

“我们一周没说话了，然后你——”

她清了清喉咙：“我只是……”她又变得局促不安，古怪地挪动着椅子，“我只是在想如果妈妈和爸爸知道了……”

我的呼吸停止了：“什么？”我让自己乱撞的心静了一秒或者两秒，“你告诉他们了？”

“我是说如果……”

突然之间，就像那些讲时间穿梭的电影里那样，花瓣在三秒内盛开和凋谢，果实在一眨眼的工夫成熟和腐烂，我感到自己的脸涨红了，无法控制地抽搐起来："我真不敢相信，你怎么能——"

"等等，听我——"

"你怎么敢？"我愤怒地握紧了电话，压过了她为自己辩护的声音，她在电话的那一端似乎也要发怒了，"你为什么要这么做？！"

"不，不，冷静下来！"她喊道，明显地生气了，"我是说如果！如果他们知道了……"

"上帝，你这个笨蛋……"在我长舒了一口气时，一声受了惊的呜咽还在我喉咙里颤抖着，"你吓到我了。"

"你才是笨蛋。"她嘘回来，"我没告诉任何人，甚至是迈卡。"

"妈咪！"我听见我的小侄子艾维尔德咯吱咯吱地跑过来，抱怨着什么关于天线宝宝的事。

"马上，甜心，"爱丽丝许诺道，"妈咪马上就打完电话了。"她给了他一个吻，"我们马上就修好它。"

我还处在震惊中，被一波波瞬间没过我的焦虑感，以及我对父母有那么微乎其微的可能性知道了什么时的过激反应弄得心烦意乱。如果妈妈和爸爸知道了我和哈米的事。

我回忆起几周前乔伊对我的问询。当时，我们正在咖啡馆排队，她带着严肃而有些忧虑的表情说："我们假设你的父母知道了他。他们会怎么做？"

我记得自己在那一刻瞬间像被什么刺了一下，我不知从哪里想到了一句讽刺的话："他们会绞死我。"我带着不知所措的平静和像无所谓似的嗤笑耸耸肩，"他们会把我吊在特拉维夫最高的那棵树上。"

在那个时候，我以为是乔伊脸上的担忧和眼里的紧张让我做出了有些过激的冷漠回应。她带着遗憾和宽容的脸不知为何激怒了我，但也许只是那个问题让我紧张了？我过后又一遍遍地回忆起那个时刻。是因为她提起了妈妈和爸爸吗？不管怎么样，我像是不受控制地想用我仙人掌似的刺消灭她无忧无虑的美式天真。但在看到她蓝色的眼睛因为震惊而睁大了的时候，我又迅速地补充说："不是真的！我只是在开玩笑。"然后，我过分夸张地笑了。

她的回应是一个眨眼、一个有些受伤的表情和一个谅解的微笑，像是在说：我就知道。

当我之后再想起这段对话时，我记起我因为她提到的关于托姆的事而烦心。哈米和我几天前去拜访过他们，乔伊说在我们走了之后，托姆很好奇我到底为什么不能和哈米在一起：是因为他是阿拉伯人，还是因为他不是犹太人？乔伊解释说托姆是真的在试图理解——就像是真有什么事需要理解一样。托姆继续说："我们假设哈米就只是个美国男人，一个新教徒或者别的什么，莉雅特还是会觉得他不够格吗？"

"但是，你选择的那个场景有点奇怪啊，不是吗？"乔伊边说话边把托盘从一边移到另一边，转过身看着我，"说他们把你吊在树上又不像是说'我爸妈会杀了我'。"她好奇地瞥了一眼我的眼睛，我尴尬地冲她眨眨眼，她继续说："那是一种公开的行刑，是一种用以展示的惩罚。我几乎要说那是……"

"源于《圣经》的，是的。"我接过她的话，我的声音听上去像是一句沉重而充满忧虑的咕哝，"那是一种圣经式的惩罚。"

"我只是想确认你有没有照顾好自己，亲爱的。只是这样而已。我想确认你是否记住了我们之前所说的，你说过你不会陷得太深。"爱丽丝在电话那头说道。

“我把自己照顾得很好，别担心。”

“好吧，听上去确实不像那样。”

“我告诉过你了，我很好。”

“你没有，你正在失去理智。”

“我没有失去理智，我知道这只是暂时的。它有一天将不得不结束，但是现在，它……”

“还有这只是一次奇遇。你对自己说：一次奇遇，一座不真实的岛屿……”

“是，一次奇遇，一座不真实的岛屿，随你怎么说。”

“什么叫‘随你怎么说’？它们是你自己的原话，莉雅特，你大概一个月以前说的。你自己说和他的这整个故事都只是其中的一个插曲。”

“哪其中？我说的是它不是——”

“迈卡过来了。”她小声说。

甚至在她让我小点声之前，我就听见了孩子们雀跃的声音：“爹地！爹地！妈妈——爹地回家了！”接着，迈卡和孩子们一起走进院子，迈卡熟悉的声音响起，还有一个吻的声音。

“谁的电话？”他的声音从电话那头传来，“莉雅特？”

艾维尔德显然是被他爸爸抱在了怀里，在离电话很近的地方用甜美的声音命令他爸爸：“爹地，现在过来，帮我把这个修好。”

“稍等，迈卡想打个招呼。”爱丽丝说。

“不，爱丽丝，等等，”几乎还没等我说完，电话就被猛地摇晃了起来，“现在，爹地，拜托，现在！”接着是迈卡低沉、充满阳刚气的声音：“怎么样，莉雅特？纽约好吗？”他的笑声透过了艾维尔德的乞求声，“给自己找到了个不错的犹太男孩了吗？”

我们在冬天渐渐疏远——爱丽丝和我。这不是一下子发生的，但是在之后的几个月里，我们间的电话变得很少，用的都是惯常的借口：要履行的职责，要完成的事项，昂贵的话费，还有时差。当我们难得说上话的时候，我对哈米绝口不提。我在和以色列的女朋友们聊天或者写邮件的时候，也不透露一个字。当有人从以色列来到纽约——有两次：一月份来了一个很亲近的朋友，还有一对夫妻来这里过逾越节。我对他们说：“是的，我在和某人约会—— 一个非常不错的希腊人。”

尽管我有安德鲁和乔伊，但那和我跟姐姐的聊天是不同的。我想念她，想念我们漫长的、事无巨细的聊天，我只把自己的胡思乱想跟她分享。我有好多想和她说的话——所有发生过的事、我全部的想法，但是我什么也不能说。有一次，当我不经意地说了一个“我们”，她打断了我，然后问：“你和谁在那儿？”她叹了口气，我能想象她正在做鬼脸，“拜托，莉雅特，纽约有那么多迷人的男人，你一定要吊死在这一棵树上吗？”

同样地，我没有告诉她，我们是多么享受在一起大笑的时刻，因为能让彼此开心而感到多么的欢喜，就像两个小孩子。我没有告诉她，我会收集一整天里的小细节和趣闻，只为在晚上的时候和他分享，这样我就能听见他笑，我也会跟他一起笑。我没有告诉她，那些我觉得他能真正理解我的时刻，他能用自己的方式理解我稀奇古怪的想法。我能看到他充满智慧的双眼，他瞳孔集中着注意力的时刻；我能看到他心灵的车轮正在和我的思想以完美的步调一同旋转。在如此这般的每分每秒里，我感到那样简单、那样满足、那样舒服。我们的好奇心会一同被点燃，然后再一起兴致勃勃地思考。在那些我们不断交谈的时刻，我觉得如果我曾经对自己感到困惑，如果我曾经是一团难以分辨的谜团，那么他现在就在一步步地走近来了解我，来回答我所有的疑问。

我没有告诉任何人他多快就能兴奋起来，像是一片被我的火焰点燃的荒原，燃烧着，永远热切。他渴望着我，在我身边舞蹈。我们共有的那些美妙的夜晚就像一个个无尽的苹果，只要你退去它的外衣，它就会再次变得新鲜无比。那些我们共享的幸福，它融化在每一次轻吻中。不论两人一起还是单独一个人，我们都觉得幸福。它是怎样地在掏空我们，又填满我们，之后再一次耗尽我们彼此的气力。当我们拥抱着躺在毯子下时，我们包裹着彼此，像陷在同一个鸡蛋中的两只蛋黄，躲在我们共同的壳里，在黑暗中躲在彼此的身体里，被爱满足、被爱填满。我们紧紧地纠缠在一起，像山洞中光着身子的男女，像两只相互盘绕的章鱼——我在很多时候都觉得自己几乎变成了他。我离他那么近，我和他一同融化，我几乎能感受到变成他的感觉。

我是怎样时不时地偷偷做着白日梦。我悄悄地想象我最后会和他一起留在这里。我没有离开他的那种毅力，我们一直在一起，住在一个远离所有人的乡村，住在一栋中产阶级的房子里。我们会有红色的房顶、一个烟囱和用篱笆围起来的院子。或者，我们可以住在一个没有人认识我们的大学城，车道上停着一辆大大的车，有两个孩子——一个男孩和一个女孩，过着电视里的那种美式生活。

第十六章

1月的时候，在节日结束之后，我回归教科书和字典，回归勤勉，回归安静的图书馆大厅。在布鲁克林，哈米重新全心投入到他的作品当中。他把自己大部分的时间都花在梦中的男孩上了。34幅完成了的作品悬挂在床的上空和墙上，等待着上色。他还得为这个项目再画六幅素描。他同时兼顾着另一个系列，在大画布和木板上画油画：无人的城市风景，纽约像一座充斥着桥梁和废弃塔楼的幽灵之城，闪耀着的湖面和油腻腻的河流上漂浮着各式各样的物品：梳子、双肩包、水壶和旧鞋。它们都和暗黑的水流一起浮动着。

新的一年对他来说似乎是充满希望的，从一开始就有好消息。11月和12月的时候，他的六幅作品在皇后区的阿拉伯艺术中心的大厅中展出——只用铅笔和丙烯颜料完成的梦中男孩的基本框架，作为海湾各州和中东艺术家集体展出的一部分。之后，他获悉其中的四幅被一家位于Soho区邻郊的、专注于年轻艺术家的国际艺术类作品的小型美术馆以1700美元买走。

圭多先生——一名60多岁有着棕色皮肤和银色头发的意大利人，是画廊的主人。他来的时候围着真丝围巾，戴着图章戒指，肩上还有一只路易·威登的皮包。他给我们介绍比阿特丽斯——一只长着灰色小胡子的、棕色的杜宾犬，正从包里往外偷窥。在很快巡视了工作室一周之后，比阿特丽斯带着一种有教养但感到无聊的表情跳上长沙发，蜷缩在我的膝盖上。它从我手里吃下几块饼干，在圭多先生走来走去检查哈米的新作品和画板时，和我一起密切地注视着他的表情。当哈米把圭多先生带进卧室向他解释自己的计划和他无尽广阔的灵感时，比阿特丽斯竖起耳朵听它主人的赞叹和热情的鼓掌声。在这次来访的尾声，圭多先生又定下了一个系列六张作品。他从包里拿出 1200 美元给哈米当作定金。

“用现金支付！”哈米一跃而起，从门边蹦蹦跳跳地冲回来，手舞足蹈，兴奋地喊道，把一沓绿色的钞票像鸡冠一样举在头的上方挥舞着，“用现金，用现金，用现金！”

在纽约三年的艰难生活中，他过得捉襟见肘，当过服务生，清洗过商店的玻璃，当过搬家工人，发放过广告传单，他甚至放弃了被当作安全网的阿拉伯语教学。他通知分配给他安德鲁和其他学生的那家位于曼哈顿的私人语言学校，他想要暂停教书。这个月末，他终于不再需要打电话给自己的房东——他缺席的室友珍妮的母亲——请求再宽限一些交房租的时间。一个晚上，当我们路过四十二街上的一家大型电子用品商店时，他禁不住诱惑走了进去，查看橱窗中玻璃货架上的那台闪亮的、最先进的 DVD 录像机。他花了 450 美元买下一套全新的索尼设备寄回拉马拉送给他的弟弟玛万，玛万最近刚完成在突尼斯的电影课程。

哈米现在不眠不休地工作着，没日没夜地作画。他摒弃了其他的一切，一心只为完成手上的这个项目。冬季带着复仇之心占领了这座城市，哈米躲在布鲁克林，舌尖一直杵在嘴角，十分专注地作画，擦掉，再重新画。冰雹肆虐，大风哭号，雪花在屋顶和窗沿上堆积。工作室内，被色彩、线条和各种形状所淹没，哈米狂热地工作着，带着一种匆忙、急切和无休止的热情。

他每天晚上只睡四到五个小时，在早上 7 点或者 8 点闹钟响起时醒来，洗澡，随便抓点什么就着咖啡吃下。抽过第一支烟后，他把卷发在脑后梳成一个髻，用女孩子的皮筋扎好，就开始工作。到中午的时候，他的全身就已经全被灰色的斑点所覆盖：他的手指是灰色的，他整张脸是灰色的，还有他的前额、前臂。时不时地，他会在中午睡上一会儿，蜷曲在长沙发上，耳后还别着一支铅笔。即使是我在这里的周末，他也依然是这样度过的，即使是我们晚上外出很晚才回家。他抽很多烟，喝下大量的咖啡，吃皮塔饼、面包卷、冷牛肉或者盒装的麦当劳起司汉堡。当我打开冰箱的时候，看见可乐罐，油腻腻的外卖盒里装着从中国餐馆外卖来的米饭、蔬菜和鸡蛋面的残渣。

有一天晚上，我拥抱着他，感到了他的胸廓，跟他说他瘦了。我的手指划过他突出的颊骨和黑眼圈，在亲吻的间隙警告他，他的牙齿会因为烟、咖啡和可乐变黑。但他总说这是胡话。他抱紧我，说自己健壮得像一匹马：勤奋的工作让他比任何时候都思维敏捷、神志清醒。

“这正是我一直在等待的那一年，Bazi，”他对我耳语，“这是我的黄金时代。”他满是敬畏地重复这句话，一遍遍亲吻我的肩膀，“这是我的黄金时代。”他凝视着天花板，告诉我他几乎要被这突如其来的好运吓到，爱情和灵感都突然降临在他头上。他害怕这是反复无常的命运过分慷慨的赠予，一份随时可能突然消失的、仁慈的分配。

我们周一到周五见两次面，并一起度过每一个周末。我听见他溜下床，洗澡的水流声，水壶发出的轻哼声。我边打盹儿边听见削笔刀的嚓嚓声和铅笔的沙沙声。有的时候，在早上我走去卫生间的时候，会发现他在画板前弯着腰，周围是空了的咖啡杯和已经满了的烟灰缸。几个小时之后，当我再次醒来的时候，他依然在同样的位置，手里握着铅笔，用一双晶晶亮的、充着血丝的眼睛望向我。

这个梦中男孩的项目，已经进行了 16 个月，现在是他的整个世界——那是与他往常世界不同的所在。1 月末的时候，卧室的墙上已经不剩任何空隙。40 幅悬挂着的画作已经完成到最后的细节处理部分，这些是他每晚睡前最后看见的东西和睁开眼首先注视的美妙场景。2 月初的一天晚上，他进入了上色的阶段，这一阶段将会持续 5 个月。一旦他拿起画刷和油彩用绿色、紫色和淡红色组成的光谱赋予那苍白的灰色铅笔线条以生命的时候，整个房间似乎都被点燃了。

那也是一系列不同寻常的事件开始慢慢聚集的一段日子。奇怪的巧合会莫名地发生。有一天，一个女人在地铁上眼泪汪汪地转向哈米，说那件他两年前在一家二手商店买来的蓝灰色的螺纹套衫是她亲手织的，她在自己丈夫去世后把它捐给了慈善商店。还有一个下午，有人敲门，哈米开门发现是一位坐在轮椅上的年老的女士和一个青年人。青年人解释说他生病的祖母最后的愿望是进到这所房子里来看看自己长大的地方。电话铃响起，一个接着一个的兴奋的人打来电话说他们看见哈米的儿子在华盛顿高地闲逛，睡在中央公园或者在阿姆斯特丹大街上了一辆公交车。最后，那个丢失男孩的父亲终于打来电话道歉：他在寻人启事上印错了电话号码。

若是处在一个不同的时间段或者是不同的心情中，这类事情一定很快就会被遗忘。但现在，它们给哈米带来了一些让他不安的象征意义，留下了紧张又脆弱的回声。就像他一直有不安的感觉，一种模糊、无法解释的似曾相识感，就像是他曾在另一段人生经历过这一切一样。还有那些梦——大量的梦境。“我昨晚做了 100 个梦，”他不断地在电话里告诉我，“也许有 1000 个。”

他幼年时在希伯伦的记忆也都浮现了出来。屋子的角落，房顶上的鸽舍，他父亲的杂货铺，那里弥漫着气味，那些影子。这些场景从他的梦里浮现，又出现在他的画布上，充满了生命力。他画石头房子和小路，还有挂着晾衣绳的后院。他画地板砖上的阿拉伯式花纹、堆满了床垫的儿童房、高高的天花板，易卜拉欣清真寺光塔的影子穿过窗户，在日落时分远远地越过屋顶。

接下来有一天晚上，他梦见自己的父亲站在屋顶的风中出神地抽着烟。那不是七年前哈米在巴格达时送别了的、年迈的、正在生病的父亲——他 69 岁的父亲的心脏在挣扎了几个月之后最终停止了跳动。不是镌刻在哈米记忆中的，来自最后一张全家福的那个模糊的形象，那张照片的原件夹在了这公寓里某处的画里。他画下了自己父亲 20 岁时的样子，那时哈米只有 7 岁。他捕捉到了父亲那令人印象深刻的坚定目光和额头上条条分明的皱纹，变灰的胡茬儿和他强壮、晒黑了的脖子上的皱痕。哈米在作画的时候流泪了，就像在他昨夜的梦里，当他的父亲那样生动地出现在他眼前时一样。

他开始有各种各样的预感。那种令人不舒服的、不请自来的感觉，就像他所做的不过是恍惚地思考着什么事情，然后这事不知怎的就变成了真的。他担心他自己可以看见还没有发生过的事，他能够遇见未来，甚至在不知不觉中决定着未来。他眼里是彻骨的担忧："就像现实不过是在模仿我的想象。"

但当我让他举个例子时，他拒绝了。他担心说出来的话会让事情开始慢慢成形，然后成真。我再次尝试，但他开始逃避。

"忘记它吧，"他皱着眉头说，不断地按下打火机的开关，"我不能再继续想这些事了。"

"你让我担心了，你这傻子。"我在他说我听上去像他妈妈一样时解释道。在电话里，我能听到他按着打火机的声音，以及吸烟的声音。我问他每天都在吃什么。我听出了他抽的是什么和那刺耳的声音，他在猛吸手里的东西。我提醒他，说他抽大麻已经过量了。我担心他总是心不在焉，总是迟迟不出现。还有一次，他把雨伞落在了地铁上。189 美元从他的口袋里莫名地消失。以及在我们去买衣服时，他突然发作的精神错乱和紧张。那是在一家很大的商场的正中央，周围都是等待出售的箱包，他的双肩包连同里面的草图一起不见了。他在商场内飞奔，惨白着脸，睁大眼睛气喘吁吁地在自动扶梯上跑上跑下，最终崩溃在一间试衣间里。他把自己失而复得的双肩包死死地抓在胸前，颤抖着的眼泪落进售货员为他端来的那杯水里。

他如此频繁地哭泣令我十分担心。可当他笑的时候，我又担心他喉咙中迸发的咳嗽声，那会让他的笑声变得刺耳。我也担心着那些被他压抑下来的刺耳的、沮丧的啜泣所发出的隆隆声。一天晚上，他洗碗的时候不小心摔破了一只玻璃杯，一块很厚又尖锐的玻璃碎片像一把小刀一样穿过浓密的泡沫扎进了他左手的拇指，在他的肉上割了一个很深的马蹄形伤口，血流满了水池。还有一次，他忘记把正煮汤的炉子关掉便出了门，烟雾报警器被触发了。当他晚上回到家时，邻居和公寓管理员愤怒地把他团团围住。公寓不但冒了烟还被熏黑，烧成炭的锅依然还在炉子上。

我觉得这一切都令人担忧，同时也使人气愤。抽烟后的味道久久弥漫在空气中。烟灰的痕迹和灰尘的踪影到处都是，油彩点、铅笔屑和橡皮末也随处可见。老鼠已经四处乱窜了几个月了，在浴室里一会儿出现一会儿消失，在黑暗中穿过门廊。老鼠夹潜伏在房间的每一个角落，上面是干掉了的小块意大利腊肠和奶酪，混杂着灰尘和头发。让我发怒的还有他一点儿也不在意厨房的窗户卡住了，所以油烟都进了屋，以及早该被换掉的日光灯泡一直不停地闪。惹毛我的是，当洗洁精用完之后，他毫不介意地开始用洗发水洗碗。惹毛我的是，他从自助洗衣店回来之后，从不把衣服叠起来，只是把还带着烘干机温度的衣服都堆在衣柜里。衣服从架子上散落得到处都是，他的衬衫和裤子上都轻微地发了霉。惹毛我的是，他永远迟到，永远气喘吁吁地出现，满是歉意和借口。我有一次在西十七街等了他两个小时，而他正等在东十七街。惹毛我的是，他走到哪儿都带着速写本，不管我们是在地铁上还是在餐厅等着上菜，他都会开始画画。在电影院，他开场十分钟就在我的肩上睡着了。我们和安德鲁还有他的小女儿乔西一起约好共度一个下午，而哈米一直在神游天外。乔迪，朱莉娅，乔伊——他甚至记不住她的名字。让我又担心又生气的还包括他不住地道歉，可又避开我的吻和爱抚，说他没有心情，他更想继续工作，他只是需要完成什么东西。

我抓紧生活中的细节，还有每一天的日常，我原谅所有，几乎是没心没肺，直面被他定义为山的阴影。我时常地向他和我自己解释，是创造的热情和艺术那醉人的力量正裹挟着他，也正是他强烈的情绪、层出不穷的预感、摇摆不定的心情，潜伏在各种不断袭击他的征兆中，还是那些眼泪的根源。

“平衡，”我指出，“你需要保持平衡。把你的生活平衡起来，把一切都平衡起来。”

我专注在简单、世俗的事情上，跟他保证如果他能多睡一会儿、吃得规律一些，如果他不再一天到晚躲开与他人的接触，如果他时不时地多呼吸一些新鲜空气、多见见朋友、和我一起去上瑜伽课的话，一切都会好起来。

也许我采用了这种实际的、母亲般的语气是因为我不知道该怎样处理这样狂热又恐慌的情绪，我不想处理他的脆弱。也许我确实变得易怒，他一开口，我就会失去耐心，但他的脆弱又使我平静下来，这就是我变得如此有效率和意志坚强的原因。这就是我为什么会带着日用品和花去看他，即使我们已经五天没有见面，我还是一进门就马上开始给他煎汉堡、换床单。这就是我为什么在今天的电话里，当他因为需要我而央求我过去——他并不是指性——他需要我去听他讲话，去和他聊天。

“我再说一次。现在发生在你身上的事情是很自然的，也可以被理解——完完全全自然和可以被理解的。让你感到充满力量的这种感觉显然有它的作用。并不是说我不相信你，但事实上这些想象，你下意识的思想，它们在现在正在高涨——不，不，你听我说。所有的这些视觉、这些预兆、这些奇怪的梦境——你在听吗？是你的想象力超时地工作——它们当然都是相通的。而且，如果你想想自己都抽了什么该死的东西，一切都绝对能说得通了。如果你觉着即使你醒着，现实中的一切也像是白日梦的话，也并不令人吃惊。我知道，是的。非常吓人，因为如果你有那种让美丽变成现实的力量，那也许真的很让人感到恐惧。你所有狂野的幻想，也许它们也都会成真。但是哈米，听着，生活会继续。一切都还好。看着我，亲爱的。没有什么坏事发生，对吗？”

他点头，显然还不放心。

“另外，我向你保证这些都会过去的。在你完成这个系列之后，一切就都会过去。我告诉你，实话实说，你真的不用担心任何事。”

但是，在夜里的时候，当我上床，在黑暗中蜷缩在他身边的时候，我才是哭泣的那个。当我半梦半醒地从浴室走回来，路过门厅靠在墙上的那些画，路过他父亲的肖像，在我把灯关掉前，他父亲充满生命力地望着我，一个想法从梦一般的大雾中穿过：那就是哈米老了以后的样子。然后，我的眼泪就会打湿他熟睡的脸，我在暗中亲吻他的脸。总有一天，这张脸上会显示出衰老和皱纹。我亲吻着那张饱经风霜的、皱皱巴巴的脸，我哭泣，吻着 50 岁、60 岁的哈米。年月流逝，他会变成那样的老人，他的身体会变得成熟而体面，也许会壮实一些，白了的头发散落在他干瘪的胸前，老人斑和老花镜，除此之外还有他的妻子。他的妻子出现在我的想象之中，又瘦又高，依然美丽，像我们小时候会出现在周五下午电视放送的电影里面的那些埃及女演员。我闭上眼，想象他们正在自己的后院，沐浴在金灿灿的阳光下。哈米坐在椅子上，她站在他旁边。我想象她冷漠地看着我，被光晃了眼。还有他们的孩子。在我离开后，他将拥有的漫长的人生，在我们忘记了彼此的很多年之后，我们在纽约的一个冬天所拥有的这段情，只是一段遥远的记忆。

第十七章

我们看完一部傻乎乎的喜剧片后离开了市中心电影院。外面正在下雪，我们因为这寒冷的天气而叫了出租车。在我们暖和起来，终于解冻之后，司机打开了广播，广告之后是吉他的旋律和安妮蓝尼克斯的声音："有多少悲伤……"我们同她一起唱，记得每一句歌词，"你能试着掩饰多少悲伤？"她问，然后保证说爱的魔力将会洗刷所有的痛苦。在合唱之后，她又大声唱："他们说最懦弱的人往往把人伤得最ferociously，"哈米停止歌唱，问道："ferocioisly是什么意思？"

我也停下来："ferociously?"我也不知道这个词的意思。

他身体前倾，透过玻璃向司机询问。司机从后视镜看着我们："ferociously就是像……"他把声音关小，"像是很狠的，残忍的。"

"最懦弱的人往往把人伤得……"

"最残忍……"

就在一瞬间，出租车就被我们几天前争吵时哈米对我说的那些狠话的浪潮所淹没——不仅仅说我是他见过的最大的懦夫。他说，我还把自己的懦弱变成了一面旗帜，一有机会就摇晃它，它看上去像一面白旗，但事实上它是我的自私、我的冷酷和我的残忍的弹药。

这一切都开始于一个糟糕的笑话。我们当时在书房——我在桌前，他在电脑旁，当我抬起头发现马上要到两点了，便伸手拿过电话，在按键之前，我央求哈米去客厅，这样我就能给家里打电话了。

他没有把视线从屏幕上移开。“你可以打。”他过了一小会儿之后说。

他没有挪地方，我催促他：“快去，哈米。”他开始移动，我站起来，“而且不要出声。”他生气地小声咕哝着什么。我笑了，在他身后点头：“就十分钟。”在关上门之前，我还咧着嘴笑，“就从我的人生中消失十分钟。”

我从没见过他如此受伤、如此气愤，他嘴角的肌肉开始不受控制地抽动。他的脸上是盛怒的表情，僵硬，因为受到侮辱而激动。他从来没这么大声地对我说过话。他的眼神是那么恐怖，脖子上静脉血管凸起，青筋也鼓了出来。他冲我吼得那么大声，我不禁退缩了。我坐在长沙发的边缘，震惊得回不过神来，看着他在地毯上踱步，滔滔不绝。他时而用手指着我，时而在空中挥舞着手。他猛烈地指责着我，时不时还用力地戳自己的胸口。

我试着把事情带回它的起点，坚持说那只是句无心的玩笑。我试着为自己辩护，我解释，但我说的每一句话都只能让他更加生气。在我们听见电梯停下，邻居的脚步声传过来的时候，他终于扶着头闭上了双眼。他用一种完全不同的声音提起我两三周前说过的话——那些体贴和充满爱意的话，但他现在提到它们时带着蔑视的冷笑。唾液从他嘴里射出，他猛地用手抹去，像是在掌掴什么人。

“这太棒了，这完全是一回事。站起来，然后走开。‘快走，去客厅，从我的生命里消失十分钟。’‘现在回来，爱我。’这就是那种你永远需要的，该死的控制欲。‘过来这里，进入我的灵魂。’‘现在出去吧，亲爱的。’然后接着‘爱我吧，我的哈米克，把你的一切都给我。

但别忘了——只能到5月20号。你只能爱我到5月20号。’为什么呢，Baz？为什么是这样？‘因为在5月20号，我就要回归我真实的生活中去了。’是的，真实。我们就一起玩5个月的小游戏，我们再玩4个月，再3个月，但只能到5月20号。接着，khalas，游戏结束了。我们会有一个告别派对，然后一切就结束了。‘这不是真实的，我亲爱的，这是纽约。这只是一个我和你一起做的长梦。’你知道在你把我踢出你的人生的那十分钟里，我记住了什么吗？你知道吗？”

是那根大头针，那根我年幼时捏在拇指和食指间的针。我在清晨跑着去上学，那根保护我不被阿拉伯绑架犯侵犯的针。他说我依然捏着那根针，把它握在我们中间。他说我有的时候完全只顾自己，完全被胆怯所占据，所以根本看不到我正用那根大头针一次一次地刺伤他。说出这些话让他精疲力竭，他停了下来。

我们最后一次讨论到这个问题时，我坦白说不仅仅是因为我的父母，还有这件事会对他们造成伤害。事实上，是我没有这么做的胆量。我没有过那种生活的勇气：那种英雄式的、不那么舒服的、大胆的生活。我梦想着简单的日子，一个红色的屋顶，两个孩子，和一个与我相似的人。“这是真的，”我边耸肩边说，“我确实太传统了。”

现在，我透过眼泪，看到他的眼睛眯了起来。我擦干眼泪，注意到他的喉头迅速地动了一下，我的心因为那个上下翻滚的喉结冲出了胸膛。我绕过长沙发的椅背，我的头几乎挨着了他的手臂，但他的胸膛变硬了，他厌恶地把头转向一边。

“你甚至看不到它。”

第十八章

1月初的时候，我们迎来了这一年的第一个周五。我在中央广场旁边的一个巨大的百货商店的儿童服饰区待了一整个早上，享受着圣诞节后的折扣，为侄子和侄女买礼物。我姐姐把他们的身高和体重传真给了我，还有可爱的让人心动的艾维尔德的右脚的脚印，亚拉的左脚脚印印在旁边，甚至比我的手还要小。在回家的路上，两手都拎满了购物袋的我在大学旁的一家有机熟食店停下，为晚餐买了一瓶红酒和一块蛋糕。

我在下午的时候穿好衣服、化了妆，搭地铁去上西区。我在第一一〇街下车，向东往阿姆斯特丹大街走去。看门人问了我的名字，在简短的电话确认后，他为我叫了电梯。我坐上去，通向十八层。玛雅和吉迪的公寓门上有孩子用彩色蜡笔画的希伯来语和英语的指示牌：“欢迎！”我能听见屋内传出的 Kaveret 乐队旧日的精选集的声音。

门是开着的，伴随着歌声传入我耳朵的，还有谈话的片段，以及家常菜的香味。双胞胎中的一个站在门廊，穿着印有宇航员图案的睡衣。

“你好。”

他有着直直的、淡黄色的头发，一个发光的小鼻子，脸上还长着淡淡的雀斑。“你好。”他抬头看着我，带着馋嘴猫一样的微笑——两个门牙都不见了，他把两只小手都伸出来够我拎着的纸袋里露出的、包好的礼物。

“别，达利，甜心！”玛雅在他身后出现，用餐巾擦着手，“那不是给我们的。”双胞胎都遗传了她浅色的皮肤、浅色的头发和雀斑。她穿着灰色的便裤，瘦款蝙蝠袖毛衣，她的衣着完美地衬托了她绿色的眼睛。“嗨，莉雅特，快进来！”她喊道。

小男孩低下头，因为害羞和失望把头在妈妈的大腿上蹭来蹭去。

“你确定不介意？”我在我们亲吻的间隙问道，“我不能拒绝……”

玛雅把我的包接过去，掂了掂它的重量。“这没什么，”她保证说道，“你应该看看我从以色列带回来的那堆几乎够用两周的器具。”

那一周的早些时候，在她的第十五条留言之后，我在工作中给她回了电话道歉。他们邀请我一起在光明节点蜡烛，但是我没有去，然后我又逃过了新年前夜的派对。而现在，就在我尴尬地脱下大衣的时候，我再次道歉：“我买了一些酒和一个蛋糕，”但接着我就意识到我忘带那个熟食店的袋子了，“我把它们落在家了……”

“别担心。”她把我的大衣挂起来，指指桌子，“那儿什么都有。”

桌上摆着极其丰盛的 12 人份晚餐，就像我上次来过犹太新年时一样。白色的桌布上摆着加了葡萄干的辫子面包，很多瓶酒，色彩斑斓的沙拉。窗台上那对安息日烛台上点着的蜡烛反射在漆黑的玻璃上。

“哎呀，你好，年轻的女士！”吉迪带着一个伪装的惊讶表情欢迎了我，并给了我一个大大的拥抱，然后假装受到了伤害一样退了一步，“你跑哪儿去了？我们都见不到你！”他和玛雅一样都是 40 岁左右，他光头，有两条连着长的眉毛和深棕色的皮肤。在他的名牌牛仔衬衣和这些年在美国耳濡目染出的八面玲珑的性格之下，吉迪很有男子气概，和耶路撒冷人的温情，还有一种能立马激起人喜爱的中东气质。

“那么，淘气的女孩，你都躲去哪儿啦？”他接着说道。

我再次开始道歉。我责怪工作，我在年底前必须上交的翻译稿。正说话时，我看到了亚埃尔和奥伦，我也和他们互相亲吻了彼此。亚埃尔的肚子比我上次见她时要大一些。她已经怀孕30周了。“是个男孩。”她说。另一对以色列夫妻——迪拉克和科比，坐在沙发椅上向我致意：“Shabbat Shalom.”

奥伦用自己的酒杯指着玛雅的弟弟：“你认识亚龙，对吗？”

我记起我和哈米是怎样在东村撞见他的。一天下午，我们漫步穿过汤普金广场。突然间，我在树和影子中认出了正在散步的亚龙和他的拉布拉多犬。我迅速挣脱了哈米的手，低下头。幸运的是，狗停下来去嗅多用电杆，亚龙忙着照看它。我们匆匆走过，哈米什么也没注意到，即使在我胡编了一个借口从他身边离开的时候，他也没看到我的不安。

吉迪仔细地观察着我：“有什么东西不一样了……你做了些什么事……”

我的警戒线立马拉高了：“做了什么？”

“我不知道。”四双期待的眼睛都转向我，“可能是因为你的头发……”

“没啊。”我的手无意识地伸高去摸我的头，然后又滑到我的脖子上，“我什么都没做。”

蜡烛还在燃烧着，在凝结了的蜡烛瀑布中，两星火苗散发出一种周日夜晚的温暖气息。我打开儿童房的门，他们在看电视。一个躺在床上，另一个瘫在地毯上。我瞥了一眼屏幕，“接着，我会追踪你，然后抓住你！”是一部关于兔子家族的卡通片。“因为你是我的小兔兔。”

“妈妈说你们需要去刷牙啦，”我告诉泰和莎，“她派我来告诉你们。”

泰闭上眼，把头埋进枕头。莎直接忽略了我。“如果你追我，”小兔兔甜甜地说，然后挑衅一样跳进小溪里，“那么，我就要变成河里的一条小鱼，游到很远的地方，离你远远的！”

有那么一瞬间，我的视线完全无法从屏幕上移开，然后我再次尝试：“拜托啦，我们走。”

“如果你是河里的一条小鱼，”兔子妈妈说，她现在划着一条小船，冷静地笑着，“那我就会成为一名渔夫，我会捕到你的。”

“哦，你在这儿呢。”我回头，看见亚龙正把阳台的玻璃门打开。当他看见我大衣上系着的围巾时，便意识到外面很冷，他说：“稍等。”然后把门关上，示意我等他一下。

也许他那天在公园里确实看见我了？也许他不想让我难堪，所以让手足无措的我不打招呼就离开？我们之前站在客厅里和吃晚餐的时候，他一点儿也没提到那次的事。晚饭时，他坐在我旁边，时不时地会用眼角看我一下。但是现在，只有我们俩，又远离其他人的时候，他要说什么？

再次猛吸一口烟，吐出烟圈后，我便意识到自己的负罪感毫无道理可言。毕竟，就算是他在那儿看到我们了，他也不可能认出哈米是阿拉伯人——要发现这个，他需要和哈米聊天，并听到他的口音。

“嗨，你好。”他再次出现在门口。

我向他挤出一个无辜又充满解脱感的、忧心忡忡的微笑，像是对那天做的补偿：“你也好呀。”

他在毛衣外面套了件灰色的、肘部有皮质补丁的大衣，拿着一杯威士忌：“你也想来一杯吗？”

他有精心修剪过的法式小胡子和圆圆的脸颊，高挺的鼻子，戴着一副薄薄的眼镜。他的脸让我想起一只松鼠或者一只仓鼠，就是某一种可爱的啮齿科目动物。在今晚聚会的开头，我听见他在和迪克拉讲他博士论文的事，论文的主题是 20 世纪前半段的沙特经济。“沙特阿拉伯？”迪克拉皱起鼻子，“为什么是那儿？有这么多地方可选呢。”亚龙解释说他在以色列情报部门以事业兵的身份服完役后念本科时就已经研究过中东了。“他们一直跟着我们到这儿——那些阿拉伯人，是吧？”迪克拉揶揄道，亚龙也一并开始了嘲笑。迪克拉是个非常美的女人，高挑，充满吸引力，而他显然因为她的注意而受宠若惊。“我们住的地方在皇后区，”她继续以一种忧虑的声音说，“那儿现在有很多的阿拉伯人。”

在阳台上，我期待他能点一支烟。我掏出哈米落在我家的一包好彩香烟，但是亚龙挥了挥手：“不了，谢谢。”

“哦，”我故作惊讶，“我以为你……”

他说他已经大概两年半没有抽过烟了，是他的前妻让他戒掉的。他冲着摇晃的冰块落寞一笑，喝了一小口酒：“那几乎是我从那段故事里得到的最好的事情了。”他越过栏杆往下面的大街上看去。路过的车辆的轮胎在湿漉漉的地面上持续地发出“呼噜呼噜”的声音。他告诉我在从新泽西过来的路上，一辆警车要求他停下做酒精测试。“干杯，伙计们！”他带着报复的笑容挑衅着，然后又抿了一口酒。

他有那种愤世嫉俗、聪明得要死的青少年的气质，像是他都已经见识过所有的事了，再没什么能让他吃惊或者兴奋了。但是，他的身体并不合作，好像它找到了这个冷漠的、困惑的面具，还诉诸以孩子气的方式乞求爱。

“你怎么样？”他继续说，企图释放自己的魅力，“在和什么人约会吗？”

这种调情的语调显然不真正适合他。感受到这出乎意料的、笨拙的搭讪，我并没有打算让他好过一些，只是摇了摇头：“没。”我把烟灰弹到楼下，专心致志地抽起烟来，只在故意咳嗽时打破沉默。

他问我是不是还住在原来的地方，有些记不起来之前我们看过表演后他送我回家时把我放在哪儿了。我看着他，想着他真的有点虚情假意，还没有安全感，也许正是离婚让他看起来有些脆弱和苦涩。但同时，他是一个富有感情、诚实和善良的男人，而他如此缺乏聊天技巧，也许正可以证明他的坦率。

我想起之前在日本餐厅的女士洗手间里，玛雅一边笑，一边补涂口红的样子。“我觉着我弟弟喜欢你。”她在镜子里冲我眨眼。她酒红色的双唇上下抿了一下。我在想，如果我几天之前不曾遇见哈米的话，我们之间也许会发生点什么。

那一次，在我们四个人看完表演、吃过寿司之后，亚龙用他的银色大众高尔夫送我回家。现在，他提出要再送我一程。“我们可以马上就走，对我来说。”他说，向我展示他优雅的腕表上的时间。

9:45。我熄灭手中的烟。“马上。”我拿起好彩香烟和打火机，转向亚龙的时候故意抖了一下，“我们是不是该进去了？”

他突然让我停下，把眼镜往鼻梁上推了推：“莉雅特，嗯……”酒精似乎让他的眼睛变得又深又黑，还有些狡猾，“你知道那个秘密的地方吗，PDT？”

有那么一刹那，我以为他是在逗我玩，故意泄露一些他知道的信息。

“拜托别说。”（Please Don’t Tell.）

“拜托什么？”我充满疑虑地紧张了起来，“别说什么？我不明白。”

“它在麦克杜格尔街，离你住的地方不远。是一个地下酒吧。”

“噢，一个地下酒吧。”

“你得先穿过一个皮塔饼店，然后你得知道怎么在那儿找到一个隐藏的内部通话系统。当你按下那个系统的按钮时，他们就能在屏幕上看见你，然后把门打开。那成了我常去的一个地方，”他说，在我们走进房间的时候，把一只手搭在我的肩上，“在去你家的路上，我们可以在那里停一下。”

街尾处有一辆车在按喇叭，然后又有另一声很长的鸣笛声回应它。“我明天得早起。”我道歉，装出很遗憾的样子。

晚饭的时候，我们讨论起布什总统对石油的野心和上周末在中央公园举行的大规模抗议侵略伊拉克的活动。我们聊起了萨达姆·侯赛因的演讲，前天的电视上放送了这一演讲。我们还一起追忆了海湾战争时以色列的密封室和电视台播放的滑稽戏。我们说起伊兰拉蒙——那个十天后即将升上太空的以色列航天员，还有他将要带上哥伦比亚号的以色列国旗和《犹太圣经》的首五卷。现在，就着咖啡、蛋糕和坚果，我们把话题延伸到被推迟到本月末的以色列大选。

吉迪还戴着为安息日祈福的蓝丝绒嵌镀金刺绣的圆顶小帽，正在削一个苹果，他把一条长长的红色果皮放进餐盘里。奥伦和他的意见相同，都觉得现在美国的反宗教阵营就像改革党在以色列创办的那个一样，不会被大众所接受。“那会被当作反犹太主义。”他告诉迪克拉。

“哦，得了，米茨纳的问题不在于他缺乏魅力，”科比说，谢绝了奥瑞尔用刀尖递给他的最后的那块苹果，“问题在于这是一次恐怖袭击。”

每个人都点点头。大家都沉重地叹着气。雅尔艾说她一个好朋友的儿子在耶路撒冷的帕特路口的自杀性炸弹袭击中受了伤：他在公交车站等车，那个恐怖分子就在一英尺之外把自己炸飞了；他已经接受了 15 次手术。科比迫不及待地等雅尔艾说完，带着十分痛苦的神情详细地讲述了仅仅在几天之前发生的这件出乎意料的事情，他发现自己认识在期科普斯山希伯来大学袭击中被杀害的那几个年轻女士中的一位——她丈夫舒米力克跟他在一个陆军战队。

“我记得他们结婚的时候。”他说，双手抱着头。

仅仅是幻想哈米和我一起坐在玛雅和吉迪的客厅，还有奥瑞尔、雅尔艾和其他人，就让我感到胃部隐隐作痛。在我们一起迈进这个充满了希伯来语的空间的那一刻起，我们不得不使用的、让所有乐趣都会消失的英语就会吸引全部的注意力。“大家好，这是莉雅特，”玛雅会用她带着浓重口音的英语介绍，“这是哈米。”静默，诡异的尴尬感一定会接踵而至。我禁不住想象那些挑起的眉毛，从一个沙发飞向另一个沙发的彼此意会的眼神，直到吉迪回过神来。他起身和我们握手，邀请哈米坐下。“我能给你拿杯喝的吗？”他问哈米。接着，哈米的口音——那没有一个以色列人会忽略掉的口音，和那明显是硬挤出来的笑容，也许还会有其他人眼神示意。然后，会是表面上的礼貌询问，那为了确认他们的怀疑而故作的好奇。他们会飞快地瞥我一眼，然后悄悄地对我进行揣测。

之后，空气的沉重气氛似乎被驱散了一些，对话又重新开始。但我无法想象哈米和我一起在这间屋子里，被希伯来人团团围住，就像一个婴儿在以色列被退役军人包围，我无法想象他能不被焦虑所淹没。我控制不住地在脑海中描绘着我们刚一离开便汹涌而至的流言、八卦，那些戏谑、那些嗤笑将在门关上的那一刻迅速袭来，打破空气里原本的不安。

亚龙那一晚搭乘一辆出租车回了新泽西。他喝得太醉，无法开车，所以把车停在了钢琴吧附近的地方。我们一直在钢琴吧坐到过了午夜。那个钢琴家——一个大块头的黑人女子，梳着短发，戴着巨大的金色耳环，在弹奏时几乎全程闭着眼，偶尔会用沙哑的歌声配合自己的演奏。桌子上放着蜡烛、硬纸板啤酒杯垫，还有单枝的康乃馨插在细细的瓷瓶子中。我点了一杯红酒，亚龙叫了一杯威士忌加冰。

我们在车里聊过现在以色列的局势是多么恶劣，几乎每周都有巴士被炸飞。但是与此同时，我们又都承认我们是多么想念它，渴望着那里的阳光和大海。我们分享了对纽约冬天的厌恶，还有这个城市昂贵的物价。他说海法大学邀请他去教书，所以他在认真考虑早些赶回家，为下个学年做准备。

他终于在开车的时候变得自在了一些。对车的绝对掌控和握着的方向盘让他放松下来，并给予了他一种全新的男子气概。他眉间在放松下来之前有一道隐隐约约的皱纹，他开始用一种亲密的口气说话。他告诉我他有一个哥哥和一个姐姐，玛雅是老大。他哥哥和妻子还有三个小孩一起住在以色列南部的莫夏夫。“我的父母也在我的考量范围之内，我是说，在面对要不要回答这个问题时。”他停顿了一下，像是这个简单、平庸的事实有道歉的必要，“他们不会再变年轻了，你知道。”

我惊奇地笑了起来：“这正是我妈妈今天在电话里告诉我的事。”

我那天早上打给妈妈时要比以往早一些，我一起床就给她打电话，想赶在喧闹的周五晚上家族聚会之前跟她聊聊天。她刚做完饭，听筒的背景里是广播的声音。

“哦，那个调子！”亚龙立马明白了，并在我开始哼唱古老的 Reshet Gimel[①] 秀的开场曲时与我一同哼唱。“我爱那……”

在遥远的家乡，有力的吉他声和主持人没完没了的软绵绵的声音传了过来：“这里，那里，”她在我妈妈关掉广播之前只来得及说，“还有每个地方。”

“哦，莉雅特！”我妈妈在听出我的声音之后立马开始温柔可亲地说起话来，“希望你长命百岁——我刚才正想你呢！”她大笑，“就在这一秒。”

① 一个以色列音乐电台的名称。

这独特的声音立马绘制出了一幅绝妙而生动细致的图景：周五的下午，广播开着，我妈妈在厨房里忙进忙出；锅里的水煮开了，妈妈在料理食物，一个蛋糕刚刚出炉，蔬菜都在乖乖等着被切开。我能看见她在那里，黄昏渐渐浸染了窗户，厨房里有周末的报纸，还有一包包的杂货。妈妈一只手拿着电话，另一只手握着一个叉子。我能听到茄子在平底锅里发出“滋滋”的声音，我能闻到油烟的味道和大米饭的香气。我能靠她的一声轻哼分辨出，就是现在，她终于能休息一下，她会喝一小口速溶咖啡。咖啡是一个或两个小时之前泡的，早就凉了。我能看见那个玻璃马克杯里咖啡中淡淡的牛奶的痕迹，还有她脸上的表情。就算她在喝咖啡，和我聊着天，她依然很忙，她的眼睛已经在找下一个要干的活了。

我解释说自己一会儿要离开家，所以现在打电话。我说我要和一些即将要回以色列的朋友吃饭，他们会把礼物替我带给艾维尔德和亚拉。

“我想和你说什么来着？”她在告知我今晚的客人名单之后小声嘟囔，“哦，是的，我想起来了，亲爱的！我梦见你了，前天晚上。”

她梦见一个强盗从客厅的阳台上溜进了房间。在梦里，我们还住在霍德夏沙隆，她看见他穿过卧室的墙。“你知道吗？记得我们放在卧室的那台小电视吗？它就像一个监控摄像头，是黑白的，一个隐形摄影机。所以，我看见他爬进来，他背着双肩包，梳着长卷发……”

她打断了我含糊不清的回答——一个短促而震惊的喘息声从我嘴边不受控地溜出来——就像一个以示关心的表达。她温柔地笑了：“但没关系的，甜心，这是一个好梦。”

“它怎么会是好梦？”我咕哝着，突然失去了耐心，还感到愤怒，我吃惊地想到她心灵感应般的母亲的本能也许不知怎的让她在梦中见到了哈米，“还有，这说到底跟我有什么关系？”

“嗯，听听你祖母是怎么说的，”她神神秘秘地回答道，“我问过她这种事，她说贼在梦里进入房间百分之百是一个预言。它是新郎马上就要到来的预兆，谢谢上帝。”

“哦，妈妈，真的？”

“你什么意思，哦，真的？莉雅特，你是怎么想的？你以为我和爸爸还会变年轻吗？”

“这是真的，时光飞逝，”亚龙在我们靠近中央广场时说，“不幸的是，我很晚才了解到这个现实，但他们正日益衰老。当我看见我妈妈的时候，我不能相信她已经变得那么老了。我爸爸也完全变了样子。他们都还保养得不错，相对来说，你知道。所以，和他们在一起也是为了我自己。我想离他们近一些。每年见他们两次——那是什么？那什么也不是。”他瞥了我一眼，又害羞地转头看路，“什么？”

“没什么。”我耸耸肩，依然注视着他，“那很贴心。”

他露出一个浅笑，我也对着挡风玻璃笑了：“好吧，我觉得你是遇上了我每周最情绪化的时期。”

仪表盘上的表显示现在是 10:30。有那么一阵，我一直在想我妈妈会放在加热过的盘子上的那一锅炖菜，还有煮得很老的鸡蛋和土豆，现在是那里清晨的 5:30，食物已经被烤熟、摆盘，正在特拉维夫的公寓中冒着香气。我想着周六早上在我们昏沉沉、黑乎乎的屋子里弥漫着那种温馨、亲切的气味。那浓烈的气味中混合了霍伦特、蜡烛、香桃木和我爸爸从犹太教堂回家时买的天竺葵——爸爸在安息日祈福前会去教堂做祷告。我想起我在城里玩耍了一整晚回到家之后，这温馨的气味是怎样直冲我的鼻腔。我轻声脱下鞋子，小心翼翼地经过烛台——逝世周年纪念蜡烛是为了我的祖父母而点着的，路过我父母充满呼吸声的卧室。“是你吗，莉雅特？”“是的，是我，晚安。”

“有件事很奇怪，你知道吗？”我对亚龙说，一边仔细地在心里琢磨这个突然浮现的新想法，“因为时差的关系，就好像自从我来了这里之后，他们就一直在睡觉。”

他的额头皱了起来，显得颜色更深：“你的意思是？”

我解释说因为美国和以色列的白天和黑夜是反着的，当我想起我远在家乡的父母，想象妈妈正在哪儿或者爸爸在做什么的时候，他们总是在睡觉。就像是我在这里一日一日地过着生活，而我的家人和我在以色列认识的每一个人都一直在熟睡。也许——我告诉亚龙——没有人会知道我在纽约所经历的一切：我独立地活着，自由地做我想做的事，成为我想成为的任何人，那种有一部分的我得到了解放的感觉。

“我的意思不是说我做了什么疯狂的事……”我话锋一转，笑了，“你知道？”

亚龙笑了：“我正要说呢！你晚上都是跟什么可疑人物混在一起呢？”

店里的女招待，她紫色的马尾，半圆形的眼镜，右边的眉毛上戴了一列银色的环。她端着我们的酒走过来，跟我们说有任何其他的需要就叫她。我没听出任何特别的口音，但亚龙立马就断定她是澳大利亚人。

“你也是澳大利亚人？”她问他。

“不，不，我们都是，”他指着自己和我，用手轻轻地把我们归为一起，“以色列人。”

结果，那个女服务生是从墨尔本来的，跟亚龙的前妻一样。他们相遇时，她在普林斯顿的管理处工作。在举办婚礼两年后的一个周六早上，亚龙醒来后在厨房发现了一封信：她爱上了另一个男人。离婚之后，她搬去了旧金山，而亚龙崩溃了，他以为自己再也不会复原。他整日像机器人一样工作，回到家，在电视机前睡着。他很注意不在工作日的时候喝酒，也没再开始抽烟，但他所有的周末都是酩酊大醉的。去年的秋天、冬天和春天就这样一片空白地过去了，他像是整整昏迷了九个月。上一个逾越节，他回到了以色列，一个研究精神病学的朋友给了他抗抑郁的处方。

但真正救了他的——他在提起这个名字时大笑，整张脸都亮了起来——是亨利埃塔，一只他从导盲犬训练中心领养的小狗。3 月的时候，亨利埃塔一岁了，他不得不告别这只可爱的小狗，因为它要被送往盲人那里了。但从它到来的那一秒起，这只闹哄哄的小狗就让他不得不走出门去。每天，最少带着它在城里走两三个小时，在公园里奔跑、玩耍。

忧郁的生活曲被更有节奏的旋律所取代。两个男孩和一个漂亮的年轻女孩刚刚进来，他们路过我们的桌子向吧台走去，兴奋地叽叽喳喳的。亚龙说话的时候，我能听见他们在我后面，玻璃杯叮叮当当响，还有哈哈的笑声。这让亚龙十分懊恼。年轻人开始热情地跟着钢琴声合唱。我环顾四周，发现这个地方基本上已经空了，甚至连服务员也都不见了，但钢琴家看起来却再次焕发出勃勃的生命力。一个年轻人站着，把手随意地搭在女孩的肩上，而女孩在有些夸张地歌唱着。

“你呢？”亚龙问，他不知何时把眼镜摘掉了，正用疲惫的、红红的眼睛看着我，蜡烛的光映在他的瞳孔上，“你想要孩子吗？”

我记起 9 月的时候，在犹太新年的晚餐聚会上，那对双胞胎围着他跳舞，依偎在他身旁。在祈祷的时候，在我们把苹果蘸进蜂蜜里以祝福大家都能有甜蜜的新的一年时，科比冲亚龙眨眨眼，说下一个祈祷是特别献给他的。当祈福鱼在房间里传来传去的时候，科比背诵了《西都尔》里面的章节：“愿我们像鱼一样子孙满堂。”我记得当每个人都看向他时，亚龙的尴尬，他是怎样突然伸手去弄乱了其中一个男孩的头发。

“我确定我会有孩子的。”我回答，伸出手去轻轻晃动烛台。

“是啊，你还有时间。你 29 岁，是吧？”

“30。”

他说他浪费了太多时间在不值得的胡闹上。他无法相信自己下个月就要满 36 了，他觉得过去的几年就像是一场失败的生命带妆彩排。他说他不知道玛雅和吉迪怎么能有时间做完那么多事的：事业、房子、孩子、朋友，还有旅行。有的时候，当他回到自己空空荡荡的公寓时，又饿又累，还有一大堆等待着他完成的工作。他会好奇如果屋里还有一个妻子和两个孩子的话，他会怎么做。

“好吧，我说太多话了。”他起身，有一点摇晃地走向卫生间，“失陪一下。”

我看着他走远，然后转身再次用指尖触摸蜡烛的底部。这一次，蜡烛灭了，留下一节黑色烛芯的残骸，以及一缕正在慢慢消失的烟圈。在我身后，有人唱起阿巴合唱团的歌。我想着这顿在玛雅和吉迪家的晚餐，我进入那对双胞胎的房间时他们在看卡通片。我想着小兔兔和他的妈妈，还有我跟妈妈打的那通电话，还有她的梦。我再次为她的第六感而惊叹，午夜卷发的强盗——哈米的形象——在她的梦中来到她身边。我想到我祖母预言性的解释，她说我将来的新郎在悄悄地潜入我家。我意识到就像卡通片里小兔兔的妈妈总是能找到他并把他带回家一样：他打扮成一只小鸟，她就变成一片云；当他变成帆船，她就变成风。我妈妈也存在于这个夜晚的所有事物中：安息日蜡烛，黄昏时安息日炖牛肉的味道，甚至亚龙也不知不觉地成为我妈妈对我关爱的载体。耐心的、敏感的、善良的亚龙，送上爱来把我带回妈妈身边，把我带回家，让哈米远离我的世界。

亚龙回来了，他站在桌子的另一边："准备好了吗，Bazi?"

"什么？！"

他把声音抬高，压过周围的喧闹声："我问你是不是听够爵士了！"

第十九章

长袖衬衫的下面是厚厚的法兰绒内衣和一件高翻领毛衣。牛仔裤的里面是秋裤，还有两双袜子、皮靴。我还穿着红色的滑雪夹克，戴着帽子和同一套的手套。现在，我又围上了哈米蓝色的羊毛围巾，但我依然觉得冷。

我们正位于布鲁克林西北部摩西大街上的地上车站，在离威廉斯堡桥不远的地方。这里是 J、M、Z 线地上的部分，从隧道出来到达地面。这个地铁站是被架高的——铁轨、另一边站台上一排排的木质长凳全都暴露在地面上。

现在刚到晚上 8 点，但是天色已经像暗黑系电影一样阴郁和多雾了。结冰的风从河边吹来，给一片黑暗中带来了冷冽的云。空气中悬挂着少量的水汽，水汽在从铁轨上方照来的光束中静静地漂浮在小块脏兮兮的雪上。雪变成了灰白色，又在交通信号灯的照耀下变成了红色。

我们去看过了医生，正在回家的路上。十天前，哈米不小心被碎玻璃划伤了手，那之后我们就去看了这个医生。她的诊所离车站不远，今天晚上她给哈米拆了线。她检查了他的伤口，确认没有神经损伤，拇指肌腱恢复得很好。她给他开了抗生素膏的处方。他的左手包着新的白色绷带，右手戴着棕色的羊毛手套。

“这样。”他用右手帮我把围巾塞进领子里，弄得服服帖帖的，“这样好些，是不是？”他像是在评估自己的手工艺品一样笑了。

“那你怎么办？”

他把戴着手套的手移到了我眼前，帮我把一簇头发塞进帽子里。“我没事。”他说。

我觉得自己有点像一个小孩，一个安静的、顺从的小姑娘，任由自己的父亲照顾着。我一动不动地坐在那儿，双手放在膝盖上，带着一种应对寒冷的钝感，乖乖地让他照顾着。越过他的肩膀，我看见站台上散落着几个戴着帽子、穿着大衣的路人，他们的嘴里都呼着白气。我右边没人，不知是谁留下了一张卷起来的体育专刊。我们到的时候就坐在这儿的老奶奶依然坐在我旁边，她的头垂在胸前，闭着眼睛，脚边有几个塑料袋。

“就是这样啦。”他把头缩回去，带着好笑的表情打量我，“你应该看看你自己。”

但这儿没有镜子，而且即使是有个什么能反光的表面，它上面浮现的，也只会是一对眼睛。他用羊毛围巾把我的头团团围住，所以也遮住了我的耳朵、嘴巴和鼻子。他把我的帽子拉到眉毛以下，所以我整张脸都被挡住了，只有双眼还暴露在寒冷中。

“你真应该看看自己。”他轻声笑道，“那些 FBI 就像你现在这样。”

他看不见围巾下我的微笑，只能看见我眼里的笑意。他的气味和他皮肤的温度依然留在这针织物的纤维上。“谢谢你，我亲爱的，”我模糊的声音穿过层层包裹，“谢谢你。”我抬头看着他，而他大声笑着。

“什么？”

他拿出烟：“想来一支吗？”

他们一共有三个人。我看着他们走近，最后停在站台上，是三个20多岁的年轻人，穿着牛仔裤和黑大衣。他们路过墙上那张巨大的地铁图，径直向我坐的长椅这边走来，站在了我和哈米中间。哈米正在站台的边沿附近漫步、抽烟。一开始，因为围巾遮住了我的耳朵，他们的声音并不那么清晰，即使是在我听出他们的语调和说的希伯来语之前，我就知道他们是以色列人了。

“你什么意思，里欧？里欧完全睡死了！”

“算了吧，我不觉得那个演员——”

我瞥了一眼哈米，从他的眼神里，我看出他也知道他们是以色列人了。

“他们还给了它五星，老兄！”

“你在逗我呢？”

就像我在纽约每次遇见以色列人一样，我因为这个谜团困惑了一下：是因为步态吗？到底是我们身上的什么那么惹人注意、那么突出，那么无拘无束和充满表现力，那么生机勃勃和充满自信，那样的活泼？我们对彼此本能的回应到底是什么，居然能让我们在听到希伯来语之前就认出彼此？只需要面部表情，只需要手势，甚至只是外形。

“哦，阿巴莫，阿巴莫……”

“这么一个废话连篇的人。”

“上帝保佑他。”

“所有废话的亲生母亲。”

他们发出吵闹的声响，相当自在地聊着天，就像这个车站是他们的私人空间一样。他们说的另一种语言给了他们一种亲密的感觉，即使是在说得很大声的情况下——这是一种可以把别人排除在外的优势。他们中的一个穿着帽衫，他的脸颊和鼻子被寒风吹得够呛，几乎全红了。第二个人戴着眼镜，肩膀很宽，看上去像也门人。他搓着双手，一直在看地铁图。第三个人是胖乎乎的家伙，用自己好奇的小眼睛扫描着站台，在我身上停了一会儿。

“拜托，已经这样了。那个该死的在哪儿？”“帽衫”对那个戴着眼镜的说。

“赶紧的，里欧，把他找出来。”

“算了吧，哥们儿，那个小妞把他迷得神魂颠倒。”

“胖乎乎”插嘴：“她是他的妻子，你还想要怎么样？”

“好吧，她是他的妻子，但每一个小时？”

“还有在电影放了一半的时候？”

“就像你好到哪儿去了一样。”

“胖乎乎”向哈米迈了一步。“嗯……打扰一下，”他从一盒特醇万宝路里掏出一根，“能借个火吗？”

哈米把自己的好彩香烟移到绑着绷带的左手，用右手从大衣口袋里拿出一个打火机。一簇火苗在他们之间跳出来，“胖乎乎”走得更近一点，靠了过去。“油人（有人，不标准的英文发音）拿了我的打火机。”他带着很重的口音跟哈米解释说，他发 R 和 W 的方式，明显带有希伯来语的痕迹，“我不知道它在辣儿（哪儿，不标准的英文发音）。”他用手围住火苗，一分钟之后，他把手收了回去，吐出一条烟圈，“歇歇（谢谢，不标准的英文发音）你。”

哈米点点头，把打火机放回口袋，把烟再拿回右手。他吸了一口，眼神短暂地与我交会，在烟雾中向我眨眨眼。接着，他看向剩下的那两个坐在空着的长凳上的以色列人。

戴着眼镜的那个双臂交叉，直立着靠在椅背上，头抵在腋窝里。他的皮肤是深棕色的，看上去像是个印度大厨。“帽衫”懒洋洋地倚在长凳上：双腿打开，双手在脖子后面交叉，像是在晒太阳浴。那个老奶奶坐在我和他们之间，依然在打瞌睡。

“发森（发生，不标准的英文发音）了什么事？”“胖乎乎”用一种友好的语调问哈米，指着他的绷带，“宅（在，不标准的英文发音）你的手上。”

“这个？”哈米看看自己前臂的下端，像是有人在问他几点了，“我出了点小意外，碎玻璃。”

“胖乎乎”震惊地沉默了。“碎玻璃？”他顿了一顿说，像是被这条信息吓了一跳，“真的？”

他的停顿和如此夸张的反应背后的真正原因是哈米的口音：在哈米嘶哑的声音里，有明显的阿拉伯音乐回响。

“洗碗也有可能变成一项危险的任务，”哈米咧嘴一笑，补充道，“你最好小心。”

“胖乎乎”眯起眼睛，给了哈米一个古怪的、好奇的微笑：“你从辣（哪儿，不标准的英文发音）里来？”他忍不住问道，“辣个地方？”

“我是巴勒斯坦人。”

“巴勒斯坦？”

“是的，兄弟。来自拉马拉。”

“胖乎乎”不敢相信地大笑道：“Ashkara 巴勒斯坦！真的！”他转身看着自己在长凳上的朋友，“巴斯斯斯斯……”

哈米看上去似乎也乐了，他的眼睛亮晶晶的，看着我说：“Ashkara 巴勒斯坦。”

“窝们（我们，不标准的英文发音）是以泽列（以色列，不标准的英文发音）人！”“胖乎乎”又笑了，他彻底震惊了，“来自菏泽拉。”他指着长凳，“窝们周日刚到。”

“你表现得像是以前从没见过阿拉伯人，你这个傻子。”晒太阳浴的那家伙用希伯来语说。

“胖乎乎”变得有些不自在，还换上了一副严肃的表情。他退了半步，像是不知道该怎么回复。“一个表兄，”他简短地冲长椅说，“那是你说的。”

“你老妈能叫他表兄？”

“胖乎乎”听上去警惕了起来：“别把他惹火了，否则他也许——”

“印度大厨”“嘘”了一声，神神秘秘地挤到正晒日光浴的家伙身边：“冲你发疯。”

他们不止是在说哈米。在其中的两个瞥了我一眼又迅速转开视线的时候，我能猜到他们看到了什么：只有我的眼睛，隐藏在类似于头巾的布后面，像个恐怖分子。感到尴尬和一阵奇怪的被羞辱的感觉，我一直死死地盯着另一个方向，装出一种冷漠的、无动于衷的表情，忽视他们，装作没听到“mujahedeen”这个词，虽然我确实是他们认为的那样。

“希伯伦？！你在开玩笑吗？”“胖乎乎”十分激动，“我当然知道希伯伦！我非常非常了解希伯伦。”

他在重复说的时候，没有发现哈米声音里的讽刺：“你在开玩笑吗？”哈米抬起一边的眉毛，“非常非常？”

哈米和“胖乎乎”嘴里冒出的烟雾被他们潮湿的呼吸驱散了，两股气流在他们头顶交汇，又消失在寒冷的空气中。

“当然，就在 9 月，”“胖乎乎”用同样的热情坚持道，“我四个月前就宅（在，不标准的英文发音）辣（那，不标准的英文发音）里，宅……”

“在得利鲁姆。”他坐在长凳上的朋友插嘴道。

“胖乎乎”停了一下，不理会朋友的打扰，低头看着站台。他不情愿地，几乎是在道歉一样地，他低声说：“在辣里（那里）的军队，你知道……”

晒太阳浴的家伙开始嘲笑自己的朋友：“战争！那有什么好处呢？”他故意用一种美式的口气叹息道，“完全没有——再说一次！”

“胖乎乎”吼道：“马上闭上嘴，亚威！我是认真的！”

“哦，让我缓缓。”

“该死的，让我和这家伙聊聊！”

哈米瞟了一眼“胖乎乎”的后背，然后给了我一个充满疑问和困惑的表情，想知道他们在说什么。他们只是在胡说八道。我用眼神示意他，轻蔑地皱起我看不见的眉毛，我几乎要把手伸出去让他回来坐我身边，但是那个“印度大厨”突然间吹起口哨。

“他在那儿！”他又吹了一声口哨，向入口处挥手，“在这儿，阿巴莫！”

我认出阿巴莫的速度简直令人惊叹，即使是从这么远的地方。我快速而冷静的反应也很令人惊叹。我的脸被遮住了，谢谢上帝，但是我的眼睛——我的心开始狂跳，撞击着放在我膝盖上的哈米的双肩包——如果他只凭我的眼睛就认出我来怎么办？我屏住呼吸，瞳孔快速地移动。接着，我像一个没精神的老妇人一样瘫在长椅上，抱着双肩包，把头埋在里面，假装在睡觉。

“都办妥啦，兄弟？”我在自己的喘息间隙听见“胖乎乎”的声音，“你是参加了个牢房欢迎会吗？”

我更深地缩进衣领里。

“阿巴莫长官！”

在层层的衣服底下，我像只马上就要被撕碎的动物一样颤抖，挣扎在濒死前的最后一分钟里。

“嗨。不怎么好。”

是他，我认得他声音里的顿挫。

“而且，我还迷路了。”

我认得这个像鼻子塞住了一样的声音，软绵绵地呼出的 sh 音。

“一激动跑到另一边去了。”

“老兄，那边是去皇后区的。”

“我被这些入口弄晕了。”

是博阿兹——博阿兹·阿巴莫，西蒙娜和什洛莫的儿子。他的哥哥阿木弄和爱丽丝是同学，他们是我们在圣戈登公寓大楼的邻居。我们住在三层，他们在一层，我们曾经和他、阿木弄，还有其他邻居的孩子一起玩抓子游戏和采摘七叶树的果实。我们为以色列篝火节收集木条，还一起打水仗。自从我们搬到特拉维夫后，有十年没见过他了，也没见过阿木弄。我服完役的时候，他们都还在军队。他胖了一些，但是脸几乎没变：他有着他父亲那双黝黑的、形状很好看的眼睛，和像马一样的下巴，带着沟的下颌。在他走到我们所在的站台末端之前，我就一眼把他认出来了。我上次听说他的事已经是两三年之前了，我妈妈跟我说他马上就要结婚了，他的女朋友已经怀孕。之后没多久，妈妈就在安息日晚餐上汇报说婚礼很美，那年刚经历过丧父之痛的西蒙娜和她姐姐在婚礼上哭得停不下来。我妈妈和西蒙娜在我们搬到特拉维夫之后依然保持着友好的关系，她们用电话保持联络。我父母去卡法萨巴看望我的姑姑和姑父时，他们有时会在霍德夏沙隆停一下去看看西蒙娜和什洛莫。

“我发誓，阿巴莫，你是一个废话连篇的人。”那是亚威，那个晒太阳浴的，“那个蠢得要命的电影到底有他妈的什么？”

“我知道，”我听见博阿兹带着鼻音的声音靠近长凳，“我知道你有一点没看懂，亚威。”

“没看懂？！里欧从头到尾都在打呼噜！我们都特别失望。”

“你姐姐从头到尾都在打呼噜。”

我缩得更低，一动不动地坐着，假装睡熟了。一个声音不断地在我身体里颤抖。这样藏着真是又可怜、又可笑、又丢脸，但我得演完这场戏，消失在由围巾做成的匿名者面具之下。我只能紧紧地闭着眼。如果博阿兹看见我在这儿，再把我和哈米联想到一起。如果他意识到哈米是谁，他从哪里来，是我的谁，只需要一个简短的电话，我父母就会知道这件事。我觉得自己像是个小女孩，把头埋在掩护物下，假装自己是隐形的，但我别无选择，我不能冒这个险。

“看起来，这儿的每个人都睡着了。”是博阿兹在说话。当我意识到他在看我和那个睡着的女士的时候，心脏都要爆开了，“我很确定那个老女人死了，她还活着吗？”

里欧和亚威对他小声说着什么，还用鼻子“哼”了一声。我突然间感到一阵窒息。围巾太粗糙，围着我的脸和耳朵又太紧，让我很难喘气。

“桑（三，不标准的英文发音）年，真的？”“胖乎乎”在另一边说，“你已经在这儿住了桑年了？”

亚威大声笑起来，再次哼哼唧唧地说道：“他没什么大不了，他是我的表兄兄兄兄……”里奥和博阿兹也一同笑了起来。

“也许吧，我不知道。”我听见哈米说。意识到他向我走近，我的身体紧绷了起来，在大衣里木乃伊般僵直。我攥住双肩包，不知道自己应该要怎么做。我怎么会陷入这般境地？我该怎么说才能让他很快明白过来，然后不要向我走来？也许我该在他走过来前就装作醒了过来，然后迅速地转过身去？或者现在就站起来走向他，拉着他去车站的另一边？然后，我终于听到了远处地铁“咔咔”的声音，长椅也跟着震动起来。

我们一直走到第三节车厢的中部才停下。我们推开一扇又一扇门，在颠簸中穿过一排排椅子，摇晃着，缓慢而艰难地向着与地铁行进相反的方向走动。在人、皮包和扶手中挤来挤去，从第一节车厢去到第二节、第三节——只有在那儿，在我和博阿兹，还有他的朋友们拉开足够的距离之后，我才停下，摘掉帽子，感到可以露出脸了。

刚才在车站上的时候，我小声对哈米说我憋不住了要上厕所。我能感觉到地铁的来临使站台晃动，在哈米越来越靠近长凳的时候，我睁开眼睛，像是刚醒来那样眨了眨眼睛，接着转身用手按住了我的脸，似乎是在躲避嘈杂的声音和阵阵冷风。我就这样走去了站台的边沿，站在哈米面前。车门一开，我就冲了进去，迅速地向前一直走，一直走，直到进入拥挤的车厢深处，就像赶着去卫生间那样。时不时地，我转身向后看，确认博阿兹和他的朋友没有跟在后面，几乎觉得他们会突然出现在我背着的哈米的双肩包之上。

我的影像持续浮现在惨白色荧光灯下的那一闪一闪满是哈气的车窗上，我看见自己充满惊恐的、黑色的眼睛。我看见我自己在另一边，穿着我的红色大衣向前走，双肩包摇摇晃晃，我警惕地从蓝色围巾下向四周打量。窗上的我目不转睛地看着我，带着一种陌生的、害怕的表情挤在周围其他光鲜亮丽的影像之中，甚至是在我经过的其他乘客的眼睛里。乘客们担忧地打量着我，带着一点厌恶或者不自在眨眨眼，从我身上移走视线。就在哈米跟在我身后缓慢地穿过他们时，我意识到，如果我现在是一个独身乘客，我可能也会退缩。如果一个遮着脸的焦虑的女人向我走来，急匆匆地在地铁上向前走，我也许会像他们一样紧张、像他们一样别过头去。如果我突然间对上了这双黑色、奇怪、充满担忧的眼睛，我也许在最初的一两瞥中根本无法认出人群中的自己。

“就这儿了，我不需要再往前了，”我气喘吁吁地说，挤进了一群乘客中，站在过道上拉住扶手，“我没事了。”我使劲拉扯了一下，终于脱下了围巾、帽子和手套，我搓搓自己因为羊毛的摩挲和焦躁不安而涨红和刺痛的脸。我的脸就像是一张僵硬的面具，而我在试着把它摘下来。

我们停下来的时候，哈米没有表示惊讶。他没觉得我之前想要上厕所的急切需求就这样消失了，很奇怪。也许他早就知道，在跟在我身后走过一节节车厢时，就意识到我不是真的冲向卫生间，我的膀胱内急（虽然它在此刻，当我们停下来的时候，确实有了一种迫切的感觉）在上车前只是一个远离那些以色列人的借口。

我有种解脱的感觉，但依然不确定刚才的一幕幕是不是我在长椅上做的噩梦。当我告诉哈米我绝对认识他们中的一个的时候，哈米没有惊讶。我说我认识博阿兹很多年了，我们一起长大，我简直无法相信，世界上有那么多的地方，而我会在这个遥远的布鲁克林车站遇见他。我告诉哈米，博阿兹的父母和我父母是很好的朋友。我描述自己的心跳得多快，我今天第一次把脸蒙起来是多么不可思议的幸运——几乎是个奇迹。而现在，我几乎要疯了，因为我不知道该怎么做，我担心博阿兹会仅凭我的眼睛就把我认出来。我突然间有过一个疯狂的想法，我被坐在长椅上的老妇人所启发，想把自己打晕。

“是啊，我猜到了。”哈米终于开口了。他的目光避开我的双眼，看上去像是不那么在意，他的头厌倦而无所谓地歪在一边，转开视线，用无精打采的双眼盯着窗户：“我想应该就是类似的事。”

为什么和哈米在一起，最后我总是那个被谴责的人？为什么我总是那么自私、伤人、迟钝？这一次，当我意识到自己做了什么的时候，我的负罪感双倍、三倍地增加。不仅仅是因为我在博阿兹和其他人面前忽略了他，我太专注于自己的焦虑和想躲起来的需要了，还因为在危险中和逃跑的时候，我甚至没有一秒钟想到他会怎么看这些事，或者他会怎么想、会有什么感受。

在悔恨的痛苦中，我听见自己自我辩护的声音："最糟糕的事是我担心自己伤害到了你的感情，你会觉得没有被尊重。"当这懦弱、自私自利的谎言和其他一切糟心的事情混合在一起时，我觉得自己的耳朵烧了起来，我的脸在抽搐，尽管它已经充血涨得通红——一个新的面纱。

他仍看向窗户，只把侧脸留给我。"为什么我会觉得被羞辱？"他开始说道，"你是说因为——"

我的脸在燃烧，我艰难地眨眨眼，无法阻止自己插话。"我很抱歉，哈米。"我懊悔地说，还坚持表示自己并没有别的选择。我低头看脚下一排排的鞋子和肮脏的地面。

"为什么我会觉得没有被尊重？"他再次问道，面对着站在我们身边的西装男的后背，"因为我让你尴尬了？"

他的声音里没有怨恨或者谴责，他不是在攻击我，他听上去也不失望。他耸了一下肩膀，像是在说他根本没指望我能做得更好，他已经接受了，我难以做出更值得尊敬、更忠诚的举动。

"没有尴尬，但是……"我拉扯又揉皱手里的围巾，"好吧，你明白的。"

透过黑色、蒸汽凝结的窗户，地铁像是在空中飞行，正疾驰过云间的一座桥。偶尔有亮光穿过蒸汽，广告宣传海报出现了，接着是工业建筑和灯柱，只有玻璃再次藏在了这潮湿的黑暗中。

“所以，你们刚才在聊什么？”我徒劳地试着转换话题，努力让自己的声音欢快一些，“你和那个胖家伙？”

他像是在吵闹声中听不清我说话那样，做了个鬼脸，故意装出一副既紧张又听不明白的表情。

“那个胖子，”我更正自己，“他想知道什么？”

他突然把头转开，脸拉得很长：“没什么，就一些有的没的……”他又说了些别的什么，但他的声音被车轮的尖叫声和撞击铁轨的声音淹没了。车厢呻吟着，晃动了很长时间，车壁在振动，摇摇晃晃。我们就像骑在波浪上，我们所有人都一样，每个站在过道上的人都在摇摆，彼此互相碰撞。坐在塑料座位上的乘客的头从一边摇向另一边，像喝醉了似的。

“你刚刚说什么？”我在混乱过后喊道，此时地铁已经恢复了有节奏的“咔咔”声，“我没听见。”

“没什么，他只是在问问题。”

当他睁开双眼再次看向我的时候，我能看见他的骄傲被稍微安抚了。我带着新的希望继续：“所以，他没向你问起我？”我咧开嘴，松了口气，笑着继续说，“他没有尝试着弄清楚我是你的谁？”

“你期望我对他说什么？”

我讨好他的愿望，以及希望被原谅的急迫心情给他依然充满厌倦的脸上带来一抹微笑，这使得我更进一步，高声调侃道：“他没觉得我是你老婆？那个坐在长凳上的家伙以为我是你老婆——”

“那好，Bazi，那你告诉我，”他打断我的话，“我是你的谁？现在说真的。”

“你是什么意思？”我停了一会儿问道，声音因为羞愧而颤抖，“你是我的爱人，那是……”

“真的？你的爱人？”他轻蔑地说，抬起头，“我是你的秘密阿拉伯爱人？”

坐在我左边那一排的乘客一直在听我们的对话，勉为其难地听到了我们全部的交谈。我看到他们迅速地看向别的地方。西装男在装作若无其事，好像完全不感兴趣似的把他满是痘疤的脸扭开，扭开前瞥了我一眼。但是，我不能不回答，因为车厢太吵，也不能小声说话。

“是的，阿拉伯，还是秘密的，”我嘘声说，避开他的眼睛，“我能怎么办呢？”

“阿拉伯，而且是秘密的……”他停顿了一下，让我把句子补充完整，“还有……”他举起被绷带包住的那只手的一根受到牵连的手指在我面前晃晃，强调说，“还是暂时的。”

那件事已经过去有几周了，但我还是立马就明白了他的意思，我记起来了。我们那次在切尔西共度周末，在美术馆里漫步，在拥挤的人潮中穿梭，在这儿喝一小口红酒，在那儿喝一小口白酒。当我们走向第十大街去往地铁站的时候，手里依然握着塑料杯。

也许我那天晚上格外激动和快乐，被爱情冲昏了头，当我的高跟鞋一路轻敲地面时，我有一种越来越纯粹的、梦一般的感觉，就像所有的一切都围绕在我周围。月亮、被点亮的道路和我们头顶的羽毛一样轻盈的雪花都出现了，我们像明星似的走在电影中才出现的场景里。我们坐下来，分吸着一根香烟，裹在大衣里一起看着外面的街道。我们的身体交织在一起，从彼此的身体里获取温暖。

“也许这就是它那么美的原因，你知道吗？”我把脸埋在他胸前，只把双眼露出来，从他的颈边向外看，继续那个出现在我心里的念头，“这种暂时性。”

“你什么意思？”

“我们短暂地待在这里，没有未来，”我冲街的另一端眨眼，把他拉得更近一些，“没有对未来的诺言。这让我们珍惜此刻所拥有的。”我把手伸进他的衣领中，手指下滑到他的胸前，感受到他的颤抖，“即刻的、短暂的，就像人生，像是这里的一切，朝生暮死。”我闭上双眼，吻着他脖子的底部，我吻着他露出来的、温暖而芳香的小块皮肤，把脸贴上去，“这让我爱你，哈米克，非常爱。”

此刻，在地铁慢慢靠站的时候，车窗上的雾气已经蒸发。透过有哈气的窗户，我们能看见路上的车道，以及一辆辆疾驰而过的汽车。离桥的混凝土栏杆和巨大的铁柱很远的地方，东河与天相交，一同倾泻入一张黑色的床单般的水面上。列车员报出下一站的地名——迪兰西街－艾塞克斯。当地铁滑入地下，钻进隧道的时候，我们能看见墙上的涂鸦和亮着灯的站台，我们被准备下车的人们发出的喧嚷声所包围。

在地铁刹住前，我看见我左边那排座位上空出两个座位来。我在它们被别人占据之前，迎着涌向车门的人潮冲了过去。门开启的那一秒，我坐了下来，把哈米的双肩包放在身侧，抬头找寻他。乘客下去又有新的乘客上来。有那么一刻，当他还站在原地用好着的那只手抓住栏杆的时候，我们的视线相遇了。

“这个座位有人吗？”一个过分肥胖的女人站在我面前，指着双肩包，“我可以坐吗？”

“很抱歉，嗯……”我看回哈米，“这儿有人坐。”

车厢被乘客占满，我再捕捉不到他的眼睛了，只有他身体的一部分从人群里露了出来：他的一部分头发，他握在栏杆上的手，他两只鞋中的一只露在无数双脚中。

“请离门远一些，”列车员播报，“请离……”

那个女人依然满怀期望地站在我旁边，在我把双肩包移开的时候重重地坐下。她俯身捡起哈米的围巾：“这是你的吗？”

第二十章

极度的寒冷，冷得有些不真实，冷到你简直无法相信这是真的。寒冷让你的心和耳朵都结了冰，让牙齿发痛，深深地刺在你的骨头里。寒冷那么恶毒、那么锋利，连瞳孔都要冻住了。寒冷会侵袭你整个身体，让它感到失去了全部的希望。

新闻里说这是纽约历史上最寒冷、最漫长的一个冬天，也是雪下得最多的一个冬天。第一场雪下在临近感恩节的一个晚上，接着是越来越多的雪，这里已经 22 年没下过这么多、这么猛的雪了。雪降落在这座城市里，堆积在街道上。从 11 月末到 4 月末，纽约整个是白色和灰色的，被冰封住。一天一天的，我们脚下的冰越积越厚，嘎吱作响，然后融化，和泥混成一团，变得十分厚实，我们的靴子都陷到了脚踝的位置。圣诞节之后，雪堆积到几乎 7 英尺深，到了 1 月就快要有膝盖那么高了。2 月的第三周，又一场猛烈的暴风雪袭击了整座城市，直到总统日[①]，降水量达到历史新高：中央公园塔的冰山超过了 20 英尺，几乎没到了我的臀部。

3 月中旬的时候，一部分雪融化了，空气中聚集了大量水汽，天变亮了许多。有两周的时间，气温一直摇摆不定，最后终于缓慢爬升到零摄氏度。有几个情况乐观的早晨，满天满地都是阳光和蓝天许下的

---

① 美国总统日，每年 2 月的第三个星期一。

承诺，空气中有种春天就要到来的错觉。但不久之后，一个 4 月的早上，像是电台节目里一个糟糕的恶作剧，气温以一种令人难以相信的速度再次骤降。夜晚降临之前，冬天就全面杀回来了。电视上放送着黑乎乎的街道的照片，冰暴在河岸肆虐。

“女士们、先生们，”气象播报员说，“这个冬天将会以一个长——长的季节载入史册。”他变得严肃起来，把脸上耀眼的纯洁微笑抹去，“一个像我们今年经历的这般寒冷的冬天，我的朋友们，自从 1981 年那个伟大的冬天以后就再也没出现过了。”

在他身后的蓝色屏幕上有一张月气温平均表，显示的数字从 5 到 19 华氏度①。躲在毯子下的我俩开始计算，用唇语嘟囔着。即使是已经在纽约待了三年的哈米，依然习惯把华氏度转化为摄氏度——减去 32 再除以 2。而我显然得自己一遍遍地先减去再除以。我们算出是零下 7 摄氏度到零下 15 摄氏度。我们依然把美元换算成锡克尔来弄清楚一样东西到底有多贵，似乎唯一能使我们真正接受这个温度真实的方式就是把它转化成我们家乡的测量单位，气温被换算后已经远低于零摄氏度。这个冬天使得无缺点的电视气象学者可以大幅度地延长占据屏幕的时间，还给像安德鲁和乔伊这样的老纽约客带来了乐趣和团队精神，这在我们这些外国人眼里简直是不可思议的奇观。我们无法理解这个破纪录的白色冬天给他们带来的骄傲，尽管它占据了各大新闻的头条，还被人们持续地讨论，像是个冉冉升起的新星。但它也是痛苦的来源，对我们中东人来说，它会带来眼泪和持续的挫败感。在我们的土地上，

① 1 华氏度≈ −17 摄氏度。

夏天是火热的，而冬天是象征性的——随意的、几乎是编造出来的冬天。我们从地球的另一端来到这里，从天几乎总是蓝的、太阳一年有300天在空中微笑的土地来到这里。而在我们的土地上，雪是极为稀有的，只在山岭地区下个几天，总共也只下过几年。对我们来说，这几个月是令人精疲力竭的、无法安定的，是难以忍受的寒冬。

寒冷，比剩下的所有冬日的特有景观都更加可怕：雪山，大西洋阵风，如同世界末日的叫嚣一般的冰雹，用自己的小薄片刺痛我们的冻雨。这是一种我以前从没听说过的雨，它比持续肆虐的风暴、倾盆的大雨和风的呼号更让我们痛苦。对我们来说，寒冷是一种创伤、一种陌生的感觉。它不断地重复击打着我们不愿面对现实的身体，我们完全无法适应它。

冬日对世间进行了大洗牌，使我们感到混乱。处处是冰封一般的冷。我们啜泣，不断照料着自己的感冒和咳嗽，哈米和我甚至比原来更加相似了。在这个濒临极限的、北极似的北美的严寒中，我们在美式生活中所感到的不信任和疏离感在残酷的天气里变得更为强烈。它暴露了我们远离祖国这一事实，它显现了地球上的这部分对我们而言是多么陌生。如果我们把自己当作是世界公民，有着不依赖母语、政治边界和地理距离的宇宙精神，如果曾有那么一个时刻，我们感到过这里是家，感到一种归属感、一种被需要的感觉，几乎倾向于去相信这座城市真的是无限的这个可能——现在冬季黑色的阴影则用一个刹车提醒我们，纽约不仅仅是一种心态，它还使我们的身体难以适应。那些被从南半球和布朗克斯动物园带来的异国生物所造成的差异感（野生山羊，白色的羚羊，我们在一个周日还曾见到单峰骆驼的一家），那些动物如果不是因为全球变暖和模仿它们的生源地所建构的环境，将无法在这个北方的冬天存活。

我们护照上盖了所有该盖的邮戳，我们的签证还是有效的，但有时这个冬天似乎是被移民局招在了旗下。它如此严格和坚定，带着有礼貌但是不易亲近的美式效率，试图把我们赶出这个国家。想把以色列的季节变化硬搬来这里的日历上的我们是多么无知啊，期望温暖能在 3 月和 4 月就到来的想法是多么天真。我们即使在周围的一切依然都结着冰的时候就开始不停地鼓励着彼此春天就在眼前的做法是多么乐观。

哈米穿了加厚的秋裤和双层的裤子，我穿着毛衣和被日渐磨损了的红色滑雪服，依然双双冷得发抖，牙齿不住地打战。我们像一对不幸的、居无定所的废旧品商人，坐在华盛顿广场公园南角属于我们的长凳上。在黑色的树梢下，我们盯着令人生厌的、被雪覆盖的树枝的骨架，接着又眼泪汪汪地向穿过天空的那几缕暧昧而暗淡的光做鬼脸。我们总是会被那不真实的、糊弄人的耀眼的阳光哄骗，然后义无反顾地走入户外的冷风中。我们坐在加里波第的雕像背面，面对着空着的喷泉上方那座拱着的石门，像失明了的太阳花一样，冲冰冷的北方的光线仰起脸。然后，我们绝望地闭上眼发抖，渴望着家乡那黄金般橙色的冬日暖阳甜蜜的爱抚，渴望着只存在于想象中的、遥远的地中海的温暖。

“我再也受不了了，”他咆哮着，“我受够了这个！”

“我很冷，”我发出本日的第一千次抱怨，我的牙齿咯咯作响，哈气从我嘴边冒出来，“我好冷，我们走吧。”

这些天总是很短、很暗，日光只比苍白的、灰蓝色的黄昏的光线要好一些，而且在下午的时候就已经渐渐隐去。吓人的铅灰色天空像很低的屋顶一样在树的上空蔓延，一片脏兮兮的灰雾混合满眼的白色覆盖了一切。

“这真是难以忍受。”绝望弄皱了哈米的眼睑，夺去了他目光中的神采，“这真是……”他环视周围那些孤零零的长凳，我能清楚地看见从他嘴边逃出的叹息——一阵苍白色的蒸汽碎片，“我们的冬天，”他终于说，“是那么舒服。”他再次陷入沉默，思考着，眨着眼像是在搜索合适的词汇，“那么……”

我的右手一直被握在他的左手里，埋进他的口袋中——他棕色的羊毛手套，我褪了色的绿色皮手套——我们的十个手指在我发出一阵颤抖的时候紧紧地贴着彼此：“人性化。”

“是啊。”他的头突然放松地靠在我的肩膀上，“那么人性化。”几秒钟之后，他咕哝道，几乎是自言自语，“也许这完全不关土地的事？”

我在他的膝头颤抖：“哪块土地？”

“犹太人和阿拉伯人争了这么多年的那块，”他闭着眼睛继续，嘴边有一丝苦涩的笑，“也许所有的这些战争都是为了太阳？”他似乎吃了一惊，小声说，“想象一下，一场为了太阳的战争。什么事儿啊……”

一天晚上，我们准备了六罐啤酒和一瓶红酒，然后从哈米位于布鲁克林的公寓出发去参加安德鲁的生日派对。派对是在安德鲁的新女朋友金伯利的家里举办的，一间位于州街边缘的、有着斜屋顶的顶层公寓。那里拥挤而温暖，还有美味的食物和棒极了的音乐。当我们凌晨 2 点准备离开的时候，派对依然热闹非凡。朋友们聚集在厨房，分布在门廊，跳舞的人占满了卧室到客厅的空间。带着醉醺醺的拥抱、亲吻和肩膀互击，我们向安德鲁、金伯利和其他人告别。我们全副武装，走进满是大雪的寂静中。我们的脸通红、双眼发亮、耳朵嗡嗡作响，还能隐约听到从派对传到街上来的模糊的喧闹声的回响。我们抬头望向顶楼的窗户，看着迪斯科球下面跳舞的人影。布鲁克林是白色的，空寂无人。雪花温柔而轻飘飘地降落，短暂地在街灯下闪耀，然后缓缓地消失在前院无尽的黑暗中。

音乐声依然在我们耳边回响，旋律在夜晚寒冷的空气中激荡。我们像是躲在一个让世界都静了下来的绒毛球下，所有的感觉都钝了，唯一可以听见的声音是我们俩无拘无束的脚步声。雪花像羽片在旋风中滑过，地铁在地球的大肚皮上战栗。我们的脚依然因为跳过舞而轻盈无比，在带着我们走向法院街和经过大西洋大街上关着的商店和餐厅时，感受到从人行道传来的震动。我们在市镇大厅站的外面停了下来，走进星巴克买咖啡。用纸杯温暖我们的手，我们爬上陡峭的大理石台阶，来到圆柱形的门廊上，坐下看着结了冰的公园，喷泉冻在半空，等着 3 点的地铁把我们送回哈米的住处。

不知为何，也不知道是由什么引发的，我感到自己在无尽的乡愁的海洋里航行。我以前也会谈到以色列，无尽地抱怨着我有多么想家，但总会有一些不安和一丝负罪感止住我那发自肺腑的感叹。现在，在酒精的作用下，我自在地谈起我的祖国，不夹杂任何的愤世嫉俗之情和贬低之意，没有感到抱歉，不觉得该为自己辩护，或者在提及军事占领和其他冲突时匆匆略过。

雪花在我们周围静静地飘浮，又落入无尽的黑暗里，但我们已经穿行到了另一边，去往那个更轻盈的世界：我去到了童年时住过的霍德夏沙隆，到达了那片开阔的绿色田野；哈米去到了希伯伦种满橄榄和松树的旱谷，他在那里度过了自己的少年时光。我跟他讲起我们房子附近的果园，里面有橙子树、柠檬树和小柑橘树，还有我们是怎样沿着马格戴尔的田地去看望我们住在拉蒙特哈沙维姆乡村的朋友们，或者去耐威雅克的游泳池的。哈米给我讲他母亲在拉马拉的房子，还有周围那些高高的方解石山："它们看上去像海浪，"他说，伸展双臂，"像是一片由山峰组成的静止的海洋。"他还聊起他曾经会花上好几天的时间坐在一棵巨大的桑树下，只为描绘四周的风景。

尽管被钢铁和混凝土、柏油马路和石头的残骸所包围，我们还是热切无比地聊起了橄榄树。他描述着树叶背面的银灰色："银色的那一面才是它们那么令人怀念的原因。"他解释说：那就像是穿过泪雾才能看见它们。我回忆起冬末的时候，橄榄园的灰绿色是怎样映衬着繁盛而茂密的杏仁树的。他又想起菊花的黄颜色。对他来说，那就是春天的气味。他又提起克劳德·莫奈画上的红罂粟色的斑点，我再次看见、再次感受到了那片我曾经穿行而过的高高的野草，有毛茸茸的、有黏人的毛刺，还有蒲公英的绒毛。我们回忆起小时候咀嚼旱叶草和锦葵的茎，我们都叫它 chubeza。然后，我们都因为回忆给我们在这纽约夜晚寒冷的空气中所带来的田野的味道和香气而大笑出声。

我们一边走去车站，坐上地铁，一边继续聊着。我们把纽约的秋天、春天和我们家乡飞逝而糊弄人的过渡性季节做了对比：用我们的喀新风对决纽约的热浪，还有以色列夏季突如其来的暴雨和与之相反的夜里温暖的微风。我们一直聊到了下一个车站。我们舒服地坐在空荡荡的车厢里，但不久，车门开启，又有几个人走了进来，坐下。车门滑动着关上，地铁开动，我们沉默了下来。

我看见我们俩脸上的影像从黑色的玻璃上直视着我们，它们透明而苍白。像是在平行的地铁上穿行的忧郁的鬼魂，不属于真实的世界，从玻璃上静默地盯着我俩。隧道的墙壁向后滑入黑暗中，我回忆起我们第一次一起刷牙时的情景——我们的手指犹豫着在水管上触碰在了一起。在我把牙膏挤到牙刷上，再把牙膏蘸进水里的时候，我的左手自发地伸出去关水龙头，然后就撞上了他湿湿的手——他的手也是无意识地伸出去的。在水停止流出之后的沉默里，我们中的一个，估计是哈米，问："你也是被一路教导着不要浪费水长大的？"又或者发问的人其实是我，然后乐了的那个是哈米："你也是？"当浴室只剩下我们刷牙的声音时，我从镜中望向他，想着沙漠的威胁在我们心中是如此的根深蒂固，节约用水是每一个在像我们那般干热地区里长大的人都被耳提面命的义务。我想着它是怎样在我们上幼儿园、小学的时候被重复提起，直到它变成了我们的一个本能，那个优良的、过时的教导跟着我们到了这里——美国。我们之间的相似性，那共同的命运，一定就是人们在说起一个人被印上了他故土的印记的时候说的那个意思。

"但我们在这里还在乎水干吗呢？"他在漱过口之后说，傻笑着抬头看我映在镜中的眼睛，"说到底，谁会计数呢？"他把水开大，在泛起白沫的水里冲洗双手，冲我喷水，闹哄哄地大笑，"Yallah， mayeh！”他大声喊，“水！”

我们爬上桥湾站的台阶，走入呼啸的风和满地的白雪中，在继续艰难地行进之前决定先在一家银行门口的雨棚下躲躲。

“大海，”他带着一副失望的表情说，“你似乎没有提起大海。”风突然变得更加锐利，狠狠地抽在我们的脸上，哈米迎着风望向远处。

我扭脸看着漆黑一片的银行内部，瑟瑟发抖。带着一阵良心上的苦涩感，我记起最近每次想起大海的时刻，但每一次海水都化作凶狠的浪潮向我涌来，它退去，它流动。我把这不该想起的景象从心中删去，搜索着别的值得怀念的事物。

有一天下午，我们在 Soho，走着去见乔伊和托姆，约会地点是安吉莉卡电影院。当走过教堂街时，我们停在美术馆向圭多先生问好。

哈米的油画挂在里面的墙上——圭多先生在 1 月的时候买走了风景系列的两幅矩形画作。这两幅画第一眼望去几乎是一模一样的，里面都有一条流经废墟之城的小河，城市淹没在傍晚微黄色的阴影里。水面上、枝杈中、深绿色的草的倒影中间，漂浮着一只工鞋、一把梳子和一只碎了的陶杯。

我当然认识这两幅画。在这两幅中，我更喜欢那幅街道上还有一些亮光、空虚的感觉，不至于像另一幅那么吓人。另一幅画中的黑暗已迫至眼前，浮在河上的杂物已经模糊又朦胧。这是我第一次看见哈米给它们起的名字。我看着那印在艺术家的名字、日期和画布尺寸那张纸片上面的大写字体：“Jindas2”和“Jindas3”。

在我们走出地铁时，之前微微照亮湿漉漉大街的光在我们待在美术馆的时间里已经消失不见了。潮湿的空气，就像哈米的画一样，被包裹在冬日晚上的暗影中。当我们走出去时，我问他“Jindas”是什么意思。

“是我们的村庄。”他把自己的羊毛帽子拉下来，左右看看，在辨认哪边是东，哪边是西，“我们家的原生地。”他指指右边。

“哪个村庄？”我靠近一些，有些困惑，“我以为你们是希伯伦人。”

在说出口的一瞬间，我想起他之前提起过的“那座村庄”和我的不解，又记起他告诉过我，当他父亲还是个年轻人的时候，村民曾经称呼他父亲为“香水先生”，因为他父亲太喜欢须后水了。还有他和他兄弟们每次都会开的玩笑——每次当一丝凉爽的夏日微风吹过屋子的时候，他们的父母都会深深叹气，说：“啊，这样的气息！”他会模仿他们：“啊，那乡村的气息！”

哈米点头：“我们以前是住在希伯伦，但从 1967 年开始，我父母是那个时候才从战争时的杰里科难民集中营中逃走的。”

逃走？难民集中营？不知什么原因，我一直都以为他来自一个富裕的家庭，一个古老的、根系繁杂的希伯伦王族。我知道他们在他上高中的时候从希伯伦搬到了拉马拉，但杰里科？我一时间不是十分确定——我知道那是约旦河谷的某个地方。我记着开车去死海时路过的指示牌。“所以，那个村庄……”我好奇地问，低头看着过往行人的脚，“杰……”

“杰达斯。”

“是在杰里科附近？”

他短促、惊讶地笑了一声："当然不是。"当他转向我的时候，一阵痛苦的暗影从他茫然的脸上划过，"我们的村庄就在里德的南边。"他故意用一种满含期待的语调说出这个名字，像是要给我个暗示，"你们的机场现在在哪儿？"

"罗德？"

"好嘛，叫它罗德。"

那些画——我现在明白了，那幅画着黑暗天空下废弃楼房的阴郁的画现在被颤抖着的我辨认出来了，我知道了河里的东西都属于谁。那些漂浮物的主人是谁现在已经十分清楚了。

我知道再问问题已是多余，但我依然得确认："所以，当他们从那个村庄搬走，那是什么时候的事了？在四几——"

"搬走？好吧……"他又突然挤出一声笑，这笑声像他突然瞟过来的眼神一样凌厉。

"1948年？"

晚上的时候，在乔伊和托姆把我们送回哈米的公寓，又只剩我们两个人的时候，我边给壶里接水，边在厨房问他："那是你想回去的地方吗？你希望有一天可以在那里生活吗？如果你真的能回去的话。"我关上水龙头，转向他。

"哪里，杰达斯？"他关上冰箱的门，吃惊地大声问。

"是的，那个村庄曾经存在的地方。"

"绝不。"他在走向门廊之前耸耸肩膀，"也许我叔叔或者我哥哥会想要回去，但我不想。"他的声音现在从浴室传来，"我告诉过你了，Bazi。我要住在海边。"

第二十一章

影片是以电梯上方显示的数字开始的，镜头一直追随着那个数字。电梯从四楼开始下降，降到三楼、二楼、一楼，一直降到大厅。电梯门滑开，摄影师在镜子里的倒影才进入眼帘：他有着和哈米一样的黑色卷发和修长的身躯，穿着牛仔裤和一件棕色的皮夹克。当他向镜子靠近时，他高挺的鼻梁和浓密的眉毛也变得清晰可见。他丰满的红色嘴唇歪出一个熟悉的笑。这是玛万——哈米最小的弟弟，在用上个月哈米寄回拉马拉给他的那个 DV-8 摄影机拍摄。

电梯向上，停在了第九层。玛万的脚步声拍打在一个漆黑的楼梯井的地面，他用拳头敲门。门开了。现在是奥马尔——他们最年长的哥哥，有着相似的面部轮廓和如雕刻而成的鼻子，还有高高的额头。他 35 岁上下，比玛万矮，短发，身材有些笨重，但哈米微笑的痕迹也在他的脸上一闪而过。奥马尔看见摄像机似乎很吃惊："你已经开始了？"

镜头上下点了点。它跟随奥马尔进入了一间大小适中、中产阶级的客厅。里面有一套现代的沙发、电视机、盆栽、帏帘，放着电脑的区域，还有阿拉伯特色装饰品和装饰物：铜茶壶和一个托盘，传统刺绣，墙上有阿拉伯式花纹，一个水烟袋。随着镜头轻快地扫过，我们瞥见窗外的景色，被阳光晃了眼：一片开阔的山地风景、方解石台阶和湛蓝的天空。

一个女性的声音越来越响——厨房里传来了阿拉伯的流行曲，三个年轻的女人站在罐子和炉面上散发着蒸汽的锅中间。一个在切洋葱，眼里全是眼泪，就像在怀疑谁似的眯着眼睛。第二个有一些胖，从冰箱门那儿好奇地抬头看。第三个的肩上有个裹着尿布的小宝宝，她在拍着宝宝的屁股。

“玛万在给哈米拍电影，”奥马尔的声音从背景中响起，“为了寄到美国去。”

那个泪眼汪汪切洋葱的女人是维达——哈米最大的姐姐，她手里握着刀，羞涩地笑了，因为在镜头面前而有些不好意思。第二个是阿迈勒——奥马尔的妻子，现在正望着镜头，充满魅力地把自己的大波浪往后顺顺。那个抱着宝宝的妈妈是法拉，她是哈米的表姐，她看看维达，又看看阿迈勒。

然后，有四个、五个、六个孩子挤进画面，尖叫着，十分雀跃：法拉的女儿，奥马尔和阿迈勒的双胞胎，维达的儿子和女儿。他们围着玛万，摇晃、拉扯他的袖子，又把他推得远远的。

昨天，哈米和我一起把这段影片看了两次。他兴奋得大笑，仔细地看屏幕里人们的脸。他把自己每一个兄弟、姐妹、嫂子、侄女和侄子都向我介绍，惊讶于孩子们都已经长得那么大了。他摇晃着手里的遥控器，频繁地定格画面、倒退、回放，帮我翻译，不住地哈哈大笑，解释着他们说的那些笑话。

现在他出门了，我一个人在家，第三遍看起他们：奥马尔、维达、双胞胎……在他们中，我看见了哈米的影子。客厅里全是他们的声音，他们在说阿拉伯语。那些人影、那些声音的腔调——那说话的方式、那手势，都是我所熟悉的。我不停地捕捉到四处浮动的、哈米微笑的痕迹。独自一人，我恣意地回忆起在自己的想象里他的哥哥们和他母亲的样子。他的母亲在我的脑海中有张坚毅而固执的脸，是一个虔诚的、裹着黑头巾的女人。我肆意地想起我昨天没说出口的那些念头，那些当哈米在我身边时我不想记起来的事，我自在地打量着那座位于拉马拉的公寓的真实的样子。之前，在我的想象中，它是黑乎乎的、朦胧的、简陋而残破的，人们在那里过着古怪又险恶的生活——这都是上个月我的例假推迟的那恐怖的四天中我脑海中想象出的画面。

那时，我的神经正因为“我可能怀孕了”这个事实而紧绷，我恐慌不已，夜不能寐。我意识到现在自己已经和他绑在了一起，失控地绑在了一起，绑在了要不要堕胎、生或死的问题上。那种噩梦般的感受，那种无助——我们那私人的、小小的秘密爱情，本来不用付出任何代价，也不需要付出太多，现在已经让人担心是不是正在失控。这段被藏起来的情事本来与未来没有任何关系，和我在家乡的真实的人生没有任何关系，现在就要被捅出去了，它会变成一桩丑闻。我没有告诉哈米关于例假延迟的事，也没提起那些闪过我脑海的噩梦般的场景。我用各种各样的借口回避着他。我工作到深夜，祈祷着任何腰疼、任何的腹部绞痛，但每一次去卫生间都会怀着苦涩的失望离开。在夜里，我看见自己和他的家人一起站在拉马拉一所废弃了的公寓里。想象自己在那里和他们一同居住：我是一个越了界的犹太女人。我想象我们的孩子，我看到自己的命运被全然推翻。我再次回忆起四路车。很多年以前，那个尖叫着的广播广告：“以色列的女儿！迷失了的灵魂！”还有那司机不屑的声音：“上帝帮助她们。”坐在我前面的女人：“现在，那个不幸的女孩和两个孩子一同徘徊在纳布卢斯，都不剩什么牙了。”我看见我父母在哭泣，为我感到悲痛。我想象着我的祖母。

“啊，雅玛！”他突然大叫，把音量调高，“那是我妈妈！”

一位高挑、强壮的60多岁老妇人从一间房里走出来，长直发，宽肩膀。她穿着一件带风帽的黑色外衣，头发被归拢在一条白色的头巾下。她的皮肤发光，是红棕色的，上面有深深的皱纹。她长着和哈米一样的眼睛：浅棕色，疲惫，没有攻击性。

哈米昨日的笑声和奥马尔嘶哑的咯咯笑声重叠在了一起：“玛万问她有没有什么要对我说，”他用一种愉悦的、心情舒畅的声音为我翻译，“所以，她告诉他：我为啥要说？我们周六刚打电话聊过天。”接着，他带着发亮的双眼盯着屏幕，慢慢地解释她的话：“哦，啊，卡哈米斯，我的孩子！愿真主保佑你，inshallah。愿他赐予你子孙、一个好的妻子、一个好的生活。愿他保你拥有一段幸福而长久的人生。”

她把手放在胸口，试图让自己冷静下来。当她不再说话，而是悲伤地望着天花板的时候，奥马尔的声音催促她继续。还有一个不在屏幕中的女声，也许是阿迈勒：“告诉他你有多想他。”

“但他是知道的，ya binti，”她吃惊地回答，深深地叹气，“你以为他不了解我？”

一个小男孩哭起来，立即吸引了她的注意力。当她的双眼再次别扭地看着镜头时，镜头拉近了，聚焦在她的脸上，使得她的脸变大了。“我的心非常非常非常非常渴望哈米回家。”她的声音里满是思念，当哈米用英文重复这句话时，声音里也是同样的思念，“渴望着呼吸、嗅到他的气味。”她充满感情地闭上眼，她的双唇紧紧抿起，就像她儿子在激动时会做的那样，“但是哈米，在美国对你更好，我亲爱的。比你在这里好，我的灵魂。你开始慢慢地安顿下来了，为自己创造着一个更好的未来。所以，你知道吗？Yallah，就待在美国，我的甜心。在该回来的时候回来，别着急。”

我快进到了下一个镜头：晚餐桌上摆满了蔬菜和饺子、肉块和堆得像小山一样的米饭，越来越多的亲人进了房间。他们互相轻吻脸颊、握手。我快进了整顿饭的过程，接着是在另一个房间对侄子和侄女的采访，直到我快进到阳台和日落的部分。

太阳，那熊熊燃烧的火球正挂在半空中。它所发射出的余晖，那晃眼的光让整个画面沉浸在带着淡红色的金色之中，短暂地反射在镜头上。玛万从这个位于九层朝西向的阳台出发，拍摄着那片由浅粉色和蓝色组成的天空，从这一端到那一端。他捕捉到了月亮的浅银色，一长列的鸟高歌着缓缓飞过天空，就像是一串黑珠子项链。

他的视线慢慢地转向左边，下降到之前在镜头边缘的一组建筑物上。“西部酒店”，一盏霓虹灯在屋顶上宣告。然后，他的镜头向更低的地方延伸，聚焦在酒店的停车场。一辆装饰着缎带和鲜花的梅赛德斯打开了门，一名穿着黑色燕尾服的男士和一位穿着霜白色连衣裙的女士——新娘和新郎走下车。伴随着鼓声和舞蹈，穿着节日服装的客人们陆续抵达。他们围着这对站在车辆间的新人唱着歌、拍着手。

镜头再次转向右方，降到酒店后的旱谷上，缓缓向西，轻触那里绵延起伏的山脉，而那山也注视着站在阳台上的玛万。玫瑰红色的落日给山峦涂上了一层蜜糖色的光，延长了斜坡上的阴影。这一切正是哈米曾经描述过的：当玛万的镜头逗留在光与影的交织处时，矮处山峰的影子爬上彼此金色的轮廓，还有树荫起伏的暗影来回摆动，这一切看上去就像是一片海洋。

画面模糊了一阵，变得不甚清楚，然后又再次变清晰，向远方展开。在 10 到 12 英里的深处，一块牧场进入了镜头。橄榄园、石头台阶、绿色和棕色的田野，浅色的一列列房子点缀其中，闪耀的灯光嵌在小村庄的斜坡上。哈米昨天认出了这些地方，说起过村庄和那些聚居处的名字，可我现在已经记不清了。与往常一样，我轻易地靠着他们的寺庙和光塔顶上淡绿色的光认出了这里是阿拉伯的村庄。犹太人的聚居区是一排排闪亮的白色现代独栋房。巴勒斯坦人的房子是灰色调的，看上去很粗糙，混入周围景致的形状和颜色，而犹太人的房子是由各式的石头搭建的，还有斜斜的红砖屋顶。

当我们昨天看到影片的这部分时，我想起哈米曾说过的故事。他说曾经有一次，一群移民小孩向他走来，他的侄子们就在旱谷里尖叫着跑着，像是他们刚刚看到了一群狼。我昨天提起这事的时候，他大声笑了。我像他那样扁平着发“以色列”的“色”字，还用一种短促、惊恐的声音模仿他的表演：“Aravim！Aravim！”

但现在，我已经准备好面对即将发生的一切了。失焦的画面再次聚焦，融化为一片炽热的薄雾。过了一会儿，镜头再次聚焦，又向更远处延伸。整个镜头都被天空的红色所填满，太阳的火球在西方融化。我再次因为这一幕而惊叹，就像我昨天做的那样，几乎无法相信眼前的一切：很远很远的地平线上，灰暗、苍白得像一片朦胧的幻象，一片密集的城市显现出来，高高耸立。从拉马拉的阳台开始，玛万的镜头清晰地捕捉到了整个沿海平原和城市群地区，特拉维夫的摩天大楼正对着闪着蓝光的那一线大海。这一切离得都是那么近，近得令人惊讶，也许只有 40 英里远，近得可以触摸得到。

我把影片向后倒，定格画面，再次感到震惊。我把视线从北边移到南边，用我心灵的眼睛沿着滨海公路前行，仿佛看到旧的四号公路重建后去往雷霍沃特、里雄莱锡安、拉姆拉、罗德、本·古里安的机场、合隆、佩塔提克瓦、罗石艾因的指向标。我退回去，仔细地看着那一整堆密集地聚在一起的灰色和蓝色混凝土，特拉维夫完整的天际和在烟雾中模糊不清的郊区就这样被我找到了，我抓着遥控器的手同镜头里的画面一起僵住了。

以玛万的视角，从九层高的拉马拉望过去的以色列像一座巨大的岛屿。一座从海洋中拔地而起的混凝土高山，建筑物、摩天大楼和塔都挤成一团。像是一场幻觉，像一座只存在于科幻电影中的巨大都市，特拉维夫在天际线的那一边。

镜头直直地转向那些摩天大楼，我能清楚地看到既骄傲又强壮的阿兹列里塔，还有米格沙洛姆的边沿。我甚至看出了雷丁电站的烟囱，还有军队驻地的大楼，国防部上方飘扬着的旗帜，拉马特甘东边的购物中心。越过被夕阳的余晖笼罩着的巨大城市，我自始至终能看见一条闪着金光的大海。

带着跟昨天一样的鸡皮疙瘩，我想起我在那里的家人——我侄子以及我所有的亲人和朋友的时候呆住了。在玛万从拉马拉拍摄夕阳的时候，他们都在哪儿呢？他们在干什么？这让我回忆起我六岁还是七岁的时候，有一天在邻居家从窗户往自家厨房偷看。我偷偷地站在那里看着我妈妈在厨房忙碌地洗着餐盘，还有我那趴在报纸上吃西瓜的爸爸的脖子背面，我为这不同的观察角度所带来的新鲜感惊呆了。这一次也一样，带着那种同样的、混合着陌生和亲密的矛盾的感觉，混合着负罪感和背叛感，还有一些不太体面的隐秘的感觉，我的视线被牢牢地吸在屏幕上。

这种反转是多么奇怪啊——从外面的角度看我们，从邻居家的窗户看进去，从镜头里隐藏的一面看我们自己。从纽约看他们在拉马拉所看到的风景。站在他们的阳台上，像是在芒特内博去看以色列的每一天，去看特拉维夫的郊区，看着我们在另一边的生活。我们那么自信，那么的思想简单，像是从未反思过。而发现他们能把我们看得那么清楚的感觉是如此特别，又令人恐惧。

太阳沉到更深的地方，如血的残阳散入大海。玛万的镜头跟随着一群迁徙的鸟儿去往天边，那黑色的一串被夕阳染上了红紫色。我的视线却被屏幕的底部深深吸引，仔细地看着越来越多的特拉维夫的灰色屋顶的轮廓。尽管玛万想专注捕捉的是那铺散开的大海和天空，只是偶尔被鸟儿吸引了注意力时才会不经意地照到城市的轮廓，我却无法自控地看着我的故乡，我无法自控地看着存在于敌人锐利目光中的以色列。

我不可抑制地想象自己看见了我的家被导弹的瞄准线对焦，从炮兵部队的发射台，透过上帝知道在哪儿的望远镜镜头。我不可抑制地意识到我们的一切都暴露在外，脆弱万分，我们之间的距离是多么近、多么亲密。我被我们在另一边过着的，那珍贵的、热热闹闹的以色列生活所震撼，被那繁荣的壮观场景所震撼，我被我们占领了整片天空的舰队所震撼。这个场景让一阵寒意窜过我的脊柱，就像昨天那样，从这个角度看去，我们对于他们来说是那样地值得嫉妒、那样地让人愤怒、那样地使人怨恨。

“看！你看到了吗？！”哈米昨天十分满足，为我的惊讶而兴奋，“我告诉过你啦！”

在我们相遇后不久，他就坚持说在晴朗的日子里可以从他哥哥在拉马拉的房子里看到海。他说站在阳台往外看能看见从西岸到大海的全部景致。“这片大陆很小，Bazi，它是那么的窄，”他在我表示怀疑的时候回答道，“40 多英里，就这样，”他补充说，好奇我怎么能如此坚持我那已经过时了的政治主张，“你要把这两个国家怎么放呢？”

那是一次令人疲倦的、毫无意义的争吵的白热化阶段，我们从冬季来临的那天就开始了类似的争吵。被信仰和热情所驱动，我们天真地企图说服对方、动摇对方的立场，或是毁掉那个立场。我们说教、引诱，一次又一次地陷入那重复的、翻来覆去的、无用的争吵中，带着无数的叫喊和情绪，沉沦在绝望中。我通常是喊叫的煽动者，很容易就会情绪失控，变得暴怒——一旦我们聊起政治，我就像是被什么魔鬼攫住了一样。我痛恨这样。我痛恨自己突然出现的猪脑子和我自以为是的狂怒，敌意使我头脑发热、呼吸困难、在愤怒中咬牙切齿。我痛恨最后的失败滋味，以及随之而来的挫败感和苦涩。那无尽的重复争辩是横在我们之间的潘多拉魔盒，那样的永恒和不可战胜，永远无法消除，像是一种可笑的本能。

直到有一天晚上，争论演化而成了肆虐的眼泪和摔门而出的战斗，我们俩都筋疲力尽，而且变得神经衰弱。我们决定结束这一切，发誓不再讨论政治。

哈米带着他盲目的双民族幻想，堵住耳朵，像个孩子一样狠狠地用头撞墙——对他来说，要么是全部，要么是没有。而我，带着我传统的、坚定的两国主张——一个重复到令人作呕的原则。他带着他坚持的列侬梦想——一个心软的理想主义者，依然双眼发亮地为两方人民的和解祈祷。然后，我又再次坚持自己的立场，使劲跺脚，把可行性和逻辑挥在他脸上，代表狗耳分区分割协定辩论。我是那么讨厌他那辞藻华丽的20世纪60年代跨国的天真，他确信人性价值是在自己这边的。他是开明的那个，是修复世界的那个，是眼界开阔的那个——而我还滞留着，带着隔离的、毫无吸引力的犹太复国运动者的保守的帽子。他是普遍论者，是脱去那过时的，关于国家、种族的观念和蠢笨的国旗和圣歌定义的和平的传播者。而我——非常不愿意被推向这个角色——是清醒的实用主义者：我只看重实际的和平条约和类似于“政治边界”和“国家主权”这样的术语。

我厌恶那持续掌控着我的、难以理喻的爱国悲情。我厌恶每一次当我面对他的阿拉伯极端主义时就会不由自主地变成“右派”，挤进我那保守派父母的阵营。让我愤怒的是，面对他的双民族热情，我发现自己站在了全以色列阵营，成为那种我家人会在周五晚上的吃饭时间一起声讨的人。在餐桌上，背景是电视里播出的一周新闻，我姐姐与我会和我们的父母争论，之后迈卡会加入他们的阵营。我们把一切的问题都归罪为军事占领，诅咒右翼政府和移民。但在纽约，我突然听上去和他们很像。我为以色列辩护，为它的政治正名。在全世界所有人中，我不能认同的那个人是哈米。我痛恨这一点。我无法理解我们为什么会这样，虽然有着亲密和爱情，还是一次次地败在了别的人也会失败的地方。我痛恨这样的事实，内心充满仇恨——对他的、对局势的、对我自己的。

我试过了所有耳熟能详的说辞：一个与以色列国并列存在的独立的巴勒斯坦国将会带来众多好处，巴勒斯坦人应该在属于自己的国旗和政府下有尊严地生活。我说那将要定义他们的自由和独立的边界，也将重新定义我们的和平和安全。“还有我们的心理健康。”接着，我又坚持道，“我确实希望这一切能实现，因为我就是一名犹太复国运动的支持者。因为我在意以色列，所以我担心如果我们继续这样的话会有什么事发生在我们身上。”我唱了红脸，也唱了白脸。我说如果我们这一代无法达成一致的话，如果我们现在不能就边界问题取得统一意见的话，如果我们在还能做什么的情况下什么都不做的话：“我都不敢去想我们会踏上怎样的灾难之路。”

而哈米会再一次抬起头，激动地晃着他的卷发，一次又一次地带着一种耐心的、唐吉诃德式的热情，站起身来解释说，在这个故事里确实有两个民族，但不幸的是只有一片大陆。这个事实是不会被这世界上所有的那些边界、围栏、分界线和路障所改变的：“这片土地是不变的，但是 Bazi，你曾经说过什么，你记得吗？所有的河流最终都将流进同一片海洋。”

“一个公正的分割不再有可能了，”他说，“不管是分割土地，还是分割水源。所有的水源都是联结在一起不能分离的。圣地也都集中在一起，挤在同一座城市里。”他重复说，事实上我们已经如同双民族那样生活了，就像风景和天空，它们同时属于两个民族。“我们已经黏合在一起了。”他说，把手指紧紧地交错在一起，“你能做什么呢？我们无法从你们中分离出来。”

然后，他把眼睛睁得大大的，把眉毛挑到额头上的第三道皱纹里，问道，如果从内心深处说，他不知道一个双民族国家最后会发生什么，在我们 70 或者 80 岁的时候，或者在我们死去的时候。“那为什么不在现在，在我们活着的时候试试？为什么要等到一切变得暴力，要通过灾难来解决问题？”

“所以，它在哪儿？指给我它确切的位置。”我昨天定格了画面，冲动地从长沙发上跳了起来，“那条绿线——它经过哪儿？这儿？”我站在电视机旁，用手指划过屏幕，越过村庄，在山间停住，“这儿？”我仔细地辨认山村的轮廓和居住地的外围，像是真的期待在漆黑的夜晚阴影和闪烁的灯光中间找到一条真正的绿色分界线，也许它就像在地图上那样由点线标记而成。

“在这儿。”我听见哈米在我身后偷笑着说。

然后我转身，看见他用手指轻敲自己的头：“就在这儿。”

除了奥马尔、维达和玛万之外，哈米还有一个哥哥和两个姐姐没有出现在这部家庭影片中：珊娜和丈夫还有孩子们一起住在希伯伦；拉姆斯——一名医院药剂师，和家人住在安曼；还有瓦西姆——一名政治法律学毕业生，住在柏林。在 3 月的早些时候，这部影片被寄来三周之后，瓦西姆作为学生代表团的一分子到访华盛顿。在回柏林的路上，暂停纽约八天。

哈米和他手足们的相似性在录像里出现的时候就已经让我着迷，而这种相似在我见到瓦西姆的时候倍加明显。他 33 岁，比哈米大 5 岁，他和哈米不只在面部轮廓、身高和身形上相似，连他的声音和说话的语调听上去都很像哈米。

“不，抱歉，这不是哈米。”他有一天下午在我为了获知餐厅地址而打去电话的时候打断我，在我咕哝着自己没衣服穿之后——我只穿着内衣和袜子站在那里，盯着我的衣柜，在衣架间翻找。瓦西姆接着用那令人迷惑的相似的声音说：“他在洗澡。请问你是？”

“哦，”我片刻之后含糊不清地说，大笑着试图盖过我的尴尬，“是莉雅特，我以为你是——”

“哦，是的，莉雅特，”他了然地说道，慎重地提到我的名字，带着十足的好奇，“我是他哥哥，瓦西姆。”

两小时之后，在特里贝卡的“安达鲁西亚餐厅”外面，我们握了手。穿着黑色的高领毛衣、运动夹克、时髦的腰带和鞋，瓦西姆看上去像是他弟弟更老练、更优雅的那个版本。哈米站在我们中间，骄傲地咧着嘴笑，穿着他惯常的牛仔裤和匡威鞋。他的右臂环着瓦西姆的胳膊，左臂搂着我的腰。瓦西姆的卷发很短，也很闪亮，用发油梳向后方。他戴着薄薄的金属框眼镜，当他新刮过的皮肤浮过我的脸颊做空气亲吻时，有一阵难闻的须后水的味道。

“你们长得都好像，”我评价道，睁大眼睛从一个兄弟看向另一个，“这太神奇了。”我再次在心里过了一遍那部录像，还有家族成员的影像。“你有没有问过你哥哥，欢迎你们以后一起来我的住处看那部录像？”我问哈米。

“噢，当然，”哈米在反应过来之后灿烂地笑了。他用双臂紧紧围住我，带着一种隐秘的感激，然后对自己的哥哥说：“玛万给我寄的那东西，记得吗？”

瓦西姆的眉毛挑过了眼镜：“我们能在你那里看？”

“你甚至今晚就能来。”我回答，哈米的手又紧紧地握了一下我的，“如果你不是太累的话。”

当瓦西姆进入饭店坐在我对面时，我发现了一些他们的不同之处：他的眉毛的拱形更宽，鼻子的坡度也有些不一样，还有他们下颌骨的形状。他有着他们妈妈的那种杏仁棕的眼睛和浓密的睫毛，但他在薄镜片下的神情和哈米完全不一样：警惕的、老练的，还有轻微的神经质。里面还有一种永远在评判一切的痕迹，他的嘴角有一丝不满。即使是他在笑的时候，脸上也依然带有一些让人不安的感觉。

他清了清喉咙：“莉雅特……”他从自己镜框的上方检视我，又咳嗽起来，“这是希伯来语，对吗？”

“是的，嗯……”我的不安在这笨拙的翻译下很明显，“它的意思大概是‘你是我的’。”

他靠近以便听得更清楚：“你是我的？你属于我？”

“它在希伯来语里听着更好听些。”

他摸摸自己耳垂上小钻石似的耳钉：“有趣。”

哈米看上去很吃惊：“真的？你是我的？”

“我告诉过你这个，”我嫌弃地说道，然后带着假装的不开心靠回自己的椅子，“你从来记不住——”

但是，他用一个拥抱打断了我：“你在说什么？我记不住……”

“你从来记不住任何事。”

“你是我的。”他的声音在我耳畔响起，他亲亲我脖子的侧面，“我的，我的……”

瓦西姆的眼神——我越过哈米的肩膀已经注意它一阵子了——追

随着一个在餐桌间穿行的服务生。我从哈米身边离开，用手抹过他亲吻留下的痕迹："那么，你的名字的意思是？是什么？"

瓦西姆的注意力被刚从洗手间回来坐在他身边的莫汉摩德所吸引。莫汉摩德是同一个学生代表团的朋友，正在比尔泽特大学攻读法律博士学位，是一个害羞的、胖胖的、30 岁出头的男人，留着法式的山羊胡子。几分钟之后，泽布拉和克里斯蒂安也到了。他们带来温暖的拥抱、亲吻和对自己的晚到表示的歉意。

泽布拉是哈米和瓦西姆的姐姐维拉的老朋友，他们自从两家在希伯伦成为邻居的时候就认识了。泽布拉是一位美丽的 30 多岁的女士，她爸爸是巴勒斯坦人，妈妈是英国人，她在史坦顿岛的私立学校教书。克里斯蒂安，她的丈夫是英国人，她是一名小儿科医生。几年前，哈米刚来纽约的时候，他只认识泽布拉和克里斯蒂安。他在我们相遇后不久就对我讲起了她们。当时，他说他要去拜访在史坦顿岛的朋友。泽布拉的爸爸在 20 世纪 80 年代曾经是巴解组织的资深成员，在她 13 岁的时候，她爸爸在黎巴嫩被以色列突击队暗杀。"所以，"哈米道歉道，"尽管我真心希望你能一起去，但我不确定这是不是个好主意。"但几周之前，在他从泽布拉家吃完午餐回来时，他带回来了用特百惠盒子装着的烤鸡、粒粒面和红薯饼。他说他跟泽布拉说起了我，所以她送了这些好吃的给我。

相聚最初的紧绷感被餐厅里欢乐的气氛和绝佳的食物所打破。这是一家价格适中的摩洛哥餐厅，装修得像是《一千零一夜》里的一个场景。这个餐厅靠近大众之夜，餐厅的主人是泽布拉和克里斯蒂安的朋友。"这是我们能订到一张桌子的唯一原因。"泽布拉解释说。剩下的桌子全被那四十几个法国游客占据了——中年的男士和女士，从南非移民来的退伍军人们正在进行着一次纽约团体之旅。餐厅里混杂着阿拉伯语、法语和银器的叮当声，这里红蓝相间的墙上装饰着灯罩、铁栏杆、铜壶和很厚的大水罐，大厅中回响着嘈杂的说话声。

似乎，虽然，不是餐厅的主人或者这里的穆斯林客人——客人们大部分是穆斯林，当泽布拉重复她的朋友——这餐厅的主人告诉她的话：我是这里唯一的犹太人——正在注意着禁酒令。服务生都穿着彩色的土耳其式长衫，端出了越来越多的桑格利亚冷酒和一瓶瓶的红酒。然后，伴随着肉桂、姜、红辣椒和藏红花的热气腾腾的香味，服务生端着圆锥形的黏土陶锅走来，里面装满了羊肉和鱼肉，还有大盘的蒸小米和巴斯蒂亚馅饼。在他们把食物摆在我们面前之后，桌上全是惊喜的赞叹声和饥饿的咕噜声。

在哈米最初把我介绍给泽布拉的时候，我担心她看见我在这里会不开心——她不住地说阿拉伯语，也并不掩饰因为我在场所以得使用英语而感到心烦。（“但是，那你为什么会阿拉伯语？”她眉毛讽刺地上挑，像是在说：毕竟，你们以色列人更应该熟悉弗兰德语或者古希腊语，不是吗？）她似乎在回避我，她的目光在其他用餐者身上徘徊，对我的在场感到不便。我的不安则在食物被送上来之后就消失了。

泽布拉越过哈米的肩膀带着忧虑的表情盯着我的盘子。“把那个盘子递给我，拜托，它看上去太空了。”她指示哈米，又在我的盘子上堆了更多的小米、羊肉和像是薄皱纸一样的巴斯蒂亚馅饼，我们以前都用它来把汤汁吸干。“快吃，快吃，”她催促我，监督着，“别害羞。”带着一丝微笑和从高挑起的眉毛里显露的霸气，“你现在是我们的一员了。”

瓦西姆在酒和食物的影响下，也似乎更放松、更满足了。先前，当我们走过拥挤的餐桌时，我看见他冲大声嚷嚷的法国人做鬼脸。他把头歪向一边，还用一只手捂住耳朵，像是无法忍受噪声。在我们坐下的时候，他嫌弃地环顾四周，说在柏林，他永远不会把食物放在这样的盘子里。他装模作样地转转眼睛，有一种谄媚的魅力，显然是为了满足西方人对异国风味的胃口。他似乎对哈米那一览无余的爱意已感到厌烦。当他的弟弟用爱抚和触摸把我包围的时候，他会移开视线，虽然哈米没有注意，也不会在意，就算是在我暗示和尝试着从他身边扭开之后。我想着瓦西姆是嫉妒或者感到有竞争了，才对我们这样黏在一起感到不适应。

他对哈米明显的占有欲——一种我能想象我姐姐在同样情形下一定也会有的感受——和我在他冷漠的注视及语调下不断减少的自信，即使是在对我感兴趣、问起我的名字时，他依然保持了冷酷，而这种冷酷一直持续到了这顿饭的末尾。

到服务生清理我们的餐盘，梳理我们的水烟袋中的煤，带着巨大的银壶和镶了金边的玻璃茶杯再次出现的时候，他们架势十足地把新鲜的薄荷茶从高处倒下，带起一阵恼人的细雨。服务生还送上了杏仁、大枣和杏仁蛋白软糖，瓦西姆和泽布拉都已经开始自在地聊天了。他们大声地谈笑，脸涨得通红。他们和哈米一起回忆起在希伯伦的日子，而莫汉摩德和我——克里斯蒂安在上甜点前被她的传呼机叫去了医院——成了他们的听众。

我不记得是什么在转瞬间使空气紧绷了起来。对话是什么时候被拉去了那个方向，从那种轻松随意的闲聊频道把我们冲进那肮脏的流水中的？我们是怎么突然开始谈论政治的？瓦西姆和我是怎么开始无休止地争论的？

“你们以色列人，”他突然说，直直地看着我，“你知道你们的问题出在哪儿吗？”

先前，即使我们陷入一场角力，他也避免看我，把目光从泽布拉晃到哈米，从哈米晃到莫汉摩德。但现在，像是为了强调他的观察，他把眼睛眯成一条缝，聚焦在我身上。

“你们活在否定中，”他终于说出口，因为自己在这张桌子上挑起的预言而得意地露出微笑，“这就是你们的问题。”在他说话的时候，他嘴角的牙签跟着前后晃动，“你们拒绝接受一个事实，那就是在不久的将来，你们将会变成那片土地上的少数民族。”他用舌头前前后后地把那根牙签卷起，很频繁地咀嚼它、吮吸它，“你们那么努力地想把巴勒斯坦人从你们的意识中驱赶出去，是因为你们无法再向前看了。你们在抗拒短短 30 或 40 年后就注定会发生的事。”

瓦西姆是一名富于技巧的演说者，自信、有魅力。尽管有着很深的喉音，他还是说着一口令人印象深刻的、高雅的、无可辩驳的英语。他听上去像是习惯于演讲厅的那种人，显然很享受听到自己声音的效果。但作为一名专业人士、一名辩手，他根本就是一个病态的控制狂，傲慢的、充满恶意的、决心为了赢而不顾一切的家伙。

我第一次打断他以示反对的时候，他向下看着桌子，等着我说完。接着，像是在展示一节关于克制的课，他在重复自己的整句话之前停了一会儿，带着爱说教的家长式口吻。而这一次，他几乎没给我插话的机会，他提高音量，在空中挥舞着双手，坚持要把话说完。他的眼中有种不顾一切的神情。他对我的顶撞做出夸张反应，显得既震惊又无语，还环视餐厅，似乎是要给我对他的冒犯找一个证人。他的嘴里还哼出一声假意的嘲弄，肆无忌惮地打了个嗝，意在指出我的问题是多么的荒唐。如果我胆敢再反驳，如果我足够粗鲁去驳斥他的观点，他就会绝望地摇着头，呼出一大口气，甚至连嘴唇都颤抖了。

他把牙签从自己的嘴里拿出来，迅速而傲慢地看了一眼被咬过的边缘："因为即使在 67 边界内——就像你称呼它的那样，会出现一个双民族国家。"一个满意的微笑在他的脸上浮现，"不论如何都会有一个双民族国家，不管有没有一个协定。"

我屏住呼吸，并没有仔细听他讲，反驳的话已经到了我的舌尖，叫嚣随时就要冲出来。

"还有，就像我之前提到的，如果我们以一种简单的逻辑来看，仅仅从人口统计学来说，最早在 2020 年，也就是从现在起不到 20 年的时间，两边的人口数就会变为一致。"

我监视着他嘴唇的动作，还有那飞速转动的牙签，等着一个他要开始总结了的提示，让我能插进去话的一个逗号或者一个句号。

"而且，不仅是在这个国家，联合民主主权是这个民族未来不可避免的发展趋势。"嚼过的牙签现在捏在他手里，他的舌头在嘴里戳来戳去地寻找着碎片，"从地中海到约旦河。"

我开始反击："但它要怎么实现？！你怎么能去追求一个和平的国家还想象一种共享的民主的可能？当事实其实是——"我屏住一个

浅浅的低喘，“在现实里，极端民族主义的力量在日益壮大？”我睁大眼睛看着泽布拉，接着又转向莫汉摩德，“你怎么能想象这一切，在宗教狂热正在控制你们的同胞的时候，在我们都处在军事占领的压力之下的时候？”我的声音变得又细又尖，听上去很紧张，又像是在恳求，“在以色列，从 1987 年的以色列占领区的巴勒斯坦人暴动到下一个骚乱，这不正是右翼力量在壮大的证明吗？”

泽布拉担心地望了我一眼。莫汉摩德用手支着脸颊，把半边脸都揉皱了，好奇地看着我。哈米低着头坐在我左边，使劲盯着他的酒杯。

我试着压下我声音里的颤抖：“还有这些言论，关于难民遣返的，还有一个国家的这种设想……”我抓住泽布拉善意的眼神，“都只会把以色列推向右翼。这只会向保持中立的以色列人证明，我们右翼的担心是合理的。可是，那些中立派本来是同意分割这片土地的。那些支持巴勒斯坦国的人实际的目标是毁掉以色列国。”我的声音失去了平静，再次升高，“那这样……这很简单……你得明白，这是……”冷静下来，我提醒自己，记得要喘气，我呷了一口酒，“这就是引出我们最深的恐惧的原因，和对我们最严重的伤害。”

在我和哈米争论的时候也会变成这样。那可怕的、严肃的悲伤会将我逼入角落，我瞬间就被卷入一种国家责任感，像是以色列的未来已经扛在我肩上——犹太人民今后的命运就取决于我怎么说。我非得完成一场坚定的、胜利的论战去改变这个固执的巴勒斯坦人的想法。

“因为就算是最温和的犹太人，最清醒的那一群，”我继续，声音又变得紧张而焦虑，“那些会为了和平而妥协和让步的人，愿意从任何地方撤出——这一种言论，从我们的角度来说，是……”

在我说话的时候，我瞥见瓦西姆在向莫汉摩德做鬼脸。他翻着眼睛，偷偷表示不耐烦。当他发现我注意的时候，就假咳一声，用手捂在嘴上来掩饰他脸上挖苦的笑。他真的不明白该怎样公平竞争，就像泽布拉之前说的那样。她回忆说当他们还是孩子的时候，会一起玩西洋双陆棋或者跳棋，瓦西姆在意识到自己就要输了的时候，就会把棋盘打翻，挑起一场争斗。他还有一个习惯——泽布拉带着善意的笑回想道，我们也一样笑着，包括瓦西姆。她把一块白色的亚麻桌布放在头上旋转来模仿——他会带着得意扬扬的吼声给自己打气，他热切地鼓舞自己士气的那些话会迷惑他的对手，让对方觉得自己是失败者："我输了！我输了！"

此刻，也是一样，他在用一种虚情假意的友好语气攻击我的时候，给自己注入了新的活力："莉雅特，莉雅特，你们的人都该醒醒，睁开你们的眼睛。你们不停地重复那愚蠢的、老旧的标语，说什么两个国家，就像首颂歌似的，而实际上这么多年它就没有变得可行过。"瓦西姆以一种苦涩、讽刺和自满的方式大笑，"它永远不会发生。"

泽布拉显然被惹恼了，她用阿拉伯语严厉地嘘了他。我从自己的酒杯向上看，在瓦西姆回答泽布拉的时候盯着她——他是坚定的、愤恨的、陷在狂怒中的，但泽布拉并不害怕，她打断了他，继续严厉地说着什么。

也许是我们之间的语言障碍让我此刻把他们的表情解读为生硬和咄咄逼人的。换回阿拉伯语似乎让他们更自由地交谈，暴露出那些更实质、更严峻的问题，那是他们只能私下交谈的内容。我再次绷紧，每次他们提起"以色列"或者"亚胡狄"这些单词都会让我警觉，我想试着弄清楚他们在说什么。当瓦西姆说“el-gaysh tzahiyuru”的时候，莫汉摩德突然紧盯着我。我瞥一眼哈米，触碰他的手背，希望他能帮助我翻译。但他正凝视着瓦西姆，为他的话而惊讶——在哥哥面前的哈米是这样的孩子气，一个虚弱的少年，一片钦佩的影子，他一秒也没有转头看我。

一开始的时候，哈米是在我这边的，尽管每个人都清楚他和他哥哥观点一致，但我依旧感受到他的支持——他把手伸到桌下安抚着我。当事情变得白热化的时候，他很苦恼。瓦西姆发表“参战演说”，迫使我反击。哈米试着平息我的怒火，还拉拢泽布拉帮忙转换话题和气氛。但从某一时刻起，他缩回了自己的椅子，全然放弃。他甚至变得得意起来。他自己并没有怎么参与这场争论，只是低头听着，频繁地点头。他的手不再在桌下探寻我的大腿了。

当我看着他，期望他会回望时，当我带着期待触摸他的手时，他终于回了我一个沉重而又情绪复杂的眨眼，因为他哥哥用阿拉伯语说的什么而同情地叹了一口气。

瓦西姆转回了英语，用更响亮的声音，像是一直在等待着一个信号：“不，泽布拉，不！军事占领永远不会结束。”他挑衅地斜眼看我，确保我在听，他拾起一根新的牙签，像蠢货一样捻着牙签尖，“Bas，军事占领目前是不可逆的，就像犹太人聚居地在加沙和西岸不停扩散那样不可逆，就像犹太殖民主义者有条不紊地从巴勒斯坦人民那里夺取公路、土地和水源那样不可逆，就像——”

“不可逆？！”我愤怒地喊叫，所有人都望向我，“你认为这是——”

“就像 40 年的军事管制和暴力压迫——”

“不！真的，我在试着理解，”我坚持，“回到 67 边界在你看来是不可逆的？但是，回到 55 年以前，回到没有边界的历史当中——”

他继续忽略我：“就像我之前指出的，这同样——”

“这不是不可逆的！”

“这也同样存在于这个国家当中，”他继续说道，用那漠不关心的、不在意的眼神让我闭嘴，他拿牙签刺向空气，“阿拉伯人口的自然分布，我们的自然生殖率……”又是他最爱的人口统计学预测，“这也是不可逆的现实。”

当哈米为双民族辩护时，他总是把它和遥远的、令人怀念的往昔相联结，那些橄榄园和存在于 1984 年故事里的水井。但瓦西姆很奸诈，也更冷静。他表示他愿意为历史付出代价，再忍受 20 或是 30 年的军事占领和迫害，因为他知道，从长远看巴勒斯坦的耐心总会用尽，他们对妥协的坚定拒绝最终会为他们正名：他会把信念寄托在阿拉伯的出生率上，等待它变成现实。

也许不仅仅是他令人厌恶的傲慢和充满恶意的个性，还有他描述的黯淡的未来，让我害怕的是他也许是正确的，这让我如此愤怒，一次次地与他对抗。

瓦西姆依然在发表演说，自信异常，终于：“在一年又一年之后，事实逐渐显露，那过时的两个国家的观念，和 1984 年分隔计划中的条款一样，也许在某一层面上是解决问题的方法，我们可以就这个再讨论，但它们在今天已经不再成立了。它已经不再反映冲突的深意，这僵局的深意，这局面的复杂性。”

也许是我喝太多了？我掂量着杯中的酒，这是我今晚的第二杯。在我呷酒时，一声讽刺的轻哼从我嘴唇中迸出，让莫汉摩德的眉毛好奇地上扬。“这就是它如此简单又有逻辑的原因，是吧？”我问道。

哈米小心翼翼地想把酒从我面前移走：“也许它不是——”

我把他推开：“让我说话。”现在，我什么也不在乎了，不在乎我声音中那令人窒息的悲伤，不在乎我不加抑制的怒吼，“到底是谁能给我们一个保证——你？！”我向瓦西姆摇摇手指，“你能保证除去失败了的犹太复国主义，我们不会面对胜利的、图谋报复的阿拉伯民族主义者？他们不会沉醉在自己的胜利中？”

哈米靠了过来，我感到他的手在我的后背上抚过，但我也不在乎他了。他现在出现了？！他现在才反应过来？他整晚都像个球形门把手一样坐在那里，一言不发，甚至没试图让他哥哥恢复平静。他把我一个人丢弃在旷野中，现在倒准备插手了？我猛地把他的手臂晃开：“离我远点！”

“我认真地问你，”我对瓦西姆说，用手背抹去因为太激动而喷出的口水，“你怎么能向我保证你们不是把一个压迫变成另一个？一场军事占领换成另一个？”我持续敲击着桌子，“我们怎么能，作为一个民主的犹太少数民族，活在一个以穆斯林阿拉伯为多数民族的国家，同时确保像大屠杀那样的浩劫不会再次发——”

“哦，又是这个！”瓦西姆把手甩起来，转向泽布拉，“这让人该如何反驳呢？”他抱怨道。

“不，不，你不是打算要——”

“这确实是有问题，”他看着莫汉摩德，用手指在太阳穴处，“他们被洗脑的方式。”

这让我只得强压住自己的怒火：“洗脑？！”我提醒他以色列国是在 600 万犹太人被逐一屠杀后才建起来的，“是这样才建成的，所以我们——”

“建立在一个被放逐出这片土地的人的遗迹上——”

“所以，我们犹太人才能掌控我们自己的命运——”

“和找到机会去造成几百万巴勒斯坦人的浩劫——”

那些三角形的摩洛哥灯罩——蓝色和红色——点亮了这间充满欢乐气氛的女士卫生间。墙上有燃着的蜡烛、镶着金边的镜子，白玫瑰的花瓣在水池里散开——像是在营造东方后宫神话中的私人女性浴室。

我终于从马桶盖上站了起来，打开隔间的门走出去，手在捋平自己的裙子时止不住地颤抖。我的双肩下垂，但这双我今天刚买的高跟鞋（我走进商店，试穿它们，一时兴起花了 160 美元把它们买下）让我觉得自己又高又挺拔。我蹒跚着靠近镜子：花了的睫毛膏和黑色眼线，通红的鼻子，乱七八糟的头发。在所有闪闪发光的装饰品散发的微弱亮光中，我的脸看起来拉得老长，又写满了挫败。

但是，我得振作起来。我使劲抽了下鼻子，晃了晃自己，用水冲洗了双手。那亮红色的指甲油——我在去沙龙做完头发之后还去修了指甲，这双优雅的鞋——它们现在都在嘲笑我。看着所有这些为给他们留个好印象、想要被他哥哥和朋友们喜欢而付出的努力，我向前倾，试着擦去我眼睛上那些油腻的灰色痕迹，还有我脸上和眼皮上因为发怒而形成的红痕。纸巾在我手中被揉成了一团，因为化妆品而变得脏兮兮。我还不是想向哈米展示一下自己的魅力？我希望他看到我在他们眼中是个美丽的女人，我希望他因为我而感到骄傲。我那么努力想变得讨人喜爱、变得可爱和有魅力，但最终变成了一个愤怒、固执和眼泪汪汪的耻辱。我用手指梳理了几下头发，试着挡住新涌上来的眼泪。我把纸巾扔进垃圾桶，又抓起另一张。

卫生间的门开了，一阵模糊的吵闹声也飘了进来，厨房里的人在清洗不锈钢餐具。

“莉雅特？”是泽布拉，她的眼神中满是担忧，在门口踟蹰着。“你还好吗？”她小心地问道。

我的目光垂到了地面，冲地板点了点头。“是的。”我用卷成一团的纸巾捂着嘴，“谢谢。”停下，停下，我对自己在太阳穴猛烈跳动的脉搏和咸咸的眼泪说。稳住你自己，别又这样。

“你确定？”

但这次是不同的眼泪：不是当我在瓦西姆演讲的中途站起来时爆发了的骄傲和愤怒的抽泣，也不是我在厌恶中拉开自己的椅子并冲向卫生间的那种不管不顾的抗议性的哭泣。此刻，这是不同的哭泣，平缓但依旧充满伤痛，在我身体里颤抖，冲击着我的肺。我想扑进泽布拉的怀抱，抵在她的脖子上抽泣，让紧绷着的自己放松下来，释放出所有对瓦西姆的愤怒，所有在我内心不断叠加的挫败感和羞耻感。多么可悲！我是怎么落到这般境地的？我还要因为哈米而流泪，为我对他的失望。他怎么能让自己的哥哥那样对我说话而不帮着我抵抗一下？我想要靠在泽布拉身上，卸下所有突然间将我打败了的悲伤——悲伤淹没了我，淹没了他们，淹没了这所有的该死的境况。

我用力地点头，努力保持着我仅剩的尊严和受了伤的骄傲，没有看她：“我没事。”

“好吧，那……”

她似乎要离开了，但她的脚步靠近了一些。“我想你也许需要这个，”她出乎我意料地说，把我的手提包放在大理石台子上，“但我看你已经把自己整理好了。”她的眼睛在与我的相遇时露出了笑意，我的眼神软化了下来。

“谢谢你，泽布拉。”

“你看上去还不错。”她向我保证。

“谢谢。”

有那么一刻，我以为会有一个拥抱，我们会进入彼此的怀中，尝试着在女性友谊中团结为一体——我记起那些烤鸡和炸红薯。我想抓住她鼓励地拍拍我肩膀的手，我想要亲吻它，想要哭泣和谢谢她，但她的手已经从我身上移开了。

在特里贝卡的这个晚上之后，我没有再见到瓦西姆。他又在纽约和哈米一起待了六天，所以我也没有见到哈米，这是自我们三个月前相遇以来第一次哈米不在我身边。在他哥哥返回柏林之前，我们没有见面，也没有在电话里聊天。

哈米说第一个晚上瓦西姆是在工作室的长沙发上度过的，接着就开始背痛，所以就和他一起睡了床。莫汉摩德住在切尔西的酒店里。他们一起在城市里散步，去了帝国大厦，还计划坐船去看自由女神像，但它已经关门了，所以他们搭乘渡轮去了斯塔滕岛。

那天晚上，我没有向哈米告别就离开了饭店。在泽布拉离开卫生间之后，我悄悄地溜走了，叫了一辆出租车回家。哈米说泽布拉看见我离开了，但当他起身要去找我的时候，泽布拉说就让我走吧。

他们一直待到凌晨 1:30，我让哈米告诉我之后发生了什么。在我带着眼泪离开那张桌子之后，瓦西姆说我被惯坏了，还很自恋、固执，迷恋着我那国家受害者的自我认知，就像每一个以色列人一样，他在柏林的学校里就遇见过我这个类型的。哈米还汇报说泽布拉跟瓦西姆说他攻击我攻击得过了头。

“你什么也没说？”

他没有回答。

“一个字也没有？”

“我说也许泽布拉是对的，而且他可能是——”

“也许？”

“我说了他对你有些粗鲁，好了吧？你希望我跟他说什么？”

我没有回答。

“他是我哥哥，Bazi。他是我的客人，我四年没见过他了。”

我们都沉默地坐着。

“瓦西姆有时会有点像个傻子或者笨蛋，但是他……”

“他是你哥哥。”

“是的。”

哈米在那顿晚餐之后的那天中午打来电话，还留了言。他听上去像是刚睡醒。他说他希望我平安到家了，然后，他停了一会儿等我来接电话，又说他晚上会再打来。我那天故意在图书馆工作到很晚，自己在外面吃了晚饭。当他第二天打来电话并问道“Bazi，你在吗”的时候，我一直盯着答录机，听着他带着恳求的沉默，没有回答。晚上的时候，我给他写了一封很短的邮件让他别再打电话来，让我一个人静静。“我们在他走了之后再谈。”我加上。他在隔天早上回信了，只有一个单词：Beseder（好吧）。

起初的几天里，我持续和他冷战：他怎么能像一个傻瓜一样坐在那里？当他看见对话的方向不对了的时候，他怎么能不制止瓦西姆？他怎么能不帮我一起反击？每一次我回忆起那一段经历的时候，都会变得泪眼蒙眬和愤怒异常。但在那一周慢慢地过去，电话也不再响起，我每天晚上都独自在沙发上看电视之后，我对那晚发生的事情有了更清醒的认识。我意识到他是想报复我，他想让我感受他之前的感受。就像是他在说：自从我认识你的那天起，你就对你的父母、你的家庭、你的部族致以高于一切的忠诚，而现在我周围全是我们的人。在现实逼临的那一刻，他选择了代表他最真实、最本质的自我认知的那一边。他抛弃了我，站在了他哥哥身边。当处在特殊的情况下时，他成了他们中的一员。

我知道我这样对他说，他也许会否认。他也许自己都没认识到这些，但他的行为已经将一切展露无遗——就像我之前也没有站在他那边一样。

“你是什么意思，就这样吧？他在这里待了六天，而你没有——”

“几乎没有。他问过几次我有没有跟你说过话，情况怎么样了。”

“哦，那真是太感谢了。”

“然后，他说他确定我们会和好的，这基于他在餐厅时观察到的，我们是很棒的一对。我对这点很吃惊，我没有料到他会——”

“那你说什么了？”

“我说没错，你超级爱我的。”

第二十二章

在瓦西姆到来之前，冬季在 2 月中旬的时候达到了巅峰。一场巨大的暴风雪从海上席卷而来，连续袭击着东海岸。暴风雪是从总统日的早上开始的，一直持续了 4 个昼夜。从华盛顿到波士顿的 500 英里全都埋于雪下。整座城市陷入瘫痪：树木和电线杆全倒了，大学和中小学都关了门，几乎所有的国内和国际机场都被封闭了，上千人受了伤，42 人死亡。

周一早上，我们被告知全国进入紧急状况。狂风呼啸，暴雪和层层大雾让窗户都变模糊了。屋外，气温一直徘徊在很低的度数，风速达到了 30 英里每小时。地铁和公交车也停止了运行。在高速公路上、桥上和隧道里，最高限速是 25 英里每小时。拉瓜迪亚机场封闭，纽瓦克国际机场和肯尼迪国际机场所有的起飞都被暂停以待之后通知。流浪人员收容站已经满员，但还有源源不绝的人去敲门。成千上万的环卫工人夜以继日地清扫积雪，开动重型机器为城市清开道路，雪犁、卡车和切冰机将雪堆运往河里。在周三晚上的新闻发布会上，站在中央公园结了冰的湖的照片前，市长布隆伯格宣布这场暴风雪将使纽约损失 2000 万美元。

哈米在周四早上的 8 点把我叫醒，用一种嘶哑的、睡意蒙眬的声音说他觉得暴风雪已经结束了。

“Khalas al'tagawul，”他在我们穿好大衣来到门前的时候说了一句。在我们等电梯的时候，他翻译道：“宵禁结束了。”

我们离开大楼，从第九街走到第十五大道，头一件让我们吃惊的事情是这全新的寂静居然真的如此这般悄然无声。这里像是一片冰封了的白色荒地，被昏暗大雾包裹的无人荒原。街上空无一人，满眼都是厚厚的冰。这里和那里，在雪堆中间，商店迟疑着开了门，一家药店亮了灯，一个拿着鼓鼓囊囊购物袋的人影蹒跚着走在人行道上。我们左转走上第六大街，又看到了几个行人。一些人，像我们一样，迈上洒满盐的街道。另一些人走在滑溜溜、凹凸不平的人行横道上，蹒跚着走过市政工人刚刚铲过的地方。我们在西四街的篮球场边看见了正在工作的工人，又在琼斯街的尽头看见他们的黄色工作服和巨大的斗篷。鞋底盐巴的咯吱声一直伴随着我们走到谢里登广场的小公园。在那里，树的躯干、树枝，石头雕像，以及剩余的一切都覆盖在暗影之下。我们走过哈德逊河，走向位于克里斯朵夫街街尾的码头。

结了冰的河面闪着银光，光可鉴人，低垂的天空下是一片玻璃海洋，灰色从一边蔓延到另一边。冷气氤氲在水面厚厚的浮冰之上。穿过薄雾，在河的另一边，泽西城大楼闪着微弱的光芒。自由女神像藏在远处厚厚的云层中间。

有几艘游船停泊在码头，颓败，锈迹斑斑，细小的波浪拍打着船侧。我倾身越过木头围栏，哈米从我身后环抱着我。我聆听风的声音。它轻轻地晃动着冰块，拨弄着它们。我能听见它们互相撞击时发出的咯吱声和叹息声。

大约两个小时之后，在阿斯特广场站，我们乘坐电梯到达一层。在这里也是一样，我在前面走，哈米在我身后一步的距离跟着。我因为我们在河边那段长长的散步而感到精力充沛，终于在闭关于公寓四天之后吸足了新鲜的空气。但哈米很疲倦。

我转身面对他："你知道我们现在需要什么吗？"一级台阶的距离让我们的头处在相同的高度，"我是说真的，十分迫切的需要？"我噘起嘴，摩擦着双手。

他给了我一个呆滞、空洞的眼神："这个……"

我觉得他虚弱而困惑的嘴唇很有吸引力。

"好吧，是什么？"他又问道。

我温柔地吻他，耐心地坚持到他的嘴唇有了回应。他回以一个缓慢的、有些困意的吮吸。在我睁开眼时，他的眼睛依旧是闭上的。他的脸看上去很苍白、无力，像是这个吻已经耗尽了他的力气。

我是这样的爱他，突然间因为对他的满腔深情而颤抖起来。这份爱和这份不寻常的深情，终于一同将我贯穿。它们抓住我，冲击着我。他最近看上去是如此脆弱，因为寒冷而虚弱和沮丧，被工作和永无止境的冬天耗尽了力气。他看上去既易碎又凄凉，像一个流浪儿。他比我们相遇的时候瘦了至少 10 磅，这在他苍白、没有刮过胡子的脸上明显地体现了出来：他凹陷的脸颊，眼下的深深暗影，尤其在他带着无檐帽时更加明显。这让他看上去那么的阿拉伯——像是个建筑工人。

"萨赫拉，"我在他的双眼缓慢而疲倦地睁开时向他靠近，亲亲他的脸，"萨赫拉就是能让我们现在暖和起来的东西。"我宣布，转身走下电梯。

他皱起眉毛，也迈出电梯："萨赫拉？"现在，他又比我高了。

我用手臂挽住他："那是一家开在这附近的埃及餐厅，是这儿吧？在老佛爷商场里塔楼唱片店的旁边。"

“你就是这么叫它的？”他皱起脸，模仿我的以色列口音，“萨赫拉？”

“那么，它叫什么？”我抓住这生命的迹象，试图让他恢复一些活力，我挑逗地捏了一下他的手腕，在他身上蹭蹭，“嗨？”

“夏赫拉，”他嫌弃地加重自己深沉的腭音，“把它说对。”他用自己的地铁卡刷过旋杆机。

我也刷了下卡，机器传出“哔”的一声。“夏赫拉，”我学他，模仿他男人味十足的音调和他声音里的严肃，“夏赫——拉。”

他用一丝笑容击中了我，像是不耐烦似的翻了下眼皮：“差不多。”

夜里，我意外地失眠了。双眼大睁，盲目地盯着黑暗。无声的哭泣从我唇边逃出，像一声尖叫一样在我的身体里回响。我的心在我的胸中、耳朵里、太阳穴里跳动。每次眨眼，我都能看见一星闪烁的光融化在亮晶晶的、搏动着的、扩展的水柱里。

几秒之后，我才从浅眠中回到现实。在我寻找着咕哝声和毯子底下的呻吟声的来源的时候，我才突然意识到把我从梦中惊醒的不是我的梦，而是哈米。他在我身边蜷缩起身体，头埋在毯子底下，在说梦话。他的脸皱在一起，像是在和什么人争吵似的摇晃着头。

这不是第一次了。我以前就听到过，他在夜里轻声哼出一串无法辨认的音节，或是大声吼出一些阿拉伯语，有的时候甚至会大笑。但现在，他说得非常兴奋。他打呼，又停下，吐出一些刺耳的、挑衅的、咬牙切齿的阿拉伯语，接着又带着痛苦的表情平静了下来。他的眉头因为忧愁，或者羞愧，或是受辱而皱起。我靠近他的脸。在他愤怒地紧蹙的眉毛下，透过他眼皮上柔嫩的皮肤，我能看见他的眼球在焦躁地来回转动。

我轻柔地抚摸着他的脖子，缓缓地。“嘘嘘嘘……一切都会变好的。”我耳语道，平复着这场风暴，“一切都会好的。”

他的脸看上去痛苦而悲惨。我看见他的下巴放松了。一细条口水在他的唇边闪耀，他的鼻孔张开着。我又继续看了他一会儿，我的手在他的胸前上下抚摸，看着他的呼吸变得又深又长。在迅速瞄了一眼闹钟之后——凌晨 3:40，我沉重地叹息一声，重新躺回自己的枕头上。

我睁着眼面朝上躺着。外面正在下雨，雨滴从窗户上滑落，它们的影子投射在天花板上。我在想早上该怎么告诉他。（“那是什么，哈米？你梦到了什么？你还记得吗？”）我不知道该怎么告诉他，在夜里，他咕哝和喃喃自语了那么多，他做噩梦的声音贯穿了我的睡眠，让我惊醒。我听见自己说，他激烈的阿拉伯语一定是让睡着的我感到了威胁（一开始我以为是自己在做梦），我好奇他会怎么说。他会怎么样回应呢，当他知道自己那我熟悉、亲密的声音在黑暗里也会变得奇怪，充满威胁和令血液凝固？我在黑暗中平躺，盯着天花板，想着我们并不是我们以为的那样独立。即使是在这巨大的城市里，远离家乡的地方（即使是在这间房里，在这张床上），不仅仅是我们俩躺在了这里。

那场大风暴终于平息了的早上是闪着亮光的、是洁白的。我们向西走过休斯敦，又接着向南顺着克里斯托弗街的滨海小道漫步，在雾气蒸腾的新泽西影影绰绰的轮廓对面的长椅上坐下。我们静静地坐着，在向东眺望了一会儿之后，都分别陷入了沉思。哈米突然从凝视中回过神来，说：“那么，当你去海……”他所有的消沉一下子都不见了，“你在笑什么啊？”

“因为我也刚想到这个。”

“想到哪个？”

“想到大海。”

“所以，你会去特拉维夫的海滩，对吗？”

“是的，常常。”

“你一般都会做什么？具体去哪里？”

“你是说那片海滩？”

“是的。”

直到这一刻，我依然缩在自己的大衣里，双手深深地插入口袋，把脖子、下巴和鼻尖都埋进一条围巾里。我把脸露出来，让它暴露在寒冷中，伸展了一下，告诉他我最爱的是在特拉维夫南边的一个海滩上散步。“那里是最美、最安静的地方，就在——”

“南部的角上？”

“就在雅法的边上，离钟塔很近的地方。”我把右臂向北方挥舞，“让我们假设这个是特拉维夫，”我的手指引领他的眼睛穿过联合市密集的建筑群、飞机库和产业结构，接着我用左手指出埃里斯岛，“这个就是雅法开始的地方。”

他望向遥远的南方，目光穿过黯淡的自由女神像：“嗯哼。”

“那么，它就在这儿。”我把双手伸直，一本正经地滑过天际线，像是在把帷幕拉开，“这儿就是那片最美丽的海滩啦。”

我们又看了一会儿眼前铁灰色的天空，河对岸的泽西市与我们之间像是隔着一堵墙。我们凝视着笼罩在四周的云雾和光，看着结了冰的银色水汽从水面升起来。

“那里时常很安静，没有救生员，没有防波堤。其他的海滩上，人呀，咖啡馆呀，餐厅呀，都密密麻麻地一直铺到水边，还有小棚子和遮阳伞——”

“防波堤？”

“一种用石头堆砌成的墙，用来挡住海浪。”

“那片海滩上没有？”

“那儿什么都没有，只有大海。”

就是这样。我们起身，继续散步，聊起别的事情来，又或者什么都没说。又也许就像我们在纽约的其他聊天一样，在我记忆中已经渐渐淡去。如果不是 5 个月之后，8 月份的时候，哈米亲自去了那片海滩，这段发生在 2 月中旬的对话也一定已经被遗忘了。

第二十三章

3 月 21 日的时候，我们离开城区去乔伊父母位于西尔斯代尔的乡间小屋同度周末，小屋在曼哈顿往南 120 英里的地方。她的父母在 20 世纪六七十年代曾经是美国驻德黑兰大使馆的外交官，乔伊和妹妹在德黑兰出生和长大，直到 1979 年伊斯兰革命爆发。那年，乔伊 15 岁。

“纳吾肉孜节？”在她打来邀请电话的时候，我惊叫道，“真的吗？你过这个节？”

“当然！这可是我最喜欢的节日！”她兴奋地告诉我那栋坐落在西尔斯代尔的大房子和她为这个周末而聘请的超棒的波斯餐饮公司，“你一定得来，我有好多人想介绍给你认识。”

“纳吾肉孜节是琐罗亚斯德教的新年。”我在挂断电话之后向哈米解释。

第二天，在安德鲁家，在我们等待意大利外卖时，我继续介绍道：“在被阿拉伯征服之前，偶像崇拜是波斯的主要宗教信仰。琐罗亚斯德教崇拜太阳和月亮，他们还有篝火仪式。”我接着向安德鲁解释，因为哈米还在兴致勃勃地研究着外卖菜单，“在那之后，伊斯兰有力地控制了那里，正如你知道的。”安德鲁看上去有些不耐烦，我继续说道，“但伊朗人继续庆祝琐罗亚斯德教的纳吾肉孜节，即使是在他们变成了穆斯林之后。基督徒和犹太人也是一样，用篝火、火典和节日大餐来庆祝。”

“节日大餐？”饥肠辘辘的哈米来了精神，他像要站起来一样把手放在椅子的扶手上，“好啊，我们什么时候去？”

安德鲁看看表，我们已经等了快一个小时了，安德鲁问道：“它什么时候举行？”

“21 号。”我说。

“啊，春分！”安德鲁的脸上绽开一个微笑，他赞成地点点头，“非常合理。”

哈米从一张令人垂涎的意式肉酱面的图片上抬起头：“春——什么？”

安德鲁解释说 3 月 21 日是春天的第一天，那一天白天和夜晚等长。

哈米用鼻子哼一声：“春天？”他冲黑乎乎的玻璃挥舞着菜单，窗外，另一个冬日长夜正在降临，“你跟我说它周四就开始啦？”

乔伊说每隔三个小时就有一趟从中央车站开往西尔斯代尔的地铁，但她会问问其他从城里出发的客人中有没有人能载我们一程。

“你们可以开我的车。”安德鲁建议说，理所应当地转向哈米，向哈米解释他那辆铃木的发动机会发出轻微的噪声，但其他方面都很好。他在听我说完哈米不会开车之后十分吃惊：“真的？你从没开过车？”

哈米把菜单卷成一个话筒，放在嘴边，粗声粗气地说：“真的。”

“那么，你来开。”安德鲁看着我。

我和哈米交换了一个犹豫的眼神，哈米是通过菜单卷管瞄我的，我说：“我不……”

“你有国际驾照吗？”

“有，”我有些不安地回答，“但我从没在这儿开过车，我不认路。”

安德鲁站起来走向门厅的书柜，哈米充满疑惑地看着我：为什么不？想象我们俩共度一场浪漫的周末远行是多么令人兴奋，像是电影中的情侣那样，沿着海岸，坐在车中，让风吹拂过我们的头发。但我担心自己会在那些不熟悉的路上失去方向。我的方向感委实令人遗憾——我甚至会在从特拉维夫到罗什平纳直行的马路上迷失，所以我怎么能从美国的高速路上成功开车找到一处未知的目的地，还带着哈米？

“这里，希尔斯代尔。”安德鲁拿着一本纽约交通地图册回来了，在我身边坐下，“从这儿出发最多只需要两个半小时。”

他用手指划过红蓝相间的蜿蜒曲折的道路、交叉路口、地标和城镇。他指给我看 22 号高速路，从纽约的东部边界出发向北，有一条直通希尔斯代尔的路。他用手指戳戳从布朗克斯出发的北口，在地图上向上划，说从这到西尔斯代尔是一条直线，没有转弯：“这是条很好开的路，景色也十分优美。”

门铃响了。阿瑟恩，那条一直在地毯上打盹儿的黑色贵宾犬发出一连串狂吠。

哈米起身：“终于！我以为自己会饿死呢。”

安德鲁急忙去开门，哈米走过来用一个熊抱将我围住，饥饿地咆哮，像一只即将要在我肩膀上撕下一块肉的野兽那样。他是对的，我带着一种崭新的乐观想道：为什么不呢？我从他怀里挣脱。只需要几个小时，就像从特拉维夫开车去罗什平纳。我亲了他一口。安德鲁带着食物重新出现：“你会开铃木车吗？”

“我会开铃木车吗？！”我大笑着从哈米露出的牙齿和动物般的号

叫声中溜走，“这是一个笑话吗？”

“一个人在公路上开车，”我们打开食物的包装，我在厨房里边吃边说，“忽然间一辆巨大的摩托车来到他后面。摩托车隆隆地超过他，坐在上面的人冲着车窗大喊：‘你会开铃木吗？！你会开铃木吗？！’几英里后，摩托车又超过了他，车上的人在尖叫：‘你会开铃木吗？！你会开铃木吗？！’开车的人生气了。他猛踩一脚油门，赶上摩托车。‘如果我会怎么样呢？！’他大喊，‘如果我确实会开铃木呢？！’现在，骑摩托的那个人激动了起来：‘那么，快教教我——刹车！刹车在哪儿？！’”

22 号高速路始于布朗克斯，在哈钦森桥的北出口。起初的 15 英里是多功能高速路，一条有着停车灯和一定运输量的城市大道。但当它穿过韦斯特切斯特县的南部转向东北方的时候，就缩减为一条两车道乡间公路，路旁是树林、田野和小乡村，还有马场和牧场，自然保护区和水库。时不时有警示熊和鹿会路过的标牌。在那个早上，北半球其余的地方都在庆祝春天的来临，但在北美，我们依然身处冬季。还未苏醒的道路笼罩在灰白色的雾气下，茂密的森林里有白色的树梢，冰柱悬挂在松针上。时不时地，还能看到像玻璃一样光滑的、结了冰的湖面，如同一片硬化了的牛奶海洋一样闪耀。

我们一路上都跟着广播一起唱歌：滚石、妈咪和爹地、唐·麦克林、奇想乐队和哈米喜欢的福利特伍德兄弟。哈米发现两家播放 20 世纪六七十年代金曲的电台，在每次有广告插播的时候就迅速换台。当听到一首喜欢的歌时，他就把音量调高，然后我们就憋足力气一起唱，让车厢里充满沙哑的喊声。我们冲周围的风景和从另一条小道上开来的小汽车和卡车点头，把头从这边晃到那边。我们之间有种非常简单的快乐，仿佛驱动着安德鲁的旧铃木的不是引擎，而是我们的幸福和欢唱。

哈米把地图集摊开放在腿上，在剥开一个柑橘或者递给我一罐盐渍花生的间隙，他频繁地宣布着下一个目的地。“还有 10 英里到克洛尼尔艾克。”他在我们开过伯尼克斯特之后宣布。“我们很快就会和 684 号高速相会，”他在我们经过一座名叫罗斯代尔的小镇之后说，“大约 12 公里之后。”

我们停在鲍林路口，等待着信号灯变绿的时候，一阵模糊的轰鸣声从后面传来，一辆重型机车在我们右边停下。一个不知名的驾驶员在一身皮衣和一顶黑色头盔之下，向我们礼貌地点点头。

哈米带着一抹坏笑打开窗户：“你会开铃木吗？”

那个男人抬起头盔，露出一双蓝色的眼睛：“不好意思，先生？”

“这位女士希望了解一下，”哈米大声说，把手臂伸出窗外，“你是不是会开铃木？”

骑摩托的人似乎困惑了，他眯起眼睛，望向远方。在犹豫了一会儿后，他说我们最好去问问别人，他也是刚到这儿不久。

经过多佛平原，我们停在了一个从很远就能看见的路旁小酒馆的门前，门廊的上方有一个满脸皱纹、戴着羽毛头饰的印度主厨的头的塑像。这间木板房里摆设着红色的餐座，挤满了吵闹的澳大利亚游客。穿着黑色制服的女服务员匆忙地穿梭在桌子之间，送上越来越多的可乐和薯条。我们拿着盛着咖啡的纸杯回到车上，又带着抑制不住的激情开了不到半英里就再次停车。我们开上了一条很窄的乡间小路，驶入一片橡树园。在那里，因为幸福的感觉和这广阔的空间而燃起了无限的欲望，我们开始热烈地拥吻，很快便在后座纠缠在了一起。

希尔斯代尔主街上的酒店老板跟我们说顺着山开，在看见教堂之后就右转。随后，被树木和小轿车所包围，挂着一串串闪烁着派对彩灯的迪尔小街 12 号便显露了出来：那是一幢令人感叹的双层带屋檐和阳台的殖民地时期的小楼。石板砌成的屋顶被一圈洁白的边框所包围。屋檐上竖着两个烟囱，里面冒出的烟圈把天空映成了粉色和紫色。

铃木的保险杠紧紧地贴在车道上停着的最后一辆车上，我扭转钥匙停下发动机，"咔咔"的声音终于停了下来。一阵隐隐约约的喧闹声和爵士乐声从屋子里飘向我们。当我放松自己的肩膀时，我才意识到这一路它们绷得多紧，但随着我卸下重负似的长出一口气，肩膀上的紧绷感也消失了。我把方向盘摆正，轻吐一声"谢谢上帝"，就像我爸爸以前在我们经历漫长路程后终于平安到家时会咕哝的那样："Baruch Ha'Shm."

哈米没有注意到，他正在系鞋带。我把镜子转向我的脸，摸摸他的胡茬儿所留下的红痕，还有他的吻痕。我把头发放了下来。我能感受到他的微笑，他的视线在我身上流连。我瞥了他一眼，从镜子里冲他微笑。开车的乐趣，抵达的喜悦，我们在半路停车的回忆，他的脸上依然留有的激情的证据，这份爱——所有这些都与我一起迈出了车门，呼吸着寒冷和湿润的空气。我鼻腔里全是雪和燃烧的木材的清香，我从后座取回被我们扔在了地上的皱皱巴巴的大衣和包。

哈米从后面走过来抱住我的腰，他的腿缠绕在我的腿上，把我的身体转向他："到这儿来。"他的微笑再次触碰到了我的嘴唇，他的呼吸带着欲望，"待在我身边，"他埋在我脖子里小声说，几乎是在哀求，"留下。"这是他惯常的小把戏——总是尝试着在我们进入人群之前挤出一些偷来的时间，"就多待一会儿。"他温暖、经验丰富的手驾轻就熟地透过我的牛仔裤爱抚着我，"我今天拥有了一次多么美妙的旅途，"他的呼吸在我脸上轻轻扫过，"多么美妙。"

突然间，没有预兆的，就像我们不是一小时多一点之前刚停过车一样，我对他的渴望再次被点燃了。我双膝发软，眼前一片漆黑，他的舌头想要把我吞掉，他的胡茬儿刮着我的脸，而我也尽情回应着他。带着极度的渴求，混合着毛衣、洗发水和香烟的味道冲进我的鼻腔，而他身体里的甜蜜气息让我从心底里被征服了，还有他耳后夹过的铅笔的香味。就像我之前做的那样，在树林里，我呼吸着他，把他拉近。我想起不久前乔伊说的话。她抱着利亚姆，我把头伸到他面前，闻闻他醉人的婴儿皮肤上的奶香。"这就是让你离不开他们的原因，"她说，"我之前读到过这个。这种每个哺乳动物幼崽身上都会有的好闻的味道，是为了确保妈妈们不会抛弃他们。"她声音的回响混合着哈米的低语："这样美妙的旅途。"

大门一开，我们在屋外听到的愉快的爵士声更响了。两条高大的猎犬跑到我们面前，闻闻我们，摇晃着尾巴。屋子里十分暖和，充满了客人们的欢声笑语和摇曳着的灯光。大客厅里的每一个角落都有烛光摇曳，房间的另一头还有一个壁炉。男士们和女士们都坐在摆满酒瓶的矮桌前的长沙发上，桌上还有一碗碗的水果和一瓶瓶鲜花。走到更里面的地方，我们看见房间的另一端也有一个壁炉，和前一个一模一样。在壁炉前的床垫上，一群年轻人懒洋洋地躺着，旁边的地毯上是玩耍着的孩子们。

“莉雅特，哈米！”乔伊跟我们打招呼，抱着小利亚姆，亲吻和拥抱我们，“这就好了，现在你们到了，我们就能正式开始派对啦！”

托姆来到她身边，正咧着一个大大的微笑，看着他们的宝宝。“她对每个人都这么说，”他在乔伊拿着我们的大衣和包走开时，带着他的法国口音泄密道，“但这一次绝对是真的，她一整天都在等你们。”他吻吻我的脸颊，和哈米握握手，“见到你们很高兴，欢迎！”

“嗨，小家伙！”我把自己的小手指伸向利亚姆小小的手掌，靠近，贪婪地亲亲他肉嘟嘟的脸上的酒窝，又闻闻他身上婴儿的甜香。

乔伊挽起哈米的手臂：“快来，我把你们介绍给一些很好的人。”

屋子里大约有 20 个人，只有少数是美国人，大多都是乔伊在德黑兰的美国学校念书时的老朋友，大家都是从世界各地涌来参加这次希尔斯代尔重聚的。“这里像是联合国大使馆，”哈米在递给我一杯酒的时候小声说。坐在沙发上的人有着各式各样的面孔、肤色和口音。沙发的一端是一群流放在加利福尼亚的伊朗人，乔伊在把我带到那时用沙哑的声音介绍说，并顺手拿走一碗在融化的冰块。“我亲爱的佩尔韦！”她热情地招呼一名正在冲我们微笑的男士，“这是哈米和莉雅特，我现在就把他们交给你了。”

一个胖胖的、谢了顶的 50 岁中年男子，带着一脸善意的微笑，恭敬地点点头：“佩尔韦·普纳查瑞安。”接着，他把我们介绍给站在他身边的两个人，打断了他们波斯语的对话，“希林·塔巴塔巴伊和迪万·阿姆普尔。”

希林是位摄影师，一位有着绿色的眼睛、浓眉毛的美人，45 岁左右，穿着一袭黑色的派对礼服。迪万穿着西装，胡须打理得十分整洁，面孔上稚气未退，是希林的弟弟，也是加利福尼亚大学洛杉矶分校音乐学的博士生。

“不会？”佩尔韦和希林在听到我父母来自德黑兰，但我却完全不会说波斯语时十分惊讶，“一个字都不会说？”

迪万对哈米更加好奇。“哦，是在布鲁克林的哪里？”他问。

“我能听懂一些，但不会说，”我道歉，解释说我父母把波斯语当成他们的秘密语言，这样我们——他们的以色列孩子就听不懂了。

“秘密和争斗的语言，”希林微笑，她的绿色眼睛转向哈米，“还有爱的语言。”

“我是一名艺术家，”哈米告诉迪万，“我画画。”

有一瞬间，我想：如果我们有自己的秘密语言，如果哈米懂希伯来语，我现在会对他说什么呢，在别人都无法理解的情况下？

“Un migeh keh yeh kami mifahameh.”佩尔韦狡猾地冲希林眨眨眼，说道，“ Amah bastegi dara chehad kam mifahama？”（她说她能听懂一点，但问题是多少一点。）

“啊，我完全明白他之前和你的对话，”我大胆地对希林说，指指迪万，呷了一口酒，“在我们往这边走的时候。”

“他们说了什么？”佩尔韦转回英语，带着淘气的好奇看着我，“告诉我。”

在我迟疑的时候，希林替我回答了。她弯起眉毛模仿她弟弟轻佻的语气："那么，那个向我们走来的年轻帅哥是谁？"

"来自拉马拉？这太棒了！"迪万的声音在我们身后响起，我们都笑了，"我听说那是很酷的一座城市！"

晚宴丰盛异常。乔伊把哈米安排在佩尔韦的右边，把我安排在他左边。在佩尔韦年轻一些的时候，他曾经教过乔伊和她的朋友伊朗历史，他也负责组织历史仪式。就像犹太节日一样，他们有一系列的新年祈福活动。烛光代表幸福，风信子代表成长，巧克力和钱币会带来丰盈富饶和成功。桌子的中央有一个圆形的玻璃碗，里面游着两条肥硕的金鱼，每个看见它们的人都将有顺利而丰产的一年。桌上有七样以单词 sin 开头的事物，在伊朗语里那儿等同于 s。人们一边祈祷、许愿，一边传递着这几件宝物：为了重生——幼芽小麦粉，为了美貌和健康——苹果，为了治愈——盐渍大蒜，为了长寿和耐心——一滴酒醋，那一小碗蜂蜜代表着太阳的回归，而紫红色的漆树暗示着太阳的升起。

"最后但同样重要的，"佩尔韦在最后宣布道，把一小盘绿橄榄递给哈米，"爱！"他看向哈米的双眼，然后再转向我，随后是桌上剩下的人，"希望这是充满爱的一年。"

接着一盘盘的大米和甜食被端上桌来：带葡萄干和胡萝卜的大米，带杏仁和西梅脯的大米，加了茄子和樱桃的炖肉，香草、韭菜配酸奶酱，还有用迷迭香和石榴填满了的烤鸡。

"你们在家也吃这些菜？"哈米对菜品的口味和色泽十分着迷，"真的吗？"

"除了黄油和酸奶，"我说，舔舔手指，"但这就是唯一的区别。除了单独的牛奶和肉，波斯犹太人和穆斯林做的饭一模一样。”

“今晚，这里没有基督徒、穆斯林，或者犹太人，”佩尔韦插话，摇晃着一瓶酒帮我们满上，“今夜，我们都是兄弟！我们都是拜火教！”

这一晚的末尾，在我们用食物和美酒把自己填满之后，在一千份甜点之后，在音乐停下、最后的乐器也被收起来之后，迪万的弦乐三重奏在 our，a tar 和 Neymar and santoor 演奏了美妙的经典波斯乐——音乐家和大部分的客人都退场了，大家都昏昏欲睡，醉醺醺地散布在楼上的五间卧室里。

楼下，在此刻平静的、泛着红光的黑暗中，只有佩尔韦、哈米和我还醒着。还有另外两对也自告奋勇地在这里过夜，睡在睡袋中。他们静止的身体在火光的映衬下在地毯上留下了影子，像是在野营的童子军。

“和谐……”佩尔韦深沉的声音满怀诗意，“宇宙的和谐。”他的声音融进了蜡烛印在天花板上的暗影里，“今夜，这里是完美的平衡。这个世界就在正好的那个点上，”火苗发出了一阵“滋滋”声，煤慢慢地碎裂了，“在平衡点上。”

他坐在我们身后，裹着一条羊毛毯子，一只狗卧在他的脚边。他看着我和哈米躺着的那块地毯。我们尽量靠近火苗，埋在我们的睡袋里。

“在光明和黑暗之间。”

我马上就要睡着了。他的声音的响声静静地滑过黑暗，激起一阵甜蜜的睡意，像是一首摇篮曲或是一个枕边故事。我感到它厚厚地蜷缩在周围，融化在炽热的火苗里，渗入我的眼中。

“在好和坏之间。”

我朝天躺着，哈米在我旁边。他涨红的脸枕在手上，目光平静而安详，凝视着火焰。整晚，他都盯着它，像是被施了魔法，他的目光不曾从火苗上移开。两只小小的火舌点亮了他的瞳孔，在里面跳舞。在三重奏表演的时候，他坐在壁炉旁，时不时地用叉子给壁炉加煤，让里面蹿起一波一波的火星。

“新的一天，一个新的世界。”

我看着哈米，眼皮渐渐沉重起来。我们到这里的一路，我们一起度过的这一天，开车的乐趣，冰封的北部风景，穿过美国的街道……所有的画面都降落在我身上，带着被火焰的温暖加强了的让人迷醉的脆弱。我看见闪烁的火苗映在哈米脸上的褶皱里，散在胡茬儿中间。一抹淡红色的光在他的额头闪耀。我感到四肢变得越发沉重，火苗像是在我身上蔓延，并将我包裹。我幻想一只很大的熊用它的爪子攻击哈米——一只巨大的、有着红色皮毛的母熊。我试着把它赶走，但我的胳膊太无力了，它们只是一件旧大衣上的两个袖子。我用拳连续击打着这只美丽的熊，试着把它们分开，但忽然间，它离得那么近。它抓住了我，最后，是我被吞了下去。

第二十四章

原计划是早上的时候绕着湖边散一会儿步，但在稍晚的早餐之后，等到雨和大雾散开已经下午 1：30 了，哈米和我得在今晚开车回到曼哈顿。所以，我们决定放弃这次希尔斯代尔之旅，和其他人一起待在家。乔伊起身去喂利亚姆，再哄他小憩片刻。在客厅，佩尔韦和哈米在玩牌，希林在长沙发上打盹儿。我走进空荡荡的厨房，把盘子和玻璃杯放进洗碗机。在乔伊从门口伸进头来的时候，我正准备处理碗和银器。

“别管它，我们之后会收拾的。”

“太晚了，”我越过自己的肩膀说，“我已经基本完成了。”

在我越过门瞟了一眼时钟之后不久，突然想起我爸爸也一样会站在厨房里——在特拉维夫，把周五晚餐时用过的餐具放进洗碗机里。我打算马上给家里打个电话，我能看见他在接起电话前会先擦擦手的样子。我想象自己已经听见了他的声音，还有我妈妈在客厅中用分机接电话的声音。我能看见处在那些宁静的时刻中的我们的客厅，在每周最美好的一小时里，有蛋糕、有茶杯、有周末的报纸和纵横字谜。我记不起来爱丽丝和迈卡以及孩子们今天在不在那儿了。

“但是，大家马上就都回来了……”乔伊的声音在我身后靠近了，听上去慵懒又放松。我关掉水龙头，听着从客厅传来的音乐声。“然后又会有很多堆过来了。”她把自己那杯卡瓦酒送到我唇边，然后随手把围裙从我腰上解下，“哦！”

我抿了一口。她的眼睛湿漉漉的，很亮，波光流转。昨晚，在和托姆一起迎来了客人之后，她举起酒杯说在十个月的母乳和无眠的夜晚之后，他们终于给利亚姆断奶了，还让他学会了用奶瓶。她在一阵欢呼和喝彩声中把头向后仰，呷了第一口酒，然后宣布从现在起，她能想喝多少就喝多少了。

"过来，和我一起坐一会儿，"她说，把脸颊在我的肩膀上蹭了蹭，像只挂在我身上的猫咪，"我们都没有时间聊天。"

一阵欢快的响动从客厅传来。乔伊坐在倒数第二级台阶上，在身边给我空出一个位置来。压住一个嗝，她把我端来的咖啡放在一边，说："你不能待久一点真的让我很难过。"

"这确实是一次很短的拜访。"

"就只是周五。"

"我知道，我也希望我们能留下。"

"那你为什么不打个电话呢？说你被拖住了什么的……"

"不，不，我们说好今晚回去的。"

"就待一晚上，告诉他你——"

"我说过了，安德鲁需要这辆车，我们不能。"

我对她醉酒的不耐烦和试着努力去掩饰这种不耐烦，让我看向厨房。看着窗上泛灰的余晖，我再次因为要在黑暗中开很长时间的车回家而感到焦虑。我喝了一小口咖啡，从这个角度，我看不见表，但微波炉上的绿色数字显示是 3:37。带着嘴里的苦涩味觉，我再次看向客厅。

"他是那样一个甜心，"乔伊说，冲我温柔一笑，"看看他。"

佩尔韦在餐桌旁，正在洗牌，又带着一脸遗憾开始发牌。

“哦，是的，他是那样一个可爱的人，”我同意道，“昨晚，在你们都去睡了之后，就像是——”

但是，乔伊不是在说佩尔韦。她用手臂环住我的肩膀，把我转向客厅的另一边，我之前没有看到的那一边。哈米在跳舞，闭着眼，他的腿从地毯上抬起，微微移动，他轻柔地转动着自己的头和双臂。

“他是那么的……”她开始说，停顿了很长时间，带着一种满足的愉悦看着他，“那么的……”

“那么的哈米。”

她在我耳边大笑：“正是！”她的眼神沉了下来，看上去充满了情感，“那么的哈米，确实是。”

现在，迪万和希林也出现了，在哈米身边偷偷地也跳起舞来。迪万扭动着双手，希林晃动着臀部。当哈米眨眨眼，把眼睁开，看见他们的时候变得一脸尴尬，而我冲他笑了。于是，他也开心地大笑起来，把头扭过去，从迪万的唇边拿走烟猛吸了一口。希林在他们身边扭动。

我从乔伊身边移开，朝后看了一眼微波炉上发着绿光的时钟，现在是以色列的 9:45。

“我可以借用这里的电话打给我父母吗？”

“当然。”

“他们期待着在这个时间接到我的电话。”

“没问题。”

我走向电话，希望乔伊能给我一个楼上的、安静的房间，但她依然坐在那儿。我再次试图想起那天爱丽丝在电话里说他们周五晚上要去哪里吃饭，我非常想念艾维尔德和亚拉，希望他们不要在我打电话之前就睡着了。

“你怎么能不嫉妒呢？”乔伊的问话吓了我一跳。

“什么？”我有些困惑，花了一点时间才反应过来她的意思，“关于哈米？”

她带着好奇的神情检视着我的脸，说：“一点都没有？”

她带着充满感情的、恳切的表情用蓝眼睛盯住我，我感觉到自己似乎该道歉：“我不知道，有时候吧。”也许她感觉到了我对这个喝醉了的、多愁善感版本的她感到不自在。为了缩短我们之间的距离，我诚恳地说：“有时，我在想到他之后的妻子时会感到嫉妒。”我对着我的咖啡杯底说道，心思散漫，声音连我自己都感到陌生，“最后能得到哈米的那个女人，在这一切都结束之后。”

早已在心中成形的那个凄凉的念头听自己第一次大声地把它讲出来，还如此的轻松随意，这让我的心被狠狠地撞了一下，但我迅速用一大口咖啡把它压了下去。这杯咖啡对于大口喝来说确实太烫，它滑过我的喉咙时也灼烧了喉咙。

她噘起嘴，猛地呼了一口气：“老天爷，怎么可以？”她咆哮道，“你们怎么可以？！”

“我们可以什么？”

“你们怎么可以如此深爱对方，又同时一直都知道一切只是暂时的？！”

她的话让我感到疼痛，但她太生气，又太醉了，所以没有注意到。

“你们怎么能带着截止日期去爱，带着一个不停在走的计时器？”

我咬住那个突然间让我的嘴唇颤抖的微笑："我们能有什么选择呢？"

"我不明白你们怎么能做到的。"

我无助地举起双手："它只能是这样。"

上周，在逛超市的时候，我就被这个念头击中过。它从拥挤的货架上对我怒目而视。进入倒数的时间从一盒玉米片上直直地盯着我，时间就在我们不经意间慢慢地要走到最后了。

那是一个周五的下午，我推着购物车穿过无数的麦片直至找到那只古老的凯洛格公鸡[①]。我拿起一盒，正要把它放进购物车里，忽然间视线被上面的截止日期牢牢地抓住："在 2003 年 5 月 20 日前食用。"我的心跟着狂跳了起来。在这一刻之前，那只是印在我的机票上的日期，那是我在夏天的时候通过旅行社订下的日期。我返回以色列的航班——它突然间将我击中，实在的、生动的一击，就在我眼前——还有两个月零一周。

时间——那个从完全可感知的一分钟无限延伸至不知道会发生什么的、遥远的、以后的这一抽象的空间，收缩成了一个小小的印记——"在 2003 年 5 月 20 前食用"，它变成了一个无可辩驳的坚实存在。就像这个纸盒子，就像面包袋，就像一盒鸡蛋或者牛奶。两个月零一周以后，我就要回以色列去了。还有两个月零一周，我便要回到家——和哈米告别，然后回到我之前的生活中。我们两个，就像这些

① 一种麦片的代表形象。

玉米片，只剩九周了。只剩九个周五可以一起度过，九个周六和九个周日，然后一切就会结束。

我想告诉乔伊，在那之后，我还是完成了购物计划：我买了蔬菜和面，还有鸡肉。但我没有买那盒玉米片，在去往收银台的路上，我把它从手推车里拿了出来，留在了一堆手霜、除臭剂和泡沫刮胡膏之间。但即便是在之后我回家的路上，当我带着买好的杂货走进公寓时，也无法停止地想着计算。我看见哈米走过华盛顿广场，身边没有我，在一年或两年之后。我看见他满是卷发的脑袋和他穿着蓝色大衣的背面穿过人群。我因为自己对未来无限的遐想而感到窒息。当我望向远方，很久之后，不知道哈米是一个人坐在这个长沙发上，还是和别人一起。

那天下午，我们在水族馆咖啡店一起吃午餐。接着，我和他一起去东村陪他剪头发。晚上，我们一起看了 Frida Kahlo 的新电影。在我们走出电影院时，他抱住我问我为什么心情这么不好。我说我一醒来就变成这样了，在第二天早上也避免告诉他任何事。我带着一种宿命的感觉睁开眼，然后这种感觉伴随了我整个周六：当我们一起洗澡的时候，坐在他家附近的韩国咖啡馆的时候，做意面当晚餐的时候，回到床上的时候。我无法停止计算我们还能一起迎来多少个这样阳光明媚的清晨，我无法控制自己不去沉默着倒数那些日日夜夜，计算我们还剩几杯可以一起喝的咖啡、几次散步、几顿午餐、几个吻。

我没有告诉他，但是哈米感觉到了。他从我看向他的眼神，我拉着他手的方式中感觉到了。也许，他也有自己的不祥的玉米片盒，对于日益临近的截止日期，他也在别的地方得到了预示。因为在看完电影之后回家的车上，他带着急切的渴望扑向我——拥抱、深吻，不理会别的乘客，他带着一种急迫、让人无法喘息的热情将我的欲望点燃。地铁飞驰而去的感觉也让我内心激荡，剩下的这段去向布鲁克林的路就是我们仅剩的时间——越过河之前的几分钟就是我余下的全部。在夜里，我用相同的、带着绝望的痛苦抓紧他。在我想到我还能有几次这样爱他的时候，用一种全新的、笃定的、令人眩晕的激情抓紧了他。

现在是下午的3:54。我不住地看向厨房，眨眼，皱眉，把突然涌上眼眶的泪水压下去，但这也是会过去的，我想告诉她。生活会继续，你不能一直记着终点将至，你只能在早上醒来，然后用各种方式去忘记。

但乔伊甚至没有注意到我在努力摆脱这场对话。“你们不会聊起这个吗？”她坚持问，“你们完全不说这个？”

“有什么好说的？这是在开始就都同意了的。”

“但之后发生的这一切？”她说道，我似乎突然完全忘记了她是多么愚蠢和被宠坏了，美国人，以自我为中心，“当你回到以色——”

“那就是结束了，乔伊，”我打断她的话，“停止，我告诉过你，在5月20号就都结束了，我们不会有任何结果的。”

“但是，你们在一起是那么快乐！”她的低语直冲向天花板，“你们是那么……你们彼此是那么该死的合适。”

“我知道。”我闭上眼睛点点头，“我知道。”

片刻之后，我把头埋在双手中，感到她温柔、带着母爱的臂弯的重量，她拥抱着我。“嗨，嗨。你们最后会解决好它的，我很确定，”

她在我耳边轻声说，抚慰般地吻吻我，“你会看见的，爱会取得最后的胜利。”

“它能怎么解决？”我终于失去了耐心，挣脱她的怀抱，“什么能解决？你在说什么？！”

她终于反应了过来，把手按在嘴上：“哦，亲爱的，我很抱歉……”

“天啊，乔伊。”

“我很抱歉，我……”她看上去很受伤，她懊悔的眨眼触动了我，“对不起，我不是故意要让你难过的。”

“你是个糟糕的酒鬼，乔伊，说真的。”我给了她一个气急败坏又不耐烦的拥抱，“真难以置信，你刚刚——”

“太差劲了！”她带着愧疚的呜咽埋在我脖子里掉眼泪。在又一次道歉之后，她红着脸，确认自己已经被原谅了，她叹了一口气：“还是个浪漫主义者。”

“一个无可救药的浪漫主义者。”

“一个糟糕的酒鬼和一个无可救药的浪漫主义者，”她啜泣，“是啊，我想是的。因为，你知道，我总是想起你们。每次我看见你和他在一起时，我就没办法把你从我的脑海里赶出去。拜托了，拜托别生我的气，但是真的，我对你们有那么多的期待。我不知道……我只是想要相信。我盼望着最后一切都解决了。在最后以某种方式，尽管困难重重，就像他们说的那样，我想……你知道吗？也许你会待在这个国家，你会住在远离你的麻烦的地方。在最后，这一切都会成为可能。”

我们听见前门打开了，狗狗们轻声走进厨房找水喝。乔伊只来得及说“这类事情会发生的，在最后，它们会的”。然后，声音响了起来，客人们跟着托姆和孩子们一起进来了。“在真实的人生中。”

“嗨，爸爸，Shabbat Shalom.”

“哦，我的甜心！”我能听到爸爸放心地叹出一口气，“听见你的声音真高兴啊！”藏在我心里的那只眼睛看见他的脸上有笑容在蔓延，“Shabbat Shalom.”

我紧紧抱住电话，感到安心。“你好吗，老爸？”我的声音颤抖了一会儿，“大家都好吗？”

“谢谢上帝，大家都好，如果上帝允许的话。发生什么事情啦？为什么这么晚？我们一直等着呢，我们都开始以为你不会来电话了。”

“我不在家，我出城了。”一开始，希伯来语在我嘴里像是泡泡糖摇滚舞曲，又轻柔又有力，把我卷进一阵眩晕的甜蜜中，“我一会儿跟你说，事情都顺利吗？”我坐在床边，把电话放在腿上，“妈妈呢？你们在做什么？”

“你是在用付费电话吗？”他听上去有些不安，“你在大街上？”

“不是，不是的，爸爸，别担心。”

永远在担心，永远警觉着：“继续，把号码给我。”

“不，爸爸，没事的，我告诉你啦。”

“你确定？”

“是的，是的。都谁在家呢？孩子们在吗？”

“他们去睡觉了，保佑他们。”他的声音再次放松下来，“这已经很晚了。”

“哦，我知道。”我用一种孩子气的声音抱怨，“但我真的很想听听他们的声音。”

“这些都无所谓，我的宝贝，只要你一切都好。”

“我很好，老爸。”我的内心突然带着一阵歉疚而颤抖起来，像是我在欺骗他一样，“我绝对很好。”

“你有好好吃饭吗，莉雅特？”

“是的，爸爸，别担心。”

“真正的食物，健康的食物？或者各种各样的——”

“真正的食物，健康的食物。”

“你得照顾好自己，莉雅特，这很重要。”

我踢掉鞋，躺到床上，电话还在我的腿上，我闭上眼。

“昨天的新闻里播报了美国下了那么大的雪，我简直不敢相信！那些狂风，我的老天爷！”他充满感情的、带一点点神经质的声音偶尔会破音，“还有最重要的，我的宝贝，在夜里，当你在夜里外出的时候……”他的希伯来语中带有波斯语的痕迹，每个句子的末尾都会有抑扬顿挫的尾音，“那种寒冷对我们可不好，你出门的时候得穿得非常暖和才行。”他突然换了一种气呼呼的语调，“你什么时候回来啊？你还没在牛约带够（纽约待够，爸爸的错误发音）吗？”

“爸爸，别又这样，我说过了。”

“你一个人待在那里做什么，我只是弄不明白。”

“我 5 月就回去了，离现在只剩两个月。”

“好吧，好好地回家来，就足够了。你还要结婚，组织一个家庭，如果上帝允许的话。加油，yallah，给你自己找个好丈夫，把他带回家来。”

“打扰一下，耶赤勒先生！”我妈妈的声音在电话里响起，“让别人也说句话！”

“嗨，妈妈。”

“Shabbat Shalom，达利亚小姐，想说多少就说多少吧。”

“你在哪儿呢，甜心？我们一直在等你的电话。”

“我说你不许说话了吗？”爸爸嘟囔道。

“我和朋友们在一起，我们一起在这里过夜。”我想也没想就脱口而出，然后迅速改正，“我来他们的房子里过夜。”他们在我讲起之前的节日晚宴时很惊讶。

“纳－吾－肉孜节？”他们一起惊呼，然后大笑，“波斯人的纳吾肉孜节？”

“是的，它很不错，所有的那些仪式和歌曲。”

“真好！”

“桌上还摆着七样祈福的食品。”

“什么？”

“哪七样祈福的食品？”

我听见一声轻轻的敲门声，在转头时看见哈米的头悄悄地伸了进来。我在他走进屋子的时候迅速坐直。

“她一定是在说 haft siin，耶赤勒。”

“Sofreh haft ts’in，就是这个。”

我用手捂住话筒，给了哈米一个锐利、威胁式的眼神，噘嘴嘘了他一声，向他摆摆手指。我死死地抓住电话，像是他要过来从我手中抢走一样。我举起手，示意他不要靠近。

“sabzi oo sib——”

“Oo sir——”

“老天，已经那么多年了……”

他一出现在门口，我就看出来他醉了。他的头一点一点的，笑得有些狡猾，模仿着我让他安静的手势。他踮着脚尖走进来，双肩前倾，偷偷地在床边打转。我背对着他。“什么？”我的声音听上去既严厉又紧张，“我听不见。”

“我在问到底为什么过纳吾肉孜节？”爸爸很好奇，“他们居然知道这个节日？”

哈米瘫在我身后的床上，我感到他的身体陷入床垫。

“这儿有很多伊朗人，”我迟疑地说，注意力难以集中，“我朋友的朋友。”

“Sabzi oo sib oo sir oo sumac.”

我听见床单发出沙沙的响声，哈米正在伸展，小声自言自语，带着满意的哼哼声和床垫的嘎吱响声。

“耶赤勒，他们以前还有什么？”

“你觉得我还记着？”

“哦，是的——serka，serka.”

“忘了吧，达利亚，它现在又能改变什么呢？”

起初，我并没有感觉到他的手：温暖，在我腰上来回抚摸。一开始，我忽略了它，移开了一点，把电话线尽量拿远，挪到了床的边沿。几秒钟之后，我再次感到它淘气地在我衬衫底下游走，挠我痒痒。我勉强地笑了，有些生气地移开，不高兴地瞥了他一眼——别这样！但是他兴致正浓，玩心大起，变得越来越急切和肆无忌惮。

“拜托，停下！”我突然爆发了一声压抑着的怒吼，“够了！”

那个惊讶的笑意在他脸上凝固了，我转回电话：“嗨，妈妈，你能听见吗？”

“刚才那是什么，宝贝？”她安静了很长时间之后好奇地问道，“谁在那儿和你一起？”

“没谁，没什么事。”

我用眼角的余光看着哈米离开了房间，把门在身后关上。“这里有好多人呢。”我说。

第二十五章

在离开希尔斯代尔之后的两个小时，油表的指示线已经濒临红线的边缘。我也一样，急着想上厕所已经憋到了极限，于是我们开始寻找加油站。12 英里，突然在黑暗里出现、与我们打了个照面的路牌说。8 英里，晃动着的刮雨器后的指示牌说。只有再开 3 英里了。终于，透过冻雨——倾泻着的降水和在空中飞溅的冰雹，一束模糊的橘黄色霓虹灯在加油站黄红相间的标志上闪耀。

发动机在咆哮。车轮底下的沥青结了冰，变得十分滑溜。尽管周围空无一人，我还是打开了右转向灯，然后小心地把车滑到出口处。在一百码之后，我缓缓地放开油门，在加油站的一个泵旁边把车停下。

嘈杂声立马停止了，车静静地向前滑动了一些距离。冰雹砸在屋顶上发出金属般的敲击声，倾泻而下的大雨，吱吱呀呀的窗户，咔咔作响的发动机，雨刷发出带有节奏的、嘶哑的、单调的刮刷声……一切都突然停止了，但是沉默没有离开。那种紧张感，那种令人感到压抑的沉默自我们从希尔斯代尔出发就一路跟随着我们。

“我刚才问你它在哪儿。”我快速地把目光从道路上转向右方，再转回来，“你在听吗？”

但他依然忽视我，固执地坐在那里，双臂交叉在胸前，带着一种无动于衷的表情气呼呼地瞪着窗外。

“拜托！”我的声音故意变得焦急，“哈米，拜托！”我的手在方向盘上握紧，“把它给我。”

他没有回答，甚至没有看我一眼。骄傲而固执地，只穿着自己的格子绒衬衣，把牛仔夹克放在腿上，背对着我。

“Chutzpa。”我悄声嘘了一下，用希伯来语，十分生气地，把安全带扯掉。我忽然莫名地生出一种想要打开窗户跳出车外的急迫感，想逃到冰雨中——除了有他在的这里之外的任何地方。我换挡，把车慢慢停下，自言自语：“这么个 chutzpah。”

我转向右边，探向后座。车突然晃了一下。我用左手肘抵住方向盘，右手在包里翻找，直到在大衣下摸到安德鲁的那本道路地图集。“太感谢了！”我冲哈米嚷嚷，猛地把已经破破烂烂的书页合上，“你真是太有帮助了！”我把安全带再次系上，头发散了一脸，“太感谢了，真的。”

都不对了。一切都调了个个儿。那条我们昨天从南到北一路开过的美丽的白色公路现在换了一个样，像在照片的底片中，变成了让人无法辨认的灰黑。昨天在我们右方路过的景色现在出现在了我们的左边，看上去都是死路，而且充满了暗影，几乎是抽象的了。昨天，当我们到达希尔斯代尔的时候，天还亮着，即使是一丝灰色的光，还是可以帮助你把景物分辨出来的。而在此刻，周围是彻底的黑暗，一种深刻的冬日沉郁。大多数时候，我都把远光灯打开，灯光穿过连绵不绝的厚雾。我们的车以 50 英里每小时的速度前行，在三挡和四挡中间。我让别的司机先行，踩着刹车和离合器，推动变速排挡，咬紧牙关，咒骂自己为什么不搭乘地铁，咒骂那愚蠢的引诱我开始这段公路旅行的浪漫幻想。为什么不呢？是啊，为什么不？我苦涩地嘲弄着自己。它就像是从特拉维夫开车到罗什平纳！

那就像是灯光中的雾，就像是下落到了地面的云层一样的潮湿大雾把旧铃木团团围住，我和哈米之间的紧绷感也越来越深，不断加深。这苦涩的、阴沉的寂静让人难以承受。哈米一个字都没有说，他自从我们进车就一直坐在同一个位置上，陷入了沉思。他的脸苍白而痛苦，几乎变成了一尊化石。我做的一切事情都激不起他的回应：我打开广播，关掉暖气，又把暖气打开调到最高的温度，把广播的声音调到恼人的高音量，愤怒地把电台从高声叫喊的广告调到愚蠢的流行曲和乡村金曲。他甚至没有主动帮忙调台。没有一点点对我有帮助的举动，就像我只是他的司机——他美丽的司机。甚至在他靠过来从座位底下拿出一瓶水的时候，也没问我要不要喝。他喝了几小口，然后就把它放在了脚边。他就像个小男孩一样，像个幼儿，在惩罚我。以眼还眼：你希望我消失？好的，现在你满意了，我已经消失了，现在你自己看着办吧。

噢，可怜又可悲，忍了那么久，被侮辱了的哈米！我的怒火无法停歇，十分苦涩：我的心因为他那被侵犯的阿拉伯荣誉而碎裂。他那典型的巴勒斯坦受害者心理把一切都毁了。讨厌的大男子主义式的骄傲，带着他们那流血的伤口和受伤的骄傲，还有那顽固的、挑衅的、消极的、带着攻击性的冷漠。永远那么确定他们是对的，确定他们是唯一在忍受苦难的，责怪除了自己以外的所有人。

我为什么需要道歉？为什么？！是我突然走进去打断了他的电话吗？我是那个纠缠不休的、烦人的、打断了他和家人谈话的家伙吗？我清楚地拜托过他，不止一次。我恳求他别那样做。他非常清楚电话那端是谁，因为他知道每个周五下午我都会打电话回家，他需要留给我平静和不被打扰的时间。消失，是的，从我的生活中出去 10 分钟。我最不需要的就是他们开始问问题，做各种各样担忧的猜想。我现在能想象到，我爸爸一放下电话就会去客厅找我母亲。他们会问爱丽丝："莉雅特跟谁一起外出过周末了—— 一个新男朋友？一个以色列人？她遇见的一个犹太男人、一个美国人？"

忽然间，不知怎的，车子几乎失控。右边有棵大树被连根拔起，倒在路中间，大雾和迎面来的卡车的前灯模糊了我的视线，那辆卡车还不停地按喇叭和打灯。即使在最后的关头，我也没看到厚厚的积雪下的那棵树。直到汽车喇叭的回声让我回过神来，我才突然看见一团阴影在前方越来越近。忽然间，一阵恐惧将我慑住，我把方向盘猛地往左打，驶向对面的那条小路，堪堪避过卡车。

临近多弗平原，在我们驶到距那家路边小馆很近的地方时，我快速地瞥了哈米一眼，我能看出他认出这个地方了。当我们开过那条我们昨天经过的很窄的小路时，我再次看向他。当我们开过那片橡树林时，我仔细地打量他冷酷、胡子拉碴、直直看着窗户的侧影。那个巨大的印度厨师的头在路的另一边出现了。它沉重的电子眼在门廊陪伴着我们。

在温代尔站之后的一个十字路口，变灯之前，我就要发动车子时，鹿家族从雾气中突然出现。

"哇！"我大叫，屏住呼吸，"哇……"

它们高贵而美丽，四只有角，两只纤弱的幼崽有着金黄色的皮毛和白色的斑点。它们像童话故事里的生物那样从车前经过，谨慎地穿过马路，大大的瞳孔里满是害怕，惊讶地躲避着车灯。

“它们一定是饿了，”我说，同时睁大眼睛，“在寻找食物。”

哈米没有回答，但我能听出他的呼吸因为好奇而急促起来。我本打算说它们一定是在这天寒地冻中艰难地寻找着食物。我想说我对发生的一切感到后悔，我不是故意发脾气的，我只是非常担心，但他也确实做错了，而我也理应得到一句抱歉。我小心地、有些害怕地从眼角瞄了他一眼，笑容还停留在我的唇边，然后我意识到他已经快睡着了。

“等一下，”在加油站当我准备下车时，他说，“昨天是你付的。”

匆忙地、小心地避开他，我穿上外套，拉好拉链，在最后一刻决定不戴围巾，把它扔向后座。

他拿出一张一百美元的钞票：“给。”

我的左手已经在推门了，车外突然冲过来的一阵刺骨的冷空气直扑面颊。在我转身不耐烦地看他一眼的时候，我们的视线在这晚第一次相遇了，但又迅速错开。

“去吧，拿着它，”他催促道，声音因为刚睡醒而沙哑，“别当……”

但我很生他的气，又太难过，以至于不能被 100 美元安抚，我的愤怒和骄傲阻止我给出任何回应。我走进寒冷中，冷空气扑面而来，抑制住了我狠狠摔上门的欲望。汽油的味道刺痛了我的鼻腔。他在我哆哆嗦嗦地把钥匙递给工作人员的时候稳稳地坐在车里，他甚至没有决心要走出来。

我的双手和我紧绷的肌肉似乎被铃木的摇晃所感染。紧张、焦虑和寒冷在一起合谋对抗我，我深呼吸，揉捏自己酸痛的脖子。在扭动颈椎的时候，我听见“咔咔”的声音，我还按摩了一下自己僵硬的肩膀。在我开始机械性地揉着干涩的眼睛时，自怜的情绪渐渐高涨。

“你还好吗，女士？”工作人员回来了。

“什么？”我眨眼，看清了他的样子，“是的，是的。”

“全满？”

“是的，把它装满吧。”

寒风蜇着我的脸和耳朵。加油机上显示出数字零，然后开始快速翻转。我的眼睛搜索着卫生间，然后又看回正在增加的数字，41，42……我快速地瞥了一眼车。透过车窗，我能看见我放在后座的围巾。我把自己全身的重量从一只脚转向另一只上。刹车！在我看向铃木的金属标志时，那个笑点飞快地闪过我的脑海：刹车在哪儿？我疯狂地想抽烟——所有这些禁烟标示都让我有种想立马抽根烟的恶意冲动。软管发出属于金属的那种令人不安的响动，我的视线再次投向卫生间。但数字还在增长，76，77，每一对消失的数字都像两只失明的、担忧的眼睛在插座上翻转。我把双腿紧紧地交叉着。然后，迈着小步绕着车走，靠近那位工作人员，把我的信用卡递过去。

在我这么做的时候，我从窗户的侧面看见哈米，看见他坐在车里打哈欠，这让我的怒火又一次被点燃。他坐在那儿，一边舒展身体，一边十分放松地打着呵欠，嘴巴大张，胳膊伸向两边。

Kus-meek，我听见自己静悄悄的嘘声。是的，我在用阿拉伯语诅咒，咬牙切齿。“Kusem-em-emek！”我重复道，在这一刻获得了一种苦涩的满足感。每个人都以为是你开了这么久！就像你是那个天知道还要再开多久的人一样！Kus-em-em-emek. 你不会开车？你不会游泳？那么你会什么呢，你这坨屎？复仇心切，我大声地说："你这坨屎！"

门在被我猛地拽开时，我忽然发出一声恐怖而尖锐的哀号。我冲进厕所的隔间，挣扎着解开裤带，把牛仔裤和内裤快速扯下，带着一阵晕眩感蹲在马桶上开始排尿，粗重地喘着气。一股冰冷的尿液从我体内倾泻而出，带走了一切，伴随着一阵恶臭和一股刺鼻的消毒剂的气味。我的双眼因为这阵用力而发亮，心脏从陡峭的斜坡上一直不停地向下滚落。在我站起来擦拭自己的时候，唇边因为松了口气而凝成一个带着疑惑和厌恶的扭曲怪象。挂在墙上的卷纸筒上只剩几张少得可怜的、脏兮兮的灰白色卫生纸。当我走出隔间，像个陌生人一样靠近镜子的时候，卫生间里回响着冲厕所的声音和我的脚步声。我发型散乱，嘴唇焦干。水龙头里喷射出一股强劲的、声音响亮的、冰冷刺骨的自来水。我把手伸过去，呼吸因为这一阵寒冷而停止。我慢慢地喝了几口水，用洗手液揉搓双手，冲干净，又洗了脸，透过自己湿乎乎的眼睛，我看见镜子里的那个人浮现出一个晕乎乎的表情。

这斑驳、阴暗的镜子中的一些东西，突然间让我回忆第十四街商店间的那面脏兮兮的照过我们的狭长的镜子。我们那晚在联合广场上寻找着他的钥匙，我们大笑着的影像映在了那面镜子上。我那晚的奇异感觉又重新浮现：我和哈米那生动而美丽的形象会一直鲜活地留存在那面镜子中，七零八落又模模糊糊；即使在我们踏上不同的人生之路以后，我们的形象也会像幽灵的影像一样被永远保存在那里。

我不知道自己是怎么开完到曼哈顿那剩余的 45 英里的路程的。我精疲力竭，又感到自己已经受尽折磨，心烦意乱，没有发生任何事故简直是个奇迹。我们回到城里已经凌晨一点多了，我把车停回第八街的停车场。一阵刺骨的寒风吹乱了我的头发，让我的骨头都打战，我感到膝盖下坠，几乎要跪在人行道上了，整副身躯都摇摇欲坠。夜间保安警惕地看了我一眼，以为我是一个醉汉。哈米拿着我们的包，他说他上楼去叫安德鲁。华盛顿广场上的树梢剧烈地晃动着，大雾笼罩着街灯的光束。从停车场到第九街的这一路，风都在背后猛地推拉着我。

哈米按下电梯。电梯门打开时，我看见镜中的自己迈了进去，垂着头，两条胳膊无力地耷拉在身侧。在我们随着电梯上行的时候，一阵虚空感狠狠地击中我胃部的凹陷处：我觉得自己的内脏都翻了出来，完全失控。弗兰妮和佐伊用饥饿的喵喵叫从门的另一侧迎接我们。我头晕眼花地走进厨房给它们准备新鲜的食物和水，脱下大衣跌跌撞撞地走进卫生间。我靠在水池上刷牙，眼皮因为哭泣而浮肿和下垂，双眼无神又发红，像是被谁用重物狠狠地打过。我听见哈米在书房打电话。我在黑暗中脱掉衣服，穿上睡衣，坐在床边花了很长时间伸展自己的头和脖子，想不起来自己该做什么。门，我在毯子下瑟瑟发抖时想到：我得锁门。我感到睡意慢慢扩散，潜入双眼，使它们变黑，几乎要触到最深的地方。然后，我听见了门被猛地摔上的声音，他甚至没说再见。

第二十六章

我因为吓人的、使牙齿都打起冷战来的寒意而频繁地醒来。因为难熬的寒冷和彻底的悲惨，我的身体在毯子下面扭曲，痛苦地蜷缩。疼痛从我的太阳穴开始蔓延，在我每次眨眼时都要碾碎我的眼球。一阵突发的恶心和令人头昏的疼痛穿过我的全身，在我的胃里搅拌，从脖子到后背慢慢炸开。汗水和无力的感觉一直延伸到双脚，我一遍遍地把它们搓在一起，但它们还是无法停止颤抖。

我沉重而又正在燃烧的眼皮像是要裂开了，压在我的眼睛上。我冲着光眨眼、呻吟，然后认出了头顶上的脸——哈米，那么近又那么模糊。他放下一杯水，左手中握着什么东西：两颗绿色的药丸。他的嘴唇动了动。我的呼吸炽热，每呼一口气便要燃烧一次，火舌从我的喉咙中喷出，叹息着、呜咽着、绝望地恳求着。几点了？我好奇，头晕眼花，看向窗户，又冲表上发亮的红色数字眨眼。现在是哪天？

“怎么样？”他在床边坐下，“吃了这个然后再睡。”

“这是……”我的声音哑了，听上去陌生而浑浊，“什么……”

“我不知道，”他犹豫地看了一眼门，说道。他焦虑地看着我，又说：“我在卫生间和厨房什么也没找到，你的邻居给了我这个。她说它们有用。”

“不……”我艰难地从打战的牙齿间吐出一些字，“我怎么了？”我用微不可闻的声音问，但是我是知道的。我能感觉到自己的额头在抽动，在他的手心下燃烧。

“你在发高烧，Bazi，”他害怕地说，“非常高。”他把手翻过来，移到我的脸上，又停留在我的脖子上，“快吃，在你睡着之前。”

他的手臂支在我的背上，我的头垂向他的肩膀。我觉得自己又冷又悲惨。哈米缓缓地把水滴入我的喉咙。“我的天啊，你抖得这么厉害，”他小声说，把我搂在心口，“我再给你拿张毯子。”他走去衣橱，我看着他，颤抖着，他打开又合上柜门。用来为希尔斯代尔之行打包的夏琳的袋子放在地板上。之前那一切都像是一场梦：加油站，可怕的争吵，大喊。我记起自己曾被一阵想要毁灭一切、想要用我的双手把我俩都砸碎、都毁掉的急迫心情所攫住。

他走回来，站在我前方：“你把多余的毯子都放在哪儿啦？”

“你回来了。”

“什么？回哪儿？”

“我听见了。”我的下巴在颤动，收紧以抵御颤抖，“你走了。”

“我只是下楼去给安德鲁送钥匙。”他皱起眉毛，看着地板，“现在睡吧，”他坚定地说，把双手从我身上拿开，“我们以后再谈这个。”

我梦见自己在奔跑。我跑过特拉维夫的索科洛夫街，在篮球场的旁边，路过高中的大门，逃进果园里。有个男孩和我一起，五岁或者六岁，被一辆车撞了。我带着他穿过树林，蜷伏在树枝下。我能听见他沉重的呼吸，他在呻吟，他带着一张苍白的脸看着我。他的脸通红，全是汗，随时都会死在我的怀里。我用一层层毯子裹住他，把他藏进我的大衣里，然后开始没命地跑。他很沉，不停地撞击着我的肋骨，像个孩子一样在我身体里啜泣。我看见挂在树干上的死亡威胁——摇篮死亡。他们说，警察在搜索绑架犯。泥土很松软，像沼泽一样，又变成了陡峭的台阶。我越爬越高，抓住从墙面上凸起的铁桩。这是一栋没建完的大楼，灰色的混凝土暴露在外，公寓里空荡荡的。我边爬边听见自己的喘气声。在我叹气的时候，忽然有声音传来，一阵金属的、几乎是机械的声音在楼层间回荡。我靠近楼梯井，看见黑暗中手电筒的光束，还有警察的轮廓。我弯下身，那个男孩跌了下去：我们的孩子，还只是个胎儿，那么小，那么皱皱巴巴的，我怎么能让他掉下去……

它叫作"文身的皮疹"。我在退役后的泰国背包行中文了一个从右肩开始覆盖整个后背和脖子的红玫瑰文身，还有几朵淡粉色的玫瑰甚至在手臂的皮肤之下也能看见。我向诊所的管理人展示我的手，一位很高的老年黑人女士看上去不知怎么有些像原始人，她沉重地点头。"我们得马上采取行动，"她通过内部电话说道，"在它伤害到任何重要器官之前。""但是等等。"我紧张地说。我想问问移除的方法，有没有副作用，但一阵要命的疲倦将我击倒，我的舌头又沉又无力，在嘴里打了结。门开了，他们把我放上推床，穿过隧道，穿过第八大道的地铁站。我们到达一间有点像谷仓或者我祖母家浴室的治疗室，但更大些，瓷砖上有相同的蓝色装饰，但里面没有浴缸，只有一个装满冒烟的石头的火炉。

空气潮湿、黑暗得像一个洞穴。那名年长的黑人女士用军用床单和动物的皮毛把我盖上。"足够暖和吗？"她问，"如果太热的话就告诉我。"还有其他人在这儿，但我无法透过浓烟看见她。她一桶一桶地把水浇在煤上，让空气中充满了云雾和白色的蒸汽。那些文身！我突然间明白了，十分兴奋。他们要用一个热水澡把它们移除，就像干洗我的皮肤一样。墙上满是凝结的水珠，水池上的镜子也覆上了蒸汽。我感到热浪渐渐地渗透，还有我虚弱无力的双眼，只能勉强透过水汽认出那名年长的女士。她一边擦地，一边打电话。“我想它已经开始起作用了，”她对着电话低语，“你能感觉到它吗？”我溶解了，渐渐地消失，我变成了一摊巨大的朦胧的光。一个冒着热气的浴缸，或是蒸汽中静默的涟漪。我变得透明而清澈，像星云一般飘动。

“张开嘴。”是哈米，我的头一颤一颤的，“张大。”他的手指把药片送入我的嘴里，“等一下，坐起来。”

我睁不开眼。我的头在炸裂，晕眩着倒向他举到我嘴边的玻璃杯上。水舒缓了我的不适，玻璃杯的凉意印在我焦干的嘴唇上。我还能感受到他放在我抽动着的额头上的手指的重量。我只喝了很少的一点水，非常缓慢地、绝望地抱紧了他的胳膊。我昏昏沉沉地醒来了一小会儿，然后又一头陷入枕头里。

夜里，高烧再次袭来。我因为干渴和发热而扭动了很长时间，舌头干裂、肿起，变得粗糙，发出混沌不清的声音。突然间，又开始呻吟，大汗淋漓地惊醒。我的衬衫、头发、枕头……所有的一切都是潮湿的。我听见自己吸气、吐气，在黑暗中不知所谓地哼哼。我能感觉到我高烧所释放的炽热的水汽混进了屋内厚重的空气中，然后我又把它们都吸进身体。

我听见哈米的脚步声出现在门廊，又感觉到他飘在我头顶上的影子在悄声说话：“我把灯打开了。”

我防御性地把胳膊盖在脸上，就像身处于一部恐怖电影之中。但是，那有穿透力的光线依然从我的指缝间侵入。凌晨3:20。他给我喝了些温水，说我得在吃药前吃些东西，还给我煮了一个很嫩的鸡蛋。“这个很好，它会让你有点力气。”他从梳妆台上把盘子端过来。

我冲那难闻的气味做了个鬼脸。一块块黑色的面包浮在浓稠的黄白色液体上，茶匙不住地从我的指尖滑落。我忍不住发牢骚，双肩颤抖，得他喂，我才能吃下。他用嘴帮我吹凉，但食物依然太烫。他又试了一次，我一阵恶心，把食物推到一旁。我因为他的无私奉献和做出的努力而感到愤怒，不喜欢自己如此依赖他。泪水涌了上来，是鸡蛋混合了疾病的那种令人作呕的味道。他看着我，问我是否还想要点别的：“或许一些燕麦片？”我坠入无尽的绝望当中。大颗滚烫的眼泪不住地流出来，滚落到脖子上。这种虚弱、这种无助、这种无能为力的感觉就像是某段幼年时的记忆，眼泪不住地落下，我十分想家。“妈妈，”我把头埋进枕头里痛哭，“我要我妈妈。”

但是，哈米没有放弃。耐心地，嘴角还带着一丝微笑，一直守在我身边。他的眼睛——那双之前带着怜惜和同情凝视着我的眼睛，现在变得严肃了起来，又带着些满意，他从碗里舀出一小块泡了蛋的面包。

“很好，”他舔舔拇指，轻轻摸了一下我的下巴，“好姑娘。”

我感到那么抱歉、那样懊悔、那样羞愧，因为他充满爱的眼神而感到尴尬。我的胃忽然开始翻腾，一阵抽搐，像是有水在排出，可又疼得厉害，涌出一阵阵酸液，我止不住地呕吐了起来。

104 华氏度，呕吐，昏迷，身上的每一块肌肉都在发痛。不到 24 个小时之后，连扁桃体也肿了起来，我的脖子上开始浮现颗粒状的红色皮疹，胸前也慢慢出现，我的眼睛发黄。周一来为我做过检查的私家医生高亚先生说我一定是感染上了病毒，我的邻居黛博拉维格里拜托医生来我家为我看诊。“他是一个老朋友了，”她带着更多的止痛片和一瓶热水回来的时候对哈米说，“也是一个绝佳的医生。”

我听见他们一起去了客厅，悄声说着话。门开启又合上。门铃响了，矮小、头发灰白的高亚医生检查了我的脉搏，量了血压。他有一双安静、有些歪的眼睛，一些残存的亚洲口音。他的手很小，在他对我的脖子和腋窝做触诊的时候，我能感到他的手像女人一样光滑而柔软。我张开嘴，他插进一根小棍，检查我喉咙的深处，还用光照射我的瞳孔。

“请咳嗽一下，”他说，听诊器冰冷的金属圆盘在我的背上来回移动。他的手指又柔又轻，但当他按到我的腹部时，我感到了双倍的疼痛。“这是你的肝，”他说，然后让我深呼吸，“这是你的脾。”

哈米一直站在门口，咬着下唇。当我们的视线交会时，他的脸上浮现出一抹微笑。他在医生的身后向我抛来媚眼，然后又做了一个鬼脸，把脸颊吸进去，眼睛对起来，模仿一条鱼。

医生在我的胳膊上绑上一条塑料绳，让我握紧拳头。“这是什么？你要抽血吗？”我在看见注射器的时候惊慌了起来。因为针头带来的这一阵新的颤抖，我又发了一身汗。

哈米走过来坐在我身边。我屏住呼吸，手指使劲抠他的肩膀，但刺入的针头就像医生温暖的手指一样让人几乎感觉不到。直到看见哈米眯起的眼睛，我才意识到针头已经扎进了我的静脉。

在我卧床不起的十多天里，哈米一直照顾着我。我几乎一直在沉睡，不论白天还是黑夜。为了避免传染，哈米睡在沙发上。他去药店、维生素店和大学旁的有机市场采购，窸窸窣窣地带回来一袋袋装满了面粉、果酱、芹菜根、姜、蜂蜜和柠檬的袋子。

有一天早上，他回布鲁克林给自己拿一些干净的衣服和内衣。几个小时后，他带着一个从 K 超市买来的包好的礼物冲进屋子，把我叫醒。他的鼻子因为寒冷而通红，他的卷发还潮着。他撕去包装纸，露出一个折叠木托盘，就是酒店客房服务会用到的那种。他固定托盘架，把它安置在床上，在我的面前，因为自己的新发现而雀跃："只要 9.99 美元。"

我听见他在厨房忙碌，客厅里的电视一直开着。他焖了白米，做了一大锅鸡汤面、蒸蔬菜，还有加了肉桂的粗粒小麦粥。他给我端来无数杯绿茶、新挤的血橙汁和葡萄柚汁。根据健康食品店里的某个人的推荐，他准备了一大锅又热又甜的洋葱、大蒜和红枣糖浆，这让我出了更多的汗。

他在浴缸里接满热水，帮我洗净身体和头发，然后又把我裹进浴袍里。我坐在床边，他用吹风机帮我把头发吹干。他帮我穿好衣服，又换了一次床单。一天晚上，在我试着走路的时候，发现门廊在我脚下旋转，不断下沉，我的眼前有一群黑鸟在盘旋。他焦急地冲过来，把我抱回床上。他让我每次要去厕所的时候都叫他，坚持要一直陪着我。他在弗兰妮和佐伊的篮子里发现一只会叫的橡皮老鼠——那种高分贝的尖叫让他每次捏的时候都会跟着笑，他把老鼠放在床头柜上，挨着那些空了一半的阿司匹林、抗生素和维生素罐，让我需要他的时候就捏捏老鼠。

我独自躺在床上，双眼紧闭。哈米在客厅忙活着，在画板上画画、上网、玩游戏、看书。一个新的网络电视节目在播放，他在杜迪和夏琳的藏书里找到一本平装的恐怖小说，有的时候他会握着书页走进房间。

“Aji，aji，habibi，”他对跟着自己的猫咪们说，把它们赶出房间，“Wain inta? Yitla min hon.”

他把门从身后关上，但公寓和电视的沙沙声穿过了门板，有一条新闻随意地飘进了我的耳朵。我听见播报员做作的腔调，还有一个男人带着权威感回答她的问题。我听出了现场记者抑扬顿挫的声音。我分辨出推土机、直升机的声音，一段动感的音乐旋律在反复播放，口哨声和爆炸声，以及广告的喧闹声和水哗哗地流进厨房的水池中的声音。我能闻到哈米抽烟那呛人的气味。我听见冰箱的门开了又关，微波炉的嗞嗞声。电话再次响起：从客厅的无绳电话分机传来欢快的乐曲，接着是放在书房的答录机的声音。在消停了几秒之后，有谁挂断了电话或是留下了信息。

乔伊说她昨天早上一直在图书馆找我，今天也是。她把自己的手机落在希尔斯代尔了，但她晚上还会再打来的。艾兰和多伦——一对我在以色列的朋友，兴奋地宣布他们买了来纽约的机票，三周后就到。安德鲁也打来了，等着哈米接起电话：“你在那儿吗？喂？接电话，兄——”

那些遥远的声音侵入我的睡眠，扰乱了我的梦境。我听见哈米在用英语、阿拉伯语说话，在公寓里走来走去。他的匡威鞋在硬木地板上吱吱地响。“稍等一下，我得看看她是不是……”他压低了声音，站在房门口，“不，她睡得很熟。”

当我再次醒来的时候，天已经黑了。“莉雅特？”我姐姐的声音从书房传来，“莉雅特，是我，亲爱的。我希望你已经好些了。我昨晚和他通了话……哈米。他说你有些不舒服。好吧，真希望能听见你的声音，但是现在他没接电话，而我又要马上出门了。不论如何，他听上去很可爱，真的很可爱。我们聊了一小会儿，关于现在狂热的局势，还有他们是怎样分发防毒面具的。昨天，我还感谢了他守在那里照顾你。但是，再替我谢谢他，好吗？好吧，我以后再给你打电话，希望你会醒来。”

哈米回来时跟我说起那场战争最终还是在我昏睡的时候爆发了。他说五天前美英等国的联军入侵了伊拉克，巴格达现在已经是一片火海。总统的官邸已经被占领，坦克包围了机场。他难过地说起他在新闻里认出的那些空荡荡的大街，那些他在那里上学时曾经非常熟悉的地方，现在都被损毁、破坏，全挤满了士兵和吉普车，还有哀号着的救护车。

在我体温不断升高，被冷战和恶心狠狠地攻击的时候，在我每一次呕吐的时候，在温度终于逐渐下降，我恢复清醒但又很脆弱的时刻，在每一次我大汗淋漓地挣扎着醒来和昏昏沉沉一睡就是好久的那些时候——哈米一直守着我。他把东西端进来，送出去；倒来茶水，送上美味的菜肴；帮我量体温，每六个小时让我服下抗生素和维生素。或者就坐在床边和我聊天，分散我的注意力。在那些我直至深夜也无法入眠的时刻，他也一直都在我身边，陪着我再次睡去。

哈米自然而然地做着这一切，从不懈怠：他毫不犹豫地做了一切需要他做的事情，理所当然地、镇定地，一点也没觉得这些有什么了不起。当我再次呕吐的时候，三天里，他头一回笑了，说也许我最后会发现自己是怀孕了。他刷厕所，在我跌跌撞撞地走向水池的时候跟在我身后，模仿女性的声音学我呻吟和叹息。我洗了脸，刷好牙，当我看向镜中的时候，发现自己双眼凹陷，还有黑眼圈，我的脸是淡黄色的，还肿了起来。他越过我的肩膀仔细地看着我饱受摧残的脸，宣称我从没这么美过。

他也没有对我在生病时对他源源不绝的、有些夸张的谢意表达感到太激动，我被抗生素弄得头晕眼花，对他倾注在我身上的温柔和慷慨的爱极为感激。有一天，我抱着他，十分激动地啜泣着，悔恨着我在那晚的加油站和他说的每一句话，乞求他原谅我。他只是用鼻子轻哼一声，为我的伤感而感到不自在。

“好啦，镇定，这没什么，”他拍拍我的后背，“一切都好，镇定。”

当我靠在他的肩膀上，发誓说永远不会忘记这一周，啜泣着说我永远欠他一份情的时候，他变得不耐烦，把我推开，说：“好了，够了，拜托，停下。你也会为我做这些的，不是吗？”他烦躁地站起来，走开，“如果我也这样不省人事，你不也会做一样的事吗？”

我猛地点头，十分确定。

“那不就结了，khalas，别再哭了。”

一天晚上，我把自己用床单裹起来，艰难地下床，床单拖在我身后黑暗的门廊上。客厅里的电视在无声地闪烁着，发出的蓝光映在墙上。报纸、CD、咖啡杯和午餐的残渣在桌子上散得到处都是。哈米在沙发上睡着了，脸朝上，一只手依然握着遥控器。

无声的画面在屏幕上闪烁。飞溅的火球发出绿色的夜光，军用直升机在烟柱的上空来回盘旋，满身泥土的黑人和白人战士戴着头盔，穿着防弹衣在焦黑的土地上移动。荒地扩张了，砂浆般的城市，变成了炮塔的清真寺，黑皮肤的孩子们穿着破布条，背上还骑着更小一些的孩子。一辆熊熊燃烧着的燃料车，一辆烧焦了的坦克，一座被砸碎了的萨达姆·侯赛因的塑像……

我小心翼翼地把遥控器从哈米的手中拿出来，按下按钮关掉这些画面。影像带着很轻的嗞声消失了，房间变得漆黑一片。我用床单盖住他暴露在外面的膝盖，俯下身吻了下他的额头，忽然想起来我有一天晚上产生过的幻觉：他的轻声低语渐渐消失，他苍白的脸在黑暗中盘旋在我的上方，但又变成我父亲的脸；有那么一会儿，我似乎是回到了家，哈米也在那儿和我一起，我姐姐、迈卡和孩子们也都在，他的低语声变成了我父亲的温柔、饱含深情的声音，在祝福着我们——他的女儿们。在周五晚餐开始之前，他把手放在我们头上："Yevarcechah Adonai ve'yishmerecha."（愿我主保佑你们，保护你们。）我妈妈站在他身后看着。"Yaer Adonai panav eleicha veychunecha."（愿我主之光降临在你们身上，并对你们仁慈。）我的内心充满了对他低声的祈福和充满温情的双手的渴望。我把自己的双手放在熟睡中的哈米的头上，静静地为他祈祷：Yisa adonai panav eleicha，veyasem lecha shalom.（愿我主的面庞与你同在，愿他赐予你平静。）

第二十七章

清晨，一丝切切实实的乐观主义悄悄地溜进逐渐变暖的空气中。闪亮的蓝色布满了天空，羽毛云也像儿童图书里的插画那样洁白。太阳很暖，人行道也闪闪发光。气温一天天地升起来了，人们也像是都苏醒了一样，大街上的脸庞都在传达着同一个信息：春天来了。但是不久之后，几乎是一夜之间，气温骤降，使得城市又陷入了另一片稍微缓和了些的冰冻之中。

5 月伴随着潮湿和风暴到来了。号叫着的狂风、闪电和雷鸣，无穷无尽的大雨。一个个灰暗、阴郁、呼号着的夜晚和白天，就像这场已经持续了七个月的冬天，如同我们无止境的西洋双陆棋游戏一样也许永远不会结束。

我们一轮接着一轮地玩着西洋双陆棋。一局刚结束就又开新局，随意地把白色和黑色的棋子堆在我们中间，安置在棋盘上，上一局的赢家先开棋。我们打了个平手：有时我运气好会赢棋，有时是他。我们用各种方法在木板上移动我们的棋子。我们会长时间、动作夸张地晃动骰子，这已经成了一种嗜好，像是骰子在晃动着我们的手。就算兴趣减退、懒得交谈，我们也继续玩着。雨声是连绵不绝的背景音乐，雨点“嗒嗒”的声音从街上传来。屋内，骰子在棋盘上发出声响；屋外，毛毛雨击打着窗户。

闪电的光映亮了天空：炫目的光亮带着翻腾的尾巴，形成了恼人的白光。山雷让世间的一切都晃了晃。

“继续。”停了一会儿之后，我更加急躁地说，“哈米，该你了。”

他把目光从窗户移到我身上，好奇地眨眨眼。我能从他安静的惊讶表情中看出来，他刚刚走神了。他反应过来，发现这盘棋快要结束了：“哦，抱歉。”他的眼睛在棋盘上乱扫，“在哪儿……”

“怎么啦？”我在手中旋转着骰子，“你今天怎么了？”

他的目光躲避着我的凝视，把一粒棋子归入一排中。雷声在屋外滚过，大雨发出沉着而单调的鼓乐声，再次填满了屋内的沉默。

“拜托，怎么了？”

“没什么。”他逃避着，伸手去拿骰子。

但是，我有些生气：“你什么意思？没什么？”

“没什么，我只是在思考。”

像是在证明自己的话一样，他的目光又回到了窗户。天空中什么都没有，像堵墙一样显露纯黑的颜色。“我在考虑离开一段时间。”他说。

他的回答令我惊讶，我问他：“什么——哪里？”

“我不知道，我也许……”他的声音沉了下去，“也许我会回家。”

“家？”每次我们聊到这个单词——“家”，我身体中的某一部分就会颤抖，“你想回去？”

“不是回去。我说过了，我只是想暂时回去一趟。”像是这个旅行的主意跟天空有什么联系一样，他再次看向窗外，“也许就是回去过个夏天。”

他买了一张两个月的往返机票，票是6月底的，距现在有六周的时间。他的飞机从纽瓦克起飞，先到达苏黎世，他会在那里待五个小时，然后他将飞往约旦的首都安曼，在午夜的时候降落。他将和姐姐拉姆斯一起待几天，然后穿过侯赛因桥去往西岸。这是他三年来第一次短暂地离开纽约回家，回到拉马拉，和家人、朋友一起度过夏天。他要回家了。

他把电话挂上，然后又再次拿起来。他给房东太太打电话，正好赶上对方心情好，房东太太也在准备着自己的旅行：珍妮这月底要在巴黎结婚了，她明天就飞去那里帮着准备。哈米恭喜了她，祝福她一路平安和有很多健康、美丽的外孙，请她向珍妮转达祝福和亲吻。然后，房东太太同意了他的转租请求。

哈米在克雷格列表网站上刊登了一则带着照片的广告。不到一个小时，电话就开始响了起来。他花了一整天打扫房间：刷洗、除尘、擦亮瓦片、替换灯泡，还新换了床单。他把靠在门廊墙壁上和工作室扶手椅后面的巨幅画布卷起，用透明的蓝色保鲜膜包好，又盖上一层床单，放置在珍妮的床底下。走到门口时，他改了主意，又把它们拿了出来，把床单展开，取出他父亲的肖像画。他用塑料袋把画像包了几层，还为了之后的旅途在上面新加固了硬纸板，想象着当他把画像在家中展开的时候，他妈妈脸上高兴的表情。他能看见这幅肖像画即将挂在客厅的一堵墙上，还有他妈妈眼中柔和的惊喜。

在他的房间里，哈米光脚爬上床，小心谨慎地取下衣夹，拿下那33幅完成的画作。油料已经干了，颜色绚烂，那个梦中男孩的影像现在躺在了床上。哈米的心因为兴奋而被填满。他在每一张画上都铺了一层薄薄的纸巾，小心地把它们卷起，放进他特地买来的管形箱子中。

从空荡荡的天花板上垂下来的线现在光秃秃的，就像他两年前刚搬进来时把它们吊起来的时候那样。他拿起两幅新画的画，画还没干，还有五幅最近画的铅笔素描，他还没来得及为它们上色。他打算把它们带回拉马拉再完成。他看着它们，点了支烟，想象自己在九月的时候回来，把全部的 40 幅画都重新悬挂起来。他仿佛已经看到了这一完成了的系列展现在他的面前。

门铃响了，跟他通过电话的人们陆续来看房。下午的时候，一个带着德国或是斯堪的纳维亚口音的女士打来电话。她和丈夫住在只隔三个街区之外的上湾桥。20 分钟之后，一个挺着硕大孕肚的年轻女士出现在门口，她有着短短的头发和明亮的眼睛。进来不久，她就很抱歉地说想借用一下卫生间。她从卫生间出来后，看了一眼厨房，走过房间，解释说她在为自己将要从荷兰过来的父母寻找一个住处，她父母要在孩子出生前赶过来。她付了 7 月的房租当作定金，带补贴。她在哈米把钥匙给她的时候答应在六周之后再付同样的数额当作 8 月的房租。

他们在门口握手。她的左手放在自己巨大的肚子上。哈米问是女孩还是男孩，她忽然间十分高兴地邀请他感受一下胎动："你感到了吗？"他因为宝宝的动作而感到震惊，因为这个小小的、鱼尾形状的鼓起而兴奋，像是感到了来自另一个世界的信号。她再次大笑，有些害羞地说他们决定不去弄清楚宝宝的性别。她爱抚着自己的大肚子，凝视着它。"我们 9 月就会知道了，"她在门廊上保证，"等你回来的时候，我就可以告诉你了。"

哈米的旅行计划，这突然的决定，他的兴奋和一系列的准备，似乎主导了一切。它们让我忘记了自己的行程，我在几个月之前就做好了的计划，因为我们的分离和即将到来的分别而蒙上了阴影。被留下的那个总会伤心一些，比那个消失在地平线的要孤独些。但是，他也会走的，五周之后，一想到我们在离彼此很近的地方（尽管我们无法见面，因为不可能见到面），我的心好像放松了一些，即将要告别的感觉也没那么重了。

5 月 16 号，距我的航班还有四天，是哈米 28 岁的生日。我给他买了件质地精良的羊绒毛衣，还带他去 soho 区的牛排餐厅吃了大餐。吃饱喝足，我们叫了出租车回家。我们在黄昏时醒来，洗澡、梳妆，坐地铁去上西区。哈米刮干净了胡子，穿着他崭新的绿色毛衣，我穿着黑色丝绒裙，还有高跟鞋。到达乔伊和托姆位于 96 街的公寓的时候是晚上 9 点，安德鲁和金伯利还有小乔西已经到了。

乔西伸展手臂跑向哈米，转瞬间，就被高高举起，带着一个羞涩但闪亮的笑容依偎在哈米的脖子上。自从她第一次和安德鲁一起去布鲁克林拜访哈米，在工作室度过了很特别的一次旅程之后，她就深深地爱上了哈米——四岁的孩子那种开阔而又无拘束的爱。她骄傲地向哈米展示经过她美化后的哈米给的本子，本子是哈米整理好旧画装订给她的，是梦中男孩的初稿。乔西给本子装备了几罐哈米给的丙烯颜料和几把画刷，还涂了色。

我们又一起用餐，举杯同庆。乔伊和托姆煮了热辣的印度菜：羊腿、咖喱角、米饭和熟食。我们还迅速喝光了两瓶红酒，又转向安德鲁和金伯利带来的香槟。在晚餐快结束的时候，灯忽然灭了，音乐也停止了。在黑暗中，我们听到乔西的声音从厨房缓缓靠近："祝你——

生日快乐，”她举着一个插了蜡烛的蛋糕，“祝你——生日快乐。”

哈米从主位上转向我，十分惊喜。“你知道这个吗？”他的眼睛问。我以大笑回应，耸耸肩：“不，实话说，我不知道。”我和大家一起唱歌。哈米的脸在烛光里闪闪发亮。他闭上眼，咬住下唇。我也许了愿：愿你只有好的事情，我的哈米克；亲爱的上帝，请照看他。在每个人都举杯、鼓掌的时候，我睁开眼看见他一口气吹灭了剩下的几根蜡烛。

灯又亮了，音乐也继续播放。哈米起立，拥抱了乔伊，在她耳边轻声说了什么。她爆发出一阵大笑，头向后仰。“你可以确定！”她尖叫，他也一同叫起来，“我就知道！我就知道！”

坐在我旁边的金伯利把蜡烛从蛋糕上取下，舔掉巧克力酱。“噢，终于！”她对托姆说。后者正拿着把大刀从厨房回来，他向哈米挥挥刀：“别打架，好吧？”

安德鲁整晚都坐在我左边，正抚摸着乔西漂亮的头发。乔西蜷缩在他的膝头，把脸埋进他的胸口。“不，我不想要。”她小声说。

“怎么会？”安德鲁在我把一块蛋糕放在他面前的时候眨眨眼，“你怎么会拒绝巧克力蛋糕？”他拿起一把叉子，“我们看看。”

可是乔西，虽然已经不早了，但依然整晚都很愉快和活泼的乔西，突然流下泪来。不知从什么时候开始，她发现哈米要走了——飞过这片大海去见他在另一个国家的亲人。精疲力竭地，她祈求着、啜泣着：“但他会回来的，对吧，爸爸？”她不想离开自己父亲的脖子，“他会回来的，对吗？”

第二十八章

这是一个忙乱的早晨，我们站在南曼哈顿最繁忙的车站中央：地铁“咔咔”地停在车站另一边的铁轨上，人山人海，电梯上上下下，一排排摇晃的窗户，扩音器里放着广播。越来越多闹哄哄的地铁疾驰而过，带着吼声从隧道的大嘴里冲出，迅速消失在另一端。那把人们挤压和混合起来一同送往这里和那里的力量也同样使得电梯升降、地铁运行。这是一个巨大的、人潮汹涌的、喘息着的活塞，是由轮轴、曲柄、齿轮和阀门组成的机械装置中的一部分。它推进又拉出，梳理、冲刷。在周围的熙来攘往中，我们沉默地站在站台上：哈米闭着眼睛默念，而我期待地望着他。

再次拜访曼哈顿东村，然后是下东区。我们过去的一周一直在街上漫步，重游我们在冬天刚到来时去过的地方。走在同样的小路上，到达同样的目的地，一直在漫无目的地闲逛。亚斯特坊广场、联合广场、第六大街……我们沉浸在这座城市嘈杂的景象和声音之中，不是向彼此，而是向纽约告别——向这些我们再也无法一同走过的大马路告别。周三的时候，我们一同走过威廉斯堡大桥。周五，我们去了哥伦比亚中心。周日，我们在植物园一直待到天黑。但这个早晨，不知为何，我们不知道该去哪儿了。我们对这临行前的最后半天毫无计划。哈米决定默背字母表，根据我让他停下时背到的字母来选地铁。

“停下。”我说。

他睁开眼：“K。”

没有 K 打头的地铁。

“再来。”

他闭上眼重新开始，他的嘴唇静静地上下移动。我看着他丰润的唇形、鲜红的唇色，视线向上爬，掠过他眼角轻轻晃动着的、新长出来的表情纹，抚过他眼皮上的环形。我的目光温柔地落到他的耳垂上，牢牢记住他脸上的每一个小细节，因为不知道什么时候才能再见到它们。如果我再回到纽约，在之后的两年，或者三年，或者更长的时间，也不会和他在一起了。我会变成不一样的人，哈米也一样，甚至在他 9 月回来的时候，也许就不会是同一个他了。

我反应过来：“停下。”

“X。”

但下个月，夏天的时候，他就会在拉马拉了，而我明天将会回到特拉维夫。分隔我们的仅仅是 40 多公里的距离，一个小时的车程。我们几乎还没说起过这些，但我们清楚，即使我们离得那么近也不可能见面。我们知道我们居住的两个地点间没有直线，只有一条漫长而曲折的道路。对我来说很危险，对他来说则是不可通过。我们沉默地避开这个话题，彼此心照不宣，这样的顺从似乎证明了将要在以色列把我们分开的路障已经存在于我们中间，就在此刻。

“Bazi。”

“喔……停。”

“P。”

这就是我所能记起的我们在纽约的最后一天。站在市中心地铁站的地铁中间，不知道该去向何处。回到公寓，我所有的行李都被打包进一个行李箱、一个行李袋和一件手提行李中。公寓干净而整洁，就像我们早晨离开时那样。一张新的白色桌布铺在餐桌上，一支包装好的兰花插在装饰用的罐子中。我给杜迪和夏琳的感谢信装在信封里，他们两周之后会从远东回来，信封里还有两张音乐会的门票。

我们一起走过每一个房间，关上门，拉上窗帘。哈米换掉垃圾袋，我在猫咪们的食盆里放上水和食物。隔壁的戴碧已经同意在杜迪和夏琳回来之前进来照顾它们。我摸摸弗兰妮，向它告别，亲亲它，还向无动于衷地躲在沙发下的佐伊送了一个飞吻。哈米把我的行李拿到楼梯间，我锁上门，把钥匙从戴碧的门下滑进去。

开阔的楼梯间使得电梯的声音被放大。我们在电梯抵达 12 楼的时候拥抱彼此，在电梯下降时又再度拥抱。我记得灯光迅速从那个小窗户上闪过，层数在显示屏上变换：四、三、二、一，直到突然停在底层。我记得我们走过大厅，哈米拿着那个大的行李袋，把随身的行李扛在肩上，我拖着行李箱，箱子上老旧的齿轮在滚过地板砖时发出声响。

我记得有一个刚遛完狗的邻居好奇地看着我们。他在我们站在街上的时候经过我们身旁，看着我们的行李，热心地祝福我们旅途平安。我致以感谢，没有费神纠正他，就像我和哈米不是要告别而是要一同去度个长假。

街上的空气厚重而黏稠，带着潮湿的气味。雨打湿了人行道，它像夜晚的天空一样闪耀。停在路边的车也闪闪发光，大颗珍珠似的雨滴在车窗上折射着光芒。我那天早上预定的车打着闪光灯停在那里。哈米让司机等我们一会儿。

我把脸埋在他的胸前，然后把头直起来，用力拉着他的大衣衣领：“照顾好你自己，答应我。”

他的眼神严肃，充满忧虑。他眨眨眼，顺从地点头。

“好好吃饭，好好睡觉。”我在突如其来的恐慌中紧紧贴着他，“还有——”

他用力地环住我，勒得我生疼，他的双臂松了一下，接着又紧紧地环绕在我的腰间。“你也是，”他的心脏在我的脖子旁边跳动，“别坐公交车，好吗？”

我透过眼泪大笑：“好啦。”

“不要坐公交车。”

“好啦。”

All the Rivers

Part 03

第三部分

夏天

第二十九章

已经是特拉维夫的早上了—— 6 月中旬一个美妙的早上。眼见之处全是蓝色，澄澈的天空像池水一样闪亮。七八月的热气和潮湿是暂时还不需要考虑的问题。我吸入的空气是新鲜的、甜蜜的，花园里盛开的鲜花和绿植围栏的香味弥漫在四周：灿烂的凤凰木，紫色的蓝花楹，黄色的含羞草，簕杜鹃、夹竹桃和木槿斑斓的色彩像瀑布一样铺洒。花朵在人行道的两旁盛放，树梢上也全是红色、粉色和白色。这个季节的盛宴也体现在了水果摊和果汁吧上：西瓜、哈密瓜、无花果、樱桃，一串串的葡萄，堆得像小山似的桃子和李子。夏季时尚也满街摇摆，接受检阅：迷你裙、乳沟、超短裤和人字拖，小背心和文身。裸露的皮肤引来各方的窥探，不久就会变成棕色。每栋大楼里上上下下的空调都在"咔咔"作响。

恶名昭彰的特拉维夫的太阳，那个会在盛夏时分猛烈燃烧的大火球，现在还保持着温柔。但两到三周之后，它会变得沉重而令人窒息，所有的一切都会变得焦干，满是尘土和黏黏腻腻。湿气、非洲热风和耀眼的光会让人只想远远地躲开，藏到凉快的地方去。但是现在，天空像丝绸一般，被海风微微吹动，清晨透明的阳光如此敞亮，让人感到像是靠近了海岸。在这样一个 6 月中旬的早上，即使是灰暗的、破旧的、吵闹而满是灰尘的特拉维夫，斑驳的墙和脏兮兮的街道，从上面的水箱到地上的狗粪，巴士和拥挤的交通，猫咪和蟑螂……都很美。

傲慢的、放松的、萧条的特拉维夫，有上千家忙碌的咖啡馆，各类系着皮带的小狗，孩子在闲逛，骑车子的人一闪而过。由长凳和繁盛榕树组成的绿色林荫大道，树梢在一辆辆汽车和摩托车上投下阴影。华丽的、自顾自的特拉维夫也反映在了服装店的橱窗上。这座城市象征着肉欲和生动的混乱，暑假使得街上挤满了年轻的男男女女。游客和度假的人说着英语、法语和德语，塞满了在正午蜂拥而出的胡姆斯和夏瓦尔玛馅饼摊。黄昏时的冷咖啡和冰啤酒的特拉维夫是甜蜜的、怠惰的特拉维夫，到处都是露天阳台和果汁摊，每个街角都有冰激凌店和便利店。大汗淋漓的特拉维夫在黄昏时分终于舒了口气，被蜜糖色的落日染上了红光。大群的雨燕掠过夜晚的天空，鸽子在屋顶之间振翅，果蝠轻快地从一棵树飞向另一棵。贪食的、充满诱惑的特拉维夫，性感的躁动在傍晚纷纷浮现，灯光与蜡烛在餐厅和酒吧内纷纷亮起，随处可闻调情的声响。夜间，狂野的特拉维夫被大麻和酒精所淹没，整个夏天有数不尽的派对：在俱乐部里、在海滩上、在屋顶上……特拉维夫开始在 6 月中旬为自己庆祝，在月亮变圆的时候。

回到家，回到熟悉的生活秩序和老习惯中，回到它们所有的细节和简单的舒适之中，回到午餐时间炸肉排和炒洋葱的香味之中，回到我窗户外未曾改变的后院里——那里的印度楝一点也没变。回到饼干和速溶咖啡的味道中，回到剩下的白面包、奶油起司、芝麻酱和沙拉中。回到相同的厨房餐具和床单中，相同的盆栽和客厅里的吊饰，相同的电视节目主持人。

回到即使走在大街上也像走在家里一样的感觉中：待在巨大的纽约几乎一年之后，从它那宽阔的大道和河流、大厦和直冲云霄的摩天大楼丛林中回归，让自己沉浸在这座人行道很窄但大小更适中、更熟悉的城市里。走路的时候能闻到熟悉的气味，似乎是一簇簇有着小粉花和黄花的灌木发出的香气。我摘下一朵花把它吹向空中。在它的香味里，我找到了自己。

回来后，带着一种新的敏感，听着流利的希伯来语从四面八方传来。走过街道，捕捉到新的流行语或是坐在咖啡馆里偷听一场谈话。希伯来语在报纸上、在纵横字谜中。从用希伯来语写成的菜单上用希伯来语点菜。服务生、店员和出租车司机都又爽直又友好。汽车轰鸣，人们在银行门前和诊所门口的队伍里抱怨，孩子们在公车后座大声叫嚷。建筑工人吹着口哨，用那直勾勾的以色列目光赤裸裸地把你从头打量到脚。回到了无处不在的电话铃声、高声的谈话中，回到 ATM 机前那被不耐烦的人们所包围的队伍里。

回到一种人的眼睛和耳朵可以分辨出每一点细微的痕迹的现实里，看懂每一个暗号和手势，你能马上就理解每一个暗语和说话的腔调。如同以色列人也像希伯来语一样从右写到左，我能轻易地分辨出每一个细微的表情，不管它是否明显，不需要任何翻译。回到大海和户外夏日空气中的尘土的味道中来，回到和人类一起被热浪弄得头晕眼花的小鸟、蝴蝶，甚至是苍蝇、蚊子和虫子中来。回到汗水、扩张了的胸腔和挺直的后背和脖颈当中来，一条窄背心裙在我的身上飘动，带来轻柔的触感。我的脚趾随意地伸在人字拖里，人字拖欢乐地拍打在人行道上。

也许在某一个时刻，你——哈米克，在你家乡的街道上，在你的城市里，也会感到它的悄然来临：一个苍白的灵魂笼罩着你，时不时地进入视线。好像别的路人那几乎一模一样的手提箱悄悄地混进了你的行李中，你和你周围的人之间有段明显的距离。有时候，你依然是这里的陌生人，几乎就像你还在那里一样遥远。在你看向指示牌、街道和行人的时候，你有时会以游客的角度看待他们。你感知到所有简单、平常的事情，对家乡的、熟悉的、已知的事情有种敏锐而又不知怎么有些神秘的清醒感。

也许你同样的，感到自己的一部分还没有降落在这里，还在天空飘荡。特别是在夜里，有那么短短的几个小时，整座屋子都陷入了沉睡，但你从世界的另一端带回来的时区还停在七小时之前。它让你一直清醒至破晓，你清醒着、挣扎着，深深地望进黑暗的寂静中。就像出了问题的不只是你的睡眠，还有你的自我认知。它依然摇摆，徘徊在经度线、纬度线和时差当中。

也许，在你的平行世界中，你今夜也清醒地躺在你妈妈的房子里，躺在童年的房间中的一张窄小的单人床上。你像我一样躺在那里，面朝上，盯着天花板，想着我们。你在凌晨 3:30 清醒地发现我在这里，也同样醒着，在黑暗中低语。你看见我的眼白一闪，你在自己的胸膛上感到我印上去的爱，它一直热烈地燃至你胃的底部。接着，又再次燃起，在你抽动的脖子上、在你的大腿上、在你憋闷的呼吸里。

也许你，也是同样的，记起昨天下午，或者是前天，当你站在城市广场的中央，太阳肆无忌惮地晒向你的方向，让站在喧闹车流中的你有想要失明片刻的欲望。还有，你突然想象自己看见我在街的另一端正看着你：卷发、长长的背影、黑色墨镜。我僵立在原地，哈米，我的心在颤动、在呐喊：哈米！它之后在我的胸膛里震动、颤抖了好久，一遍一遍地回想起那个令人震惊的瞬间——哈米！他在这儿，他在特拉维夫！当一辆巴士经过，你从我的视线里消失了，站在那儿的是另外的人，一个更年长的人，一个不是你的人。

即使是我从马萨里克广场出发穿过操场，即使是我继续走在国王乔治街，那个幻象的余味依然紧紧地跟随着我。我依然能看见你走在我身旁，在人群中，跟着我走进邮局，之后是药店。当我在去往迪岑哥夫中心的路上停下，等保安检查我的手包时，你走上前来，悄悄地。我们一起仔细地看过商店的橱窗，你跟我一起走向本锡安大道的街角，一起往艾伦比街走去。在我们向着嘉宝提斯可屋而去的路上，我们靠得更近了。我抬起头，指给你看那棵巨大的悬铃木的树梢。在博瑞敕大街的街角，就在我曾经住过的那栋大楼旁，我给你指了第二层的阳台——一家曾经是二手书店的鞋店，还有那家我很喜欢在里面消磨时光的唱片店。尽管会花掉比较多的时间，我继续沿着国王乔治街上走下去，这样我就能把阿尔蒙特小道尽头处的石狮子指给你看了。还有那家我在大学时期曾经打过工的意大利餐厅，但它已经倒闭了。尽管已经有些晚了，我穿过了这条街走回米尔公园，经过狗狗公园和荷花池。就在那时，在我走向特彻尼克沃斯基街的时候，幻象开始消散了，电话响了起来。

我们第一次聊天所带来的兴奋感。在电话响起时，我正站在街沿上。一个无法识别的号码，突然在电话的这一头听见哈米的声音使我惊喜万分。“Bazi?”听见他层次丰富的笑声所产生的惊讶翻腾而出，融化在空气的波纹中，让我哽咽起来：“哈……哈米！”

再次和他说话，是在以色列。站在城市的中央跟他聊天，当他不在布鲁克林、不在这里，而是在拉马拉的时候。在以色列的大街上，当背景全是希伯来语的时候，听见他声音里的律动，听见他沙哑英语中的阿拉伯口音，那样的沉重，在这里不断回响。我向周围看了看，不知道正经过我身旁的那两个年轻的男人会怎么想，那个女人会怎么说，如果他们知道了的话。我转身背对着他们，坐在马卡比街街角的一级石阶上，就在楼梯井之外，听他说他是四天前到家的。或者也许是五天？我记不清了。听他说他的航班从纽约飞到苏黎世，但在转机去安曼时延误了。他和姐姐在约旦共度了一周，在他上一封邮件里，他给我讲过他在那里是怎样白天睡觉、夜里盯着天花板的。还有他穿过艾伦比桥越过边境去往西岸的旅途，排很长的队等了很久，他不得不拎着手提箱和画册步行经过一系列的检查点和路障。回家的喜悦，再次见到母亲，拥抱她，再抱抱他的哥哥和姐姐、他的侄子和侄女，以及前来拜访的亲近的朋友和老哥们儿，他们日夜都围在他身边。“就像是我把时差传染给了每一个人。”

两天后，他再次打来。那时，我正准备从一个朋友位于哈本那剧场附近的公寓离开，包里响起了手机铃声。我穿过大街，坐在雅库公园里，我们自在地聊天，像我们从前坐在华盛顿公园聊天一样，他现在像是和我一起坐在了长椅上。下一个晚上，他又打来了，大约 12 点的时候，我那时候正在家里等候。我在我们聊天的过程中刷了牙，还套进他的一件大 T 恤中。我穿着这件 T 恤时，总会幻想即使它已经被洗过了，我依然可以闻到哈米的味道。我们有很多的话要说，就像之前在布鲁克林时那样。在那时，我最后会忍不住去睡觉，而他会继续在工作室里画画，播放舒缓的爵士乐。

之后的那一天，我们没有聊天。我去参加了一个朋友的生日派对，整晚都把手机放在离自己很近的地方，非常频繁地检查它，但是哈米没有打来。再下一个晚上，在一直等到一点之后，我鼓起勇气拨了他的号码，带着怦怦的心跳，准备好如果他哥哥或者母亲接起来我就挂断。我以前在纽约给他打电话时得拨 1，然后是区号 718，但现在变得很简单，只需要拨 02，耶路撒冷的区号，还有他的号码。一分钟后，我听见了他的呼吸声："你好？"他刚刚到家，正准备打电话，"嗨，Bazi，Kifek inti?"

那晚，他告诉我自从他 1992 年离开之后，拉马拉发生了很大的改变。他说 1987 年暴动留下的痕迹随处可见：废墟、武装着的人们、关于"殉道者"的海报、蒙着面纱的脸孔、被挤得水泄不通的寺庙、失业的人、极度贫穷的人。到处都是绝望和疲惫的气氛：那也许是这里唯一没有改变的东西。

还有那堵墙，他谈起那堵以色列开始在西岸构建的墙。我们在冬天就已经听说了，他为此忧虑，而我坚持不愿相信。现在，他亲眼看见了，然后把它描述给我，带着些许恐惧：一堵险恶的灰色混凝土墙在山上蜿蜒，像一道丑陋的伤疤，把村庄和果园一分为二。

"但是，在这儿……他们叫它围栏。"我结结巴巴地说。

他立即用鼻子轻蔑地哼了一声，靠近话筒："围栏？"

"他们说那是一个围栏，用来——"

"我告诉你，它奇丑无比。"

"这样，他们之后就可以把它拆除了，"我继续，"不是一堵真的墙。"

"他们可以随便叫它什么，但那是一个怪兽。"

我没有告诉他几天前我和我爸爸一起看新闻时自己是怎么想的。当他们展示推土机和货车时，我是怎么想的。我没有告诉他我觉得：就是这样了，这堵墙会永远立在我们中间。那个我一直在想象的围栏，像是他们以前会种刺梨的栅篱在乡村之间划分界限，明示一块领土的结束和另一块的开始。现在，它真的被建起来了。当画面上播放有一块混凝土被悬挂在起重机上，又带着大量灰尘被放下，田野和乡村的轮廓消失在它们后面时，我的心中突然有个想法：我想它们会把我和哈米隔离开。隔离开他对我的思念，隔离开我对他的不舍，隔离开他有一天真的来到这里的可能性，就像他有一次在电话里开的玩笑那样，出现在特拉维夫给我个惊喜。

一周后，凌晨 1:30。“你在做什么？”哈米问。

“没什么。”我合上书，蜷缩回枕头上，“看书。”

“听听这个。”

他的声音又活泼又兴奋，像现在是下午 1:30 一样。他说自己在伽芬河待了一天，那是位于去往巴尔查特的路上的一座村庄，在拉马拉的北部，那儿很美。他在那儿看见一栋房子——一座古老的石头房，院子里有棵巨大的桑树，房子正在招租。

“为了什么？”我打断了他的热情，不很理解，“为了两个半月？”

他的声音失望地低了下去：“什么意思，为了什么？”我能从他的叹息声中听出来他不是第一次被问这个问题了，“我需要一个处所，我需要一个可以工作的地方。”

“但是……”

“我要在这儿度过整个夏天。”

“但是你妈妈，我以为你会——”

“是的，但是离得很近。”我听见打火机的声音，接着是吸烟的声音，“你不知道它离这里有多近。”

“我以为你想和家人在一起。”

“这没事。我告诉你，骑车半小时，我随时都可以来回。”然后，他似乎失去了耐心，“Khalas！拜托，停下，”他不耐烦地说，“我是个成年人了，我需要空间，我已经习惯了——”

“怎么了？”我妈妈从门口伸进头来，“你还在打电话？”

我捂住话筒：“晚安，妈妈。”我也需要自己的空间，已经一整个月了，而我这周才开始找公寓，“请关上门。”

“现在快凌晨两点了，”她在门后继续说，“快睡觉。”

他再次给我讲起伽芬河，山村小屋散落在山坡上。那里有橄榄树、山核桃和大杏仁，还有一种静谧——一种在四年的纽约生活之后他几乎认为不可能存在的、乡村式的宁静。“哦，还有那些桃子！”那个乡村在整个西岸地区以甜桃出名，“每年，他们都会有一个为期三天的庆祝活动，伴随着音乐，人们赶来摘桃——”

“一个节日？”我笑道，“一个桃子节？”

他似乎也乐了，因为我的笑声而惊喜：“我发誓！”

他给我讲那栋房子：有一个长满很高野草的、未被整理过的前院，一个种满了果树的后院；一棵比房顶还高的桑树，蓝色铁质百叶窗，花纹地板砖。他描述在房子的主人粗暴地推开阳台的门的时候射进来的阳光。

“还有，”他笑着跟我讲他发现的壁虎的一家，它们在客厅和厨房的墙上欢快地爬，“我从没在一栋房子里看见这么多壁虎！”他的笑声填满了我的耳朵，也感染了我，“那个地方全是它们！”

他告诉我，当他跟着房主人走入卧室，看见放在屋子中央的床的时候，是多么的欣喜和激动：一张高高的、很宽的黄铜床，床脚上有精致的藤蔓形状的装饰物——一对卷须和串串葡萄。它看上去正是几个月前他在纽约画的那张床。“记得吗？”梦中男孩躺着的那张床，床脚有向上爬的藤蔓。“一模一样——有两簇藤蔓。”在哈米依旧带着惊喜的笑声平息之后，他说那时有一种直觉击中了他，他的声音紧绷了起来：这张床是一个线索，一个启示。当他再次出去看花园的时候，他知道就是在伽芬河，在这座村庄，在这个房子里。他将要住到 9 月，这里就是他将要完成手上的那个项目的地方。

“那么租金呢？多少钱？”

“还不清楚。”

“什么意思？”

房主人给了他一份租契的复印件，他们第二天会见面定下条款。“但一定能成的。我知道一定会。”他说。

第三十章

所有的窗户都开着，窗外的灯火都亮着，阳台门和前门也敞开着，晚风自由地吹进屋子，流动着的风吹干了刚拖完的地板。夏日尾声那明烈的香气，满是尘土的热浪，和清洁工具令人神清气爽的气味——混合在一起总让他想起童年。他以前常常疯玩一下午之后在黄昏回到家，大汗淋漓又饥肠辘辘，光着脚走进刚打扫完的屋子里，屋子闻起来有清洁和晚餐的味道。门阶上散落着破布，冰凉的地砖，厨房里的灯光，他湿乎乎的脚后跟和脚趾留下的印子——这一切全都让他回忆起他小的时候，幼小、简单又快乐。

现在，同样的，当他从阳台走进来，伸手打开电灯的开关，会看见滑溜的地板发着微光，门口花纹模糊了的地砖像一块华丽的石头地毯。在卧室，阿拉伯式的图案把每个角落都装点上红和绿。他妈妈在拉马拉的房子是刚刚建好的，全都是上好的材料：精确的线条，直直的天花板，所有东西都被粉刷过。但这里有瓷砖和棒极了的拱门，石头墙壁存住了凉意—— 一切就像他们在希伯伦的老房子。

他穿过客厅，扭亮卧室的灯。这个房间除了一张极好的床以外空空如也，现在加入了他放在墙边的橘色行李箱。在擦洗地板之前，他把衣服在床上堆成一堆，现在要把它们移开，取回他当作洗衣篮的网包。他从行李箱中拿出从他妈妈那儿拿来的一塑料袋的亚麻布，抖出一张棉床单铺在床垫上，把边角抻平，还把单人枕头拍蓬松。

头几个晚上，他在床上睡得并不舒服。每一次翻身，螺旋管都会发出咯吱的呻吟声，床垫上的缺口和突起也折磨着他的后背。但一周之后，他就习惯了。清晨的时候，他可以半睁着眼摸索着去卫生间。他喜欢待在这里，喜欢房间的空旷，那蓝色的铁质百叶窗，以及厨房里的黑暗。他喜欢这份寂静，黎明的时候能听到鸟鸣，树叶的沙沙声会穿过他的梦境。他喜欢晚上出动的壁虎们，有时，他会站在一把椅子上监视它们在墙上的行动——越来越多的淡粉色和蓝色的婴儿蜥蜴，它们的皮肤几乎是半透明的，尾巴卷曲。他为自己有些愚蠢的念头而感到高兴，他觉得它们是在守护这所房子，照看着他，并为他带来好运。

哈米的房东—— 一个来自阿伯瑞的富有制造商给哈米讲在这里住了很多年的家族族长法耶德博士的事，房东讲故事时，有一抹微笑藏在他的胡子后面。博士曾经是一名妇科医生，他在贝特加拉的妇产科工作，几年前去世了。他的未亡人和儿子还有其他的家人在冲突开始后不久便一起移民去了加拿大。“现在，很多人都离开了，因为目前的局势。他们去了美国，像你一样，或者去了澳大利亚。”这座房子之前两年都是空着的，房东上个月刚从法耶德太太的律师那里买下它。哈米是他的第一个租客。“你是……你们怎么说这个？”他拍着哈米的后背，“你在为我开创这个地方。”他走过一个个房间，把灯打开又关上，检查着水龙头。电话线目前还未连接——有一份未付的账单和一些利息。“那些电信公司的下等人。”他嘘道，然后犹豫了一会儿，但保证会把它弄好，再次拍了哈米的后背。第二天，一辆搬家车开来了，两个工人卸下一个用过的冰箱和灶台，还连上了燃气。哈米从他妈妈那里拿来了几只杯子和碗碟，还有一个罐子、煎锅和银器。他的侄子——沙迪，最近拿到了驾照，帮助他和玛万一起搬运这些东西。

之前，房主的大多数家具和物品都被搬走了，但还有残存的痕迹：浴室的镜子，卫生间后有一只沉甸甸的铜罐。后院有折起的木头椅子，一条破了的水管躺在地上，还有晾衣绳。厨房里的水池下有一个金属桶和擦地板的抹布，一个抽屉里有一把齿尖已经弯曲了的叉子。还有那张床，当然，那张美丽的皇室大床曾经属于医生和他的夫人。

哈米把他 14 岁生日时父母在伯利恒给他买的画架也拿来了，他妈妈一直把画架和他以前的调色板一起保存在橱柜里。感受它木质的边框被握在手中，触摸干掉的颜料的凹口和第一次弄出的污痕，是多么触动人心。他把画架支起在客厅的中央，背对着阳台上工作区流泻进来的光。他把自己的画刷、罐子和颜料管放在从屋外找到的一块覆盖着蜘蛛网的木板上，他在一把椅子上蹭掉了那些网。但他没从自己的画夹中拿出那五张包在纸巾中的画，他还是没开始作画。

一切源于想在屋外吊一张吊床的念头。他已经在走廊里整理出来一个很不错的咖啡吧，他早上会坐在那里，晚上也会在那里消磨时光，看着外面的花园和远处的旱谷。一天，从拉马拉的家中骑车回来（玛万为他准备了一辆崭新的五挡带登山轮胎的自行车），他把车停在了伽芬河的东入口，靠近路边的一个西瓜摊旁边。这里没有什么人，他选了一个中等个头的西瓜，拍打它绿色的外皮，听回声。他拿出 20 块钱，然后喊正在摊子后面的破旧布吊床上打盹儿的卖瓜人。店家不知道哈米能在哪儿买到一张吊床，但建议他去十字路口的苗圃那儿试试。哈米走过温室内起伏的小路，在陶瓷花盆、花瓶和花园装饰的旁边发现了一张红白蓝交织的吊床，产自中国。他马上就想到要把它放在哪里了——在园子的西北角，桑树的下面。

但当他回到家，站在园子及膝的杂草中时，他决定在把吊床挂起来之前先整理一下这块土地，即使只是从地上清除腐烂了的果实。他认出了一棵苹果树、一棵石榴树，也许还有一棵榛子树。这个是柠檬，那个一定是樱桃，它们都滚满泥土，无人问津。几只没有掉下来的水果枯萎在枝头，被鸟儿啄食，剩下的散落一地，干瘪，发霉。树后是一口盖着生锈金属皮的井。当他搬走堵着门的石头时，他发现一间工具室：一辆翻倒了的独轮手推车下是两把耙子、一把锄头、一把丁字斧头、一把干草叉、一把古老的羊毛剪和一副园艺手套。

他花了一整天的时间除草，又用另一天修剪树木。他用锄头根除了茅草和蓟，用手推车来来回回地运送杂物。那是 7 月的头几天。今年的夏天相对温和，喀新风还没有开始，但是空气很干燥而浓厚，他在太阳底下一工作就是一个早上。快 11 点的时候，他全身都是汗水，脸颊也变得通红，他把自己的汗衫脱下擦拭腋窝和脖子。他喝着瓶装水，把汗衫顶在头上，就像海盗的大花头巾一样在脖子后面系住。他光着上身继续劳作，只穿短裤和他脏兮兮的运动鞋。到中午的时候，他的胳膊感到酸痛，戴着手套的手也变得涨红和发烫。他在水龙头上洗了脸和手，去厨房喝掉三罐可乐，抓起一张皮塔饼和一块奶酪，然后走出前院去邻居家。邻居家有一片很大的玫瑰，几乎是一棵树了，天鹅绒红的玫瑰缠绕在门前的香桃木树篱上。他敲门，邻居请他进家喝杯咖啡、吃点饼干，还带他参观了自己美丽的花园。半个小时之后，他拿着一把电锯和一把斧头，肩上扛着一架梯子和加长了的缆绳离开了。

他是在一块毫无生机、干裂的土地上开始工作的。但是，在他耕地、翻土、浇水之后，大块黑色松软的土地在叉尖下分解了，各种各样的昆虫和寄生虫爬了出来，蜗牛和甲壳虫在日光下闪闪发亮。在太阳慢慢落山、影子逐渐拉长的时候，被松过的土地发出醉人的香气，直冲鼻腔。他用软管把挖在树干旁的排水井一个个灌满，那七棵树似乎发出了畅快的叹息。

隔天，他买了一大袋肥料和一些杀虫剂。苗圃的主人说，当他还是个在十字路口卖花的小男孩的时候就认识了法耶德太太。他推荐给哈米捕蝇草和防鸟的网子。因为兴奋而晕乎乎的哈米还买满了六大箱盆花、蔬菜种子和香草。他借用苗圃主人的电话打给沙迪，让沙迪来接他。在等待的时候，他灵感突发想建一座假山庭院当作那些小生物的避难所。他想象着一个圆形的、种上水生植物的池塘。夜里，里面会传来蟾蜍的叫声，还会有蜻蜓飞过。

邻居给了他一个装满脏灰色液体的玻璃瓶，混合着肥皂水、黑胡椒和蒜瓣的恶臭。他听从她的指示，每天早上都倒几勺在一桶水中，然后喷洒在藤蔓、乔木的树桩上。根据她的建议，他装了一罐醋、一把盐、两支烟的烟草碎，然后把它们的混合物洒在柠檬和樱桃树枯萎的树叶上，还给苹果树除了蚜虫。他在西南角上准备了蔬菜架，还给香料准备了一些旋转型的架子。他种了苦艾、百里香、鼠尾草和薄荷，周围是迷迭香的灌木丛。他还零星地种了一些牵牛花，以及几株白色的菊花、黄色的向日葵、红色的天竺葵。他把它们用石头隔开，还做了一个稻草人：两块厚木板钉成一个叉形，穿上一件褪了色的 T 恤，还戴上了一串松果项链。哈米把稻草人插在蔬菜地里，侧面对着旱谷，用油漆给它画上笑脸，在它头上倒扣上一个水桶。

在修剪过桑树枝，把石墙上茂密的灌木丛移走之后，从花园的南边能看到整片旱谷了。他目光一次次地停留在那开阔的景色上，永不满足。他看见村庄斜坡上的房顶、海枣树，圣乔治教堂的尖塔在一边，希腊正教教堂在另一边，还有远古伽芬河的遗迹。再远处是更多的屋顶、院子和房子，更多绿色的树梢，还有红色、黄色和梅红色簕杜鹃组成的小瀑布。更远处，是橄榄园、桃树和葡萄园。

他用手背擦擦额头，眺望至天的尽头。一只在捕食的鸟从低空掠过，在远处腾飞—— 一只猎鹰或者老鹰，从这里很难认准。他已经被它迷住好几天了。他聚精会神地看它安静、优雅地划过天空，偶尔轻拍双翅，影子掠过大地和山丘，在空中盘旋。

他能闻到远处传来的烟味，还有烤肉的香气。尽管他刚吃过饭——剩烤肉和他妈妈前天来看他时做的肉馅卷心菜，他站着，就着罐子吃完，他依然感到自己的胃部隐隐传来一阵因为饥饿而产生的疼痛。得意扬扬的麻雀在稻草人的肩膀附近徘徊了整个早上，现在依旧没有离开。他画在稻草人脸上的羞涩的笑容和双眼实在太逼真了，鸟儿们都很喜欢。莱拉——那只小小的、情感丰富的看家狗正趴在蔬菜园的边上，和黑棕色的泥土颜色混在一起。昨晚，他妈妈回拉马拉的时候把狗留在了这儿。今天早上，莱拉在前院遇到了刺猬，于是欢乐地叫了起来。当哈米靠过去向它展示一只正在自己手臂上跳舞的淡绿色螳螂的时候，它又满腹狐疑地竖起了头。

他充满爱意地看了一眼自己种的番茄，它们还是又青又硬，但这十几个小美女的脸颊已经开始微微变红，一天比一天大。茄子长势喜人。他的目光温柔地扫过南瓜的卷须、橘黄色的西葫芦花、红椒的嫩芽。又再次对红薯卷起来的可爱的叶子感到惊奇。他在黄瓜幼苗间插入棍子，把它们细嫩的枝丫绑在上面，这样它们就能吸收更多的光和空气。豆茎正在往上爬，玉米长得飞快。

他知道自己将无法享受果实。他知道秋天到来时，青椒和花椰菜将会成熟，石榴和柑橘树也会长出第一批果子，而他将会在遥远的纽约。一个半月之后，他会离开这一切回到布鲁克林，回到那个人的工作室，不论在他之后是谁租下这房子，住在这里。也许他会给那个人留下一张写着浇水和除虫方法的便条——那个将会成为在冬天捡苹果，在下一个夏天摘葡萄的人。他不在意自己不能在这里享受那些果实，他在他妈妈抱怨他把时间、精力和钱都花在别人的土地上时这样回复说。“你甚至不能在这里品尝它们，”她叹息，“这么努力地工作不是很可惜吗？”

黄瓜和红薯？青洋葱？他在市场上都能买到，他解释说。他可以不求回报地创造出这一切。他不介意在一块自己马上就要离开的土地上耕作，他也不在意照料属于别人的花园和树木，他是为自己做这些的。他很享受，他享受耕作本身。是的，他晒在太阳下——那又如何？这对他有好处。

他很喜欢在户外的新鲜空气中待上一整天：耙地、除草、喷农药，看着花园一天天成形。看着蜜蜂在他的向日葵旁徘徊，嗡嗡叫，一只白蝴蝶翩跹在球芽甘蓝里。现在，每天与土地的接触对他都很有好处。他喜欢离它近一些，从内心感受它，与它亲近，就像是个场园主，一个佃农——fellakh。即使流汗也对他有益。自从三周前他开始工作的那天起，他就充满了精神与活力。他在这座花园中获得了一些只在画画时获得过的满足和心灵升华的瞬间。他确实自从来到这里都还没有拿起画刷或者打开画夹，但事实是，他为发现自己不需要绘图、上色或者吸烟而感到高兴。他什么都不需要。

他享受着自己日益强壮的身体，感受到自己后背和大腿的肌肉，以及每晚都觉得精疲力竭的四肢。洗澡后，他在镜子中查看自己玫瑰色的脸颊、上臂的肌肉和壮实的胸膛，它们吸收着阳光而变成了深铜色。他享受像从未吃过食物那样吃饭，带着全新的、健康的、很爷们儿的胃口。他喜欢晚饭后一支烟带来的满足感，还有晚上抽的水烟的味道。他喜欢在黑暗里躺在吊床上晃悠，向外看着旱谷里的灯光，听着蟋蟀们歌唱。他在树丛间打盹儿，像是在洗芳香浴，在这湿润、好闻的空气中感到欢乐，夜晚的空气是那么的洁净。而在清晨的时候，他告诉我，他会端着一天里的第一杯咖啡站在门廊上，走进花园里浓郁、睡意蒙胧的寂静中，满足地走过植物架，弯下身来，更近距离地观察树篱上的露珠：它们挂在叶子上，每一颗都折射出彩虹的七色。树叶间穿梭的风，让树叶闪耀着点点亮光。他靠近去看整片花园，里面有微笑着的自己，颠倒着的倒影——都包含在一滴水中。

他告诉我他妈妈在伽芬河过了一夜。她用从集市上买来的食物填满冰箱，做了一罐罐满满的甘蓝叶、羊肉烤串和加了松子的米饭。莱拉在她脚边舒展地趴着，看着他吃东西。然后，他姐姐莎娜也来了，他们三个一起坐在门廊上。他们剥水果、喝咖啡，还大嗑瓜子。每一次有微风从旱谷吹来，他们就会停止聊天，一边畅快地叹气，一边向后靠去，赞美着这美好的空气。莎娜突然说：“你为什么不留下呢？你在美国是呼吸不到这么好的空气的，就留在伽芬河吧。”他冲她微笑，冲黑乎乎的园子微笑，承认说自己经常会想把机票延期，多待几个月，以便能在伽芬河度过秋天。

第三十一章

哈米在莱拉的吠叫声中醒来。莱拉又睡在他的床上了，蜷缩在他的脚边，长鼻子藏在尾巴里。现在，在晨光中，莱拉听见门链吱吱作响，小道上也响起脚步声，它一跃而起冲向房门。透过莱拉的叫声，哈米听出了玛万的声音。他正在门的另一边亲昵地跟狗狗说话，沙迪的声音也通过电话传来。他俩昨晚都在这儿，他在清醒过来之后想起：他们之前想带他去个派对。他深呼吸了几次，伸展四肢，对他们打开阳台的门、止住犬吠这一善举，表达了无声的感谢。

他睁开眼，慢悠悠地下了床，随着一系列迟缓的、睡意浓厚的动作，他弯下腰从地板上捡起工具箱，把它们拉上。10:15 ？他盯着闹钟。他真的睡了十个小时？他蹒跚地走向卫生间，挠挠头，依然对已经这么晚了而感到诧异。站在卫生间里，他想起了昨天在玛万和沙迪离开之后他喝的那罐啤酒。还在对自己居然醒来了感到惊讶，同时也惊讶于一罐啤酒带来如此奢侈的深度睡眠。他懒洋洋地数着步子穿过客厅，把手举在额头上为眼睛遮光。

他在桑树的凉阴中找到了他们。沙迪正躺在吊床上，一边抽烟，一边像往常一样盯着自己的手机。玛万背对着哈米站着，把手里的 DV-8 对准石墙捕捉旱谷的景色。

他们都长大了许多，改变了许多。当哈米 1996 年从巴格达回来的时候，玛万刚刚 20 岁，还没去电影学院，沙迪还在上高中，和父母一起住在希伯伦。在那之后的四年，他们长高了，成了年轻的男人。玛万做婚礼摄影，无止境地修改着一部他自己写的剧本。沙迪有了驾照和一部奥迪，还有了一个已经相处两年的、稳定的女友。尽管哈米已经在这里待了两个月，他依然会为自己的弟弟和侄子的聪慧和能言善辩而惊喜，他们那样富有学识和充满生命力。他为沙迪英俊的相貌和自信的魅力，玛万的敏感、镇定和智慧而赞叹。他们看上去都那样美丽、健康和壮硕。

但是，在某些方面，他们依然还是跟在他屁股后面转的小孩，他们崇拜他，尽管他只年长四岁。他们现在也一直不离他左右。带着满满的好奇和疑问，他们绕着他转，问询着，贪婪地吞咽下他的美国故事。他们常常来拜访，等着带他去市中心，骄傲地跟他走在一起。昨天，在他们终于放弃劝说哈米同去并离开之后，就一起在某个屋顶派对一直玩到凌晨 4 点，而现在他们又在这里了。他们的脸因为缺乏睡眠而苍白，但是现在已经精神焕发地在规划一次新的冒险活动了。

他们给哈米讲起一个他们在珂兰迪亚认识的家伙—— 一个朋友的朋友的哥哥，他是一名出租车司机，昨天也去了那个派对。他们很兴奋，不住地接对方的话。那个家伙今天要开车去以色列，他大约 11 点离开珂兰迪亚，在中午的时候抵达特拉维夫，去送个什么东西。他们已经和他通过电话，他同意捎上他们，在晚上的时候再把他们送回来。他的车还剩四个座位。他想要 400 谢克尔，但他们已经把价格压到 300 谢克尔。他有能通过检查站的通行证，但是带上他们的话，他会绕远路避开士兵，完全没问题。如果他们想的话，他会 11 点来伽芬河接上他们，再开车穿过苏达，越过山丘。

哈米听说过那个可以避开珂兰迪亚检查站的环形交通路线，那是货车司机最近开始为了避开路障而使用的一条漫长而单调、沉闷的路。建筑工人会走这条路，想在夜里离开以便在清晨去以色列找工作的人们会走这条路，被禁止穿越边境的人会走这条路，以及那些没有别的选择的人。他也看到过橙色的地铁歪歪斜斜地驶离伽芬河去往比尔才特，装满了行人和货物。

他的沉默使得玛万和沙迪指着旱谷描述起路线来，兴奋得手舞足蹈："从北边去比尔才特，在到达大桥之前转向东，然后向南，穿过艾伯瑞，直到抵达珂兰迪亚南边的检查站。开车绕过它，再开上主路。"

"一个小时，绕路的话也许得要一小时十五分钟，"沙迪说，"最多一个半小时。"

玛万瞥了一眼哈米，补充道："如果一切顺利的话。"

"怎么会不顺利？"沙迪冲玛万挑起眉毛，挥舞着手机。每天有很多人走这条路，他解释说，每个人都说军队对此睁一只眼闭一只眼。在珂兰迪亚，连士兵们自己都会把人们往那条路上赶。就在前天，当他去检查站接他妈妈的时候，听见士兵们大喊："Surda，Rukh min Surda！"他还看见他们用自己那该死的推土机翻地，因为很快那倒霉的墙就要盖到这里来了，之后就没有路可以离开了。

哈米从一只鸟的角度想象那个出租车司机开上了路，想象着自己是一只猎鹰或者一只直冲云霄的老鹰，那部车不过就是一个从拐弯处向伽芬河开去的黑点。他看见那个司机开过舒达和阿布卡诗的村庄，开过定居区。他看见混凝土块和光塔在路的一边，光鲜的住宅和红瓦片屋顶在另一边。他看见灰色的军事建筑带着矗立在贝特埃尔附近的天线从地平面隆起。他看见军用吉普车在道路上巡逻。他看见出租车流在视线里来了又去，在牧羊人的小路和尘土飞扬的路上“咔咔”地驶过，还有鸟儿在山间留下流动着的影子。在这漫长、寂静的一分钟里，他依然半梦半醒，他凝视着、聆听着，眨眨眼，一直轻抚窝在他膝上的莱拉的后颈。

“我们去雅法，哈米，去海边！”

“他会把我们带去海边！”

莱拉跳了下来，被他们的激动所感染，欢乐地叫着：“去海边！去海边！”

依然头晕脑涨的哈米严肃的目光越过石墙一直到达远处道路的转弯，他考虑着这个主意，权衡着这种旅程中潜在的危险。在这些之下，他已经彻底清醒，心脏在喉咙里怦怦直跳：Bazi，他得给 Bazi 打个电话。

第三十二章

我们最后一次聊天是在一个周三。你记得那个日子因为那天是奥马尔的生日——8 月 30 号。奥马尔和阿穆勒晚上一起去见朋友了，你帮他们照看孩子。你带着小朋友一起大嚼自制冰棍，还把玉米热了热。你们一起在游戏厅玩了一会儿，然后玩捉迷藏和枕头大战。10:30 的时候，你从卫生间出来，还在因为玩得太疯意犹未尽而气喘吁吁——你想要把他们一口吞下，想要拥抱、亲吻他们，想要压扁他们，用你最近源源不断爆发的爱让他们窒息。你迫切地想要狂欢，好像你真的可以把这些脸颊绯红、咯咯笑着的孩子吞下一样，而孩子们因为你的挠痒而发晕。你因为他们那甜蜜、稚嫩又吵闹的笑声而涌出的爱也让他们发昏……你发现卓尔和阿米尔很快就入睡了，他们的头垂下，小嘴张开。

你把他们一个一个抱回他们的床上，用被单把他们盖好，然后关上灯。你回到客厅，打开电视，在厨房的桌子上发现一部无线电话。你从后兜里掏出烟和打火机，走去阳台。站在九层高的地方，把电话举在耳边，面向黑暗，你看着酒店的屋顶。它的名字用明亮的灯光标出，两边的门道上都有飘扬的旗帜。

你听着变得越来越长的电话音，等着我接起。你远眺眼前这片开阔空间边缘处的灯火。也许你会想象我正在远处那些特拉维夫的摩天大楼中的一幢里。你凝视着繁星闪烁的天空，想象着能听见我的电话铃声。你感觉到快乐，吐出烟圈，然后微笑着看天空，急切地想要在我一接起电话时就把一切都告诉我。

你听着吵闹的音乐声的回音。我的声音听上去一定很不清晰，混在一片嘈杂的说话声中。一开始，我甚至听不清你的声音。终于，你真的大喊起来：“哈米！哈米！”像是你正从阳台上呼唤着一个身处远方——在另一端的、看不见的哈米。我最终听出你的声音，听上去你很惊喜，我突然间高兴了起来，但是有些紧张。你在我转说英语的时候听出我声音中的紧绷感。你试着说你之后再打来，但我没明白，我哑着嗓子大喊“我什么也听不见”，让你等等。你听着我穿过震耳欲聋的音乐声和嘈杂声，已经后悔继续这个电话了。你听见我走路时贴近话筒的呼吸声，后悔没有挂断，因为即使吵闹的声音被隐隐约约的街道上的声音和汽车的声音所取代，我的声音依旧不清楚，也不那么稳定，像是我还在试着克服干扰。

没有任何的开场白，我不耐烦地开始了一段让人喘不过气的抱怨，说着自己是多么热。特拉维夫今夜的湿度达到了 80%，我的电话基本要玩完了。我在学校待了一天，如果我们突然没法继续说话了，那会是因为电池的原因。带着同样的着急心情，我有些公事公办地叹口气问：“你怎么样？”“你是从哪里打来的？”“你的园子还好吗？”你说你很好，想要知道我在哪儿。我告诉你我和女朋友在一间夜店玩，抱怨说自己已经很累了，想从这地方离开，我会在这里的唯一原因是有一个好朋友明天就要出国了。我前一晚几乎没睡，上完课就直接过来了，甚至没来得及回趟家洗个澡，再换套衣服。我再次叹气，吐槽着这高温——我还没站起来两分钟就已经开始流汗了。

也许你想问问我昨晚为什么没睡，但你只是说了拉马拉今晚实际上非常宜人，空气很好。“你在哪儿？在你母亲家？”我问。你又恢复了对这通电话的信心，然后说你在奥马尔家，在阳台上：“就是奥马尔和玛万拍电影的地方，那部我们在你的公寓里一起看过的电影。”也许你已经举起了你夹着烟的手，打算告诉我如果我向东看一会儿就会看见你在挥手。但你听见了高跟鞋的声音，有人用希伯来语咕哝着什么，我模模糊糊地回话，还有亲吻的声音。在我清了清喉咙，道歉并解释说我遇见了认识的人的时候，你想说我们下次再聊。我听上去很陌生、奇怪，还有些莫名的不情愿。

但之后，我忽然说：“嗨，哈米，你会结婚吗？”

不确定自己听清楚了没有，你什么也没说。你在脑海里回放了那些单词：“结婚？被埋？”两个选项听上去都很滑稽，“我什么？”

你吃惊的回答中那困惑的声音让我乐了：“你不会？”

“我不明白，和谁结婚？”

当我爆发出一阵大笑并用笑声把你的耳朵填满的时候，你反应过来我是在开玩笑，所以你也笑了。你是那么喜欢听见我笑。“就笑吧，”你以前总是说，“只笑吧。”

当我说“我那天梦见你了”的时候，我的声音里依然充满了愉悦。

“梦见我？”

“是的，然后我想……我不知道，那似乎是真实的……”

但在我来得及跟你讲那个梦之前，电话就断掉了。你又打了一次，但直接转到了语音信箱。你听见我的声音在用希伯来语复述自己的号码。你听完了整段语音，但只听出了开头的“Shalom”和“莉雅特”，还有“再见”。在你听到结尾时，我声音里的笑意和“哔”的那一声之后，你挂了电话。

你经常听见我跟我姐姐，还有在以色列的朋友们打电话聊天。和安德鲁说话时，我们也偶尔会换成希伯来语。你曾经一度认为希伯来语很陌生，又男性化：它那尖锐的“resh”，平缓的“ayin”和轻读的“khet”，还有那听着像在讽刺人的咬着牙的发音方式……但现在，这种语言染上了我的色彩、我的声音。你回到拉马拉的头几周，每次看见不认识的希伯来语的文字的时候，都会想起我，像是路过一个路标或是拿到一张谢克尔钞票。你仔细地看那严肃的、方形的文字，检查20、50、100元后面的肖像。也许你站在杂货店的牛奶盒前，把一盒酸奶拿下货架，或是专门去买衣物洗涤剂或者一根冰棍。也许你在看到军营吉普车、定居者的货车、民事行政楼顶的天线时，你也会想到我。还有在去比尔泽特的路上的那些在珂兰迪亚检查站里的士兵，也许你会想到他们中的任何一个都有可能是我的朋友或者邻居、我的叔叔或者表兄。而我本人，在十年前，可能就是那些女兵中的一个。也许每一次你听到直升机在头顶盘旋的时候都会想起我，或者每当一个以色列政治家出现在你们的新闻上时。当他们播放特拉维夫街道的画面时，你会仔细地打量每一个路人，希望能看见我。

第三十三章

一号公路上，从耶路撒冷出发的南出口，在一列沿着山路行驶的车流中，右边小路上那正在行驶的是辆旧的银灰色丰田卡罗拉。里面坐着五个人：三个坐在后座，第四个——现在能看清是玛万坐在司机身边。他双手举着摄像机，正按着机器上的一个键。当他对准前挡风玻璃时，时间和日期以鲜红色显示着：右下角是下午 2:23，左边是 08-12-03。

玛万把摄像机对准前轮下匆匆而过的沥青。接着，镜头上扬至山区道路的前方：两边竖起的石灰岩墙组成了一条凹凸不平的白垩岩石走廊，还有由松树、柏树和繁盛的橡树组成的常绿植物带，映衬着石灰岩墙那瘆人的惨白和浅蓝色的天空。

这辆丰田车的前保险杠有轻微的凹痕，正从山脚下最后一个斜坡一路开下来。在沙拉海格出口，它在拐弯前出现了，然后加速，汇入了在高速上向西行的车队之中。

摄像机的镜头对准了广阔的平原，徘徊在田地之间——它们上方是无云的浅蓝色天空。中午高悬的太阳给万物都抛了光，阳光短暂地在镜头上一晃而过。摄像机转向右方，透过窗户可以看到在驶近时变大了的路标在驶离后又恢复了原样。矮松树，一丛灌木，白色的夹竹桃，有节奏间隔着的路灯。一个绿色的路标靠近了，上面用希伯来语、阿拉伯语和英语写了三个亮白色的目的地：本神门 23km，特拉维夫 40km，海法 131km。然后，这个路牌就快速地掠过去了。

现在，镜头转向车内，在变速杆和脏兮兮的仪表盘上面有一只浅色的穗垫、一串琥珀珠和晃荡在后视镜上的一块香味冷杉木。发动机在吼叫，风穿过开着的窗户吹起口哨。迎面而来的车辆和司机都清晰可见。司机是一个憔悴的中年男子，他长着一个突出的喉结，还有灰色的胡子和眉毛。看见了镜头之后，他用双手握紧方向盘，把头仰起，羞涩地瞄了一眼，然后迅速转头看路。

“里们在卢上。”（你们在路上。不标准的发音。）

听到后面的说话声之后，司机调整了一下后视镜，以便看到后面的座位。

“我们的一些音乐……”

但是，说话声被吵闹的引擎声淹没了。

“垫台（电台），拜……”

司机摸了一下耳垂以示自己听不见。他关上窗户，闹声轻微地减弱了。“什么？”他喊道。

“电台！电台！”

镜头转向这个声音，从座椅靠背间挤过去。于是，在后座中央的沙迪出现了，他正笑着，嘴从一只耳朵咧到了另一只。

“小宝贝……”一个熟悉的音调响起，“……这是一个漫长又寒冷、孤独的冬天……”

沙迪把手放在胸前，头朝后仰大声地唱着：“小宝贝！”他的颤音里有被故意夸大了的口音，他冲着镜头淘气地抛媚眼，“好像是很多年没有来这里……”

在沙迪的右边，哈米的侧脸晃了一下。他在向外看，眯着眼睛看着太阳和拂过的空气。他穿着一件褪了色的蓝色横条纹 T 恤，他的卷发被风吹起，脖子露了出来。

沙迪的头前后晃着。“太阳出来了……”他跟着乔治・哈里森一起唱。镜头滑向左边，一个坐在他身边的漂亮姑娘出现在了画面中。她黑色的头发扎成了一个松松的马尾，一副黑色的雷朋太阳镜架在她有雀斑的鼻子上。那是塞哈姆——沙迪的女朋友，最后一分钟才决定参加这次旅行。她冲镜头挥手，魅力十足地斜了一下头，向空中送出飞吻。

“太阳，太阳，太阳阳阳！”沙迪和甲壳虫乐队一起唱着，使得塞哈姆也加入了这个合唱队。接着出现在画面中的又是哈米，他越过自己的肩头瞧着他同行的旅伴。

镜头再次打开的时候，广播中已经换了一首歌，一段阿拉伯旋律，电风琴和埃及鼓汇奏而成的一串低沉、有节奏感的音符。风景和色彩也都变了，透过窗户已经能够看见特拉维夫：海滩和去往雅法的散步大道。丰田车在城市里慢了下来，画面也一样。丰田车平稳地驶过一长列棕榈树和一些广告牌、大型停车场、一座加油站。在经过鼓手海滩和海豚爱莱莉夜店废弃的停车场之后，查尔斯克罗尔公园的绿化带进入眼帘。一列绿色的小山丘伴随着丰田车一路向南经过游乐园、鱼餐厅，以及埃泽尔屋的黑色玻璃窗，大道上的木桥、灌木丛和路灯。而这一次，在右侧无限延伸的，在视线里闪烁着眨着眼又忽然消失的，是一个浅蓝色天空和一片深蓝色的大海。

丰田车慢了下来，在一列停在信号灯前的车队尾部停住。一辆摩托车在右边停下，后面还跟着一辆“咔咔”作响、喷着浓烟的摩托车。

路人离开了人行道，飞奔穿过小道过马路。在车辆慢慢接近信号灯的时候，画面中出现了越来越多的屋顶和棕榈树，灯在最后一分钟变红了，画面再次停止。

雅法的入口处有一座巨大的钟塔，它正神气地矗立在画面的中央，就像在一张明信片里一样。在它之后是叶菲特街头惯常的交通堵塞，还有阿布拉法面包店，左转弯进入跳蚤市场。摄像机审视着这闪亮的广场，它看上去很像夏天，也很困倦。镜头穿过古董摊、水烟袋商店和纪念品店。画面边缘的数字显示为 3:15，和雅法的钟一样：有那么一秒钟那个小指针像是消失了——是正好的 3:15。两个指针重合着，看上去似乎不是在指示时间，而是在指明方向。它像是指南针的指针，摄像机跟随着指向西的箭头，去往海边。

信号灯变了，司机让车子拐了个大弯。越过他的头能看见在一栋很高的石墙和一排蓝色警车之后的警局。司机伸手关掉了广播，他的眼睛对准摄像机。“Khalas，就是这儿了。我们到了，”他哑声说，在镜头里看着有些紧张，“把它关掉。”

后座上传来的声音十分雀跃。靠近话筒，玛万兴奋的声音清晰可闻：“等等，等等，就一会儿！”

车又开出去 50 码[①]，然后滑进一座餐厅后面的沙地停车场。塞哈姆第一个下了车，戴着一顶草帽，一只花布包挂在她肩上。然后，沙迪出现了，他把后门关上。哈米最后才出来。只有玛万还在车里，依然透过车窗拍摄着。

① 1 码≈ 0.914 米。

哈米走向远处，他离开了画面。片刻之后，摄像机捕捉到他向下走到沙滩上。在他的手中，当镜头拉近时我们看见，握着沙迪的手机。他的手指按了几个数字，然后把电话举到耳边。当他转身背对摄像机的时候，沙迪和塞哈姆的声音从画面之外传来：

“还要买香烟！”

“买皮塔饼，和一些——”

“继续，拿着它。”

“或者再买些奶酪和水果。”

“不要，我吃够那些了。”

“小心点，玛万！”

“是啊，快点回来。”

“你希望我一起去吗？”

“不用，没关系。”

“一会儿见，阿布舒克丽。谢啦。”

“晚上见。”

塞哈姆和沙迪从正在倒车的丰田旁走开，哈米再次进入画面，挥手大喊：“玛万，葡萄！”他在头顶挥舞着手机，“带葡——”

他们在摄像机镜头前消失了一阵，然后画面有些晃动，又转向了那三个快速走远了的小小人影。从远处只能勉强拍到他们，转瞬间，他们就消失在一块用希伯来语、阿拉伯语、英语写成的巨大告示牌之后：“禁止游泳！”

第三十四章

他是在周五下午刚过 3 点的时候打来的。我因为骑车穿过大马路而脸颊涨红、汗流浃背，正在大楼外锁上自己的自行车，打算上楼去往我新的公寓。

我之前在大学的附近看到了那张贴在树干上的告示：“价格合理，采光良好，安静的一居室，位于辰大道过去的一条单向小街。”当晚，我就在那间公寓里见到了房东——他们翻新了厨房，把它和客厅打通，浴室很宽敞，一棵高大的无花果树遮住了阳台的窗户。我签下租契，写了 12 张远期支票，然后我们握了手。我预定了周日的搬家公司，那天我不用上班。早上 9 点的时候，他们开着卡车送来了我那些被存放了一年的行李和家具。我用了一整周的时间整理我的衣服和一些用品，整理、清扫公寓。当我在周五拿着杂货和为安息日准备的鲜花回到家时，邻居已经进入了安息日前的静谧。一种慵懒、无拘无束的休息日气氛充满了整个街道。一只灰色带着斑点的鸽子一动不动地卧在大楼外面，即使是在我小心地经过它，走进那寒冷、黑暗的大厅时也纹丝未动。

就在那时，我隐约地听见自己的手机铃声，也感到了从双肩包内传来的振动，甚至在我看见屏幕上闪烁着的“无法识别的号码”之前，我就知道这是哈米。他昨天就试着打给我来着，用他侄子的电话。他打了好几次，但是我周四的时候要从 12 点上课到下午 5 点，只在傍晚等公交车时才查看了自己的语音信箱。虽然我竖起耳朵听了好几遍那个留言，但依然完全没听清。他一定是在很开阔的地方说话的，一股很强的风将他的声音吞没，就像有人在他旁边猛晃一块厚布或者一块锡片。

我上车之后拨了沙迪的号码，但被转到语音信箱。我留言麻烦他转告哈米我打来过，明天会再试一次。但就跟我猜想的一样，甚至在我来得及放下袋子，把手机从包里拿出来之前，他就挂断了。

空荡荡的大厅使我的包掉在地上的声音和塑料袋的摩挲声更大了，电话铃声也变得更响。通常，我看到屏幕上的"未识别号码"都是哈米从伽芬河的付费电话打来的。我直起身走向电梯旁的镜子，冲着自己的影像微笑，两颊通红，满头大汗。我充满期待地接起电话，声音在大厅中回响："嗨，哈米克！"

这一次，电话中依然传来了奇怪的噪声："你好？"他的声音像是从很遥远的地方传过来的，而且时断时续，像是跨过了海。"你好？"我能听见他背后一阵喧闹的人声，还有钟在报时。

"那是什么？你在哪儿？"我抬高音量，更加紧张了，"我几乎听不到。"

门口的鸽子在我的回声中动了动，我从镜子里看见它拍打着翅膀飞进无花果树的阴影里。

"莉雅特？你好，莉雅特？"

我的表情变得沉重了。镜中，我的影像上飘过一阵不安，我眨眨眼。"莉雅特，"他叫我，不是 Bazi。但他一直是叫我 Bazi 的，甚至在他把我介绍给别人的时候。但现在是这般奇怪的、生疏的一本正经，他背后的声音，他声音中的急迫——一种陌生的焦虑让我开始怀疑是不是发生了什么不好的事。我立马想到他一定是遇到什么问题了：在一个检查站被捕？被士兵包围？我的心狂跳，我上上下下地看着楼梯，觉得他一定是遇到麻烦了。一个胡乱的、噩梦般的、令人痉挛的想法冲进我心里：我也许也有麻烦了，因为他的缘故。

“发生什么了？你是不是——”

“莉雅特，我需要……”

他听着很遥远，又充满忧虑，就像个陌生人。

“怎么了？你还好——”

“你能先听我说一下吗？”

然后突然之间，就像刹车发出尖叫声，我带着一颗逐渐下沉的心意识到那不是哈米。电话的那一头并不是他，这个在喧闹声中与我说话的是他哥哥瓦西姆。

自从那晚在特里贝卡餐厅之后，我再也没有见过他。有那么一瞬间，我以为他是打来道歉的，因为那一次他把我逼哭了，所以现在保持镇静和听上去坚定在此刻对我来说很重要。

“好的，瓦西姆，你好，”我清清喉咙，换了语气，“你好吗？”

但是，我的双眼正疑惑地眯着，带着显而易见的惊讶神情从镜子里看着自己。那只灰鸽子又回来了，当我转身背对着镜子时，我看见它再次扑腾过大门。

“我是从舍内菲尔德打来的，从机场。”

这就解释了嘈杂的背景和报时的广播，但依然没有说明他为什么会打给我，或者他为什么会在机场。我有一个愚蠢的、令人难以信服的想法，那就是他想和我分享一个秘密，他在为哈米准备一个惊喜。

“我在回家的路上，回拉马拉。”他说。

“家？”有一部分的我依然蒙着，还在跟哈米说话——他们的声音太像、太令人迷惑了，像是那部分的我还不肯放弃这就是哈米在说话的可能性。

“是的。你能听清我说的话吗，莉雅特？”

“那太棒了。哈——”

但我觉着不太对劲，什么事不对了。他到底为什么打给我？他是从哪儿得到我的电话号码的？

“这就是我打给你——”

“哈米知道吗？他会非常开——”

“莉雅特，哈米——”

“心的，知道你要回去的话。”

在那之后，我吓人地尖叫了起来。他们说我叫的声音太大了，以至于所有的邻居都跑来了楼梯井。但在那些时刻，我脑中只有回声滚过，一千声刺耳的尖叫，哔哔响的嘈杂声也同时大作起来。我感觉到自己的头裂开了。我还觉得，我的腿不听使唤了，原来是楼梯的地方已经变成了一口黑井。我因为太受打击而跌倒在地。接着，因为恐慌而啜泣、而颤抖、而失去了听觉。心中还有愧疚的呐喊，也许是因为在对话的一开始，我想象到的逮捕，在我以为那是被一群士兵围在检查站的哈米时。也许那就是我对瓦西姆现在说的话已经有了自己解释的部分理由，瓦西姆的声音哑了。这些是我在那些时刻唯一可以想到的原因——哈米中枪了，我们的士兵杀了他。那是我第一个、瞬时出现的猜想。

那是浮现在我脑海中的画面，还有所有我看过的新闻播报的总和，那些破碎的画面中动荡的场景和那些疯狂的行动：有手榴弹、坦克，戴着头盔的士兵装备着半自动手枪，戴着面具的脸，燃烧弹，着火的轮胎……我看见救护车闪着车灯，伤员躺在医院的病床上，女人们在哭，老婆婆在哀号，愤怒的男人们在街上送葬。除了在此刻、在这特别的新闻放送中，在我潜意识的画面里，全都是令人惊惧万分的切身体验：那具躺在石堆里、七零八落地摊在街上的尸体是哈米的。那个躺在担架上已无生命迹象、正被推进救护车的人——是哈米。那个女人在哀悼着的、裹在寿衣里被愤怒的民众扛起来游街的人——也是哈米。他们都是哈米。

突然间，我周围挤满了陌生人担忧的脸：一位女士坐在我身边的台阶上搂着我，另一位蹲在地上把一杯水送到我的唇边。我能看见更多的邻居走进楼梯间，到处是脚步和耳语的回音。一个梳着长发辫、满是睡意的眼睛里全是红血丝的男人正吃惊地坐在扶手的另一端看着我。我抿了一小口水，听见自己在哭。我听见自己抽泣的声音也减弱了。坐在我身旁的女士一直安抚地拍着我的后背。我用大家递来的大捆纸巾擤鼻涕，噼里啪啦的，十分尴尬。那位女士帮助我站起来。他们按下电梯，她陪我一同走进去。在门合上的那一瞬间，我又回过神来，无法抑制地一路尖叫着到楼上。

他们把我带回自己的公寓——是三楼的米查尔和她丈夫摩提，摩提在我们之后的几秒钟进了家。我在沙发上看着他提着我的杂货和鲜花走了进来，还有我的双肩包。他把它们放在玄关处的柜子上，把我的手机放在我的双肩包上。

“没事了，我和他说了几句话。”他拍着自己的胸脯，闭上眼，“等你准备好了就告诉我，我把你送过去。”

米查尔依然拥抱着我。“给她时间休息，”她小声说，“她需要时间镇定下来。”我看到他们在我头顶交换着善意的表情，就是父母会在自己孩子头顶交换的那种表情。

“就在这里，”他转头对着阳台的窗户，“在街尾的雅法。”

她点头，指着厨房：“我烧了水。”

在拖延了片刻之后，我听见自己声音嘶哑地问：“什么在雅法？”

“他们不是从雅法来的吗？他说发生在雅法。”

“发生了什么？”

“海滩，他弟弟就是在那里溺水的——”

第三十五章

我能看见他站在那里，光着脚，带着骄傲又安静的神情，站在水和沙的分界线上。迎着海上吹来的微风，他的两只胳膊垂在身体两侧，长发在风中纠结。丝一样的微风拂过他的面颊，在他的耳边低语，冷气和热气交织着穿过他的手指。我闭上眼看见他合眼站在那里，臣服在风中，感受它的触摸。风穿过他衬衫的纤维，穿过孔洞，温柔地抚摸着他的皮肤、他的胸毛、他的衣领和背脊之间的肌肤，滑进他的腋窝，吹干汗水。

他穿着一件海魂衫，薄薄的棉质，宽大的袖子，窄窄的蓝色条纹被风吹起，就像我脚下的水一样起了浪。裤子是他那条褪了色的牛仔裤，裤口卷到膝盖。他把自己大大的、苍白的脚掌伸进水里，每一波海浪都轻柔地给他脚底送进更多的沙子，让它们渐渐下陷，在沙滩的表面留下他脚跟的凹陷。每一波海浪都送来了凉爽，与这片向后撤退着的海水轻轻触碰他，覆盖过他的脚趾。

他慢慢睁开眼，感到平静，十分平静。不到一百英尺远的地方，塞哈姆和沙迪像孩子一样在海浪中玩耍。沙迪站在及腰的水中，用双手拍击水面，起泡的波浪和兴奋的欢呼混合在一起。塞哈姆的头发都湿了，水花溅在她的肩膀上，她尖叫着把水向沙迪抛洒。哈米冲着放声大笑的沙迪和细声尖叫的塞哈姆微笑了。但当他们喊他的名字，冲他兴奋地挥手，因为快乐而晕眩大喊时：“哈米！过来！这太棒了，快过来！”他只是把嘴咧得更大，从远处挥舞手臂回应他们的召唤。他缓缓地把手臂从一边摆向另一边，晃动了很久，感受着它广阔的探索，就像一个幻想中的距离在他和他们之间拉开了，他是在很边缘的地方和他们交流着。

现在，他放下了手，我能看见它垂下。当他深呼吸的时候，空气也填满了我的肺。我能想象出那清冽、咸咸的味道，大海浓郁的香味涌进他的鼻子里。我能看见他的锁骨和胸腔都扩张了，透过衬衫还能看见他的肋骨——我能想象气流带着一声巨大的、解脱了的叹息冲进他的身体里。

我从这里能看见他惊讶的脸，那双睁得大大的、像在梦中一般的眼睛慢慢地扫过海平面。他们沉着地在那里游荡，从北向南，仔细欣赏着大海完美的弧度，描绘着陆地美妙的曲线和低低掠过水面的鸟儿。他把这一切都刻在自己的瞳孔中，铭记在心里。

我的手举向额头，他的手也一起举高挡在眼睛上方。太阳温暖、金黄、燃得正旺，开始要从天空的正中央下滑，8 月中旬下午 4 点的白热阳光晃得他睁不开眼。他把手遮在额头上眨眨眼，双目从海平面上移开，转向右侧层叠的岩石上，又向上移到那一条无人的、窄窄的金黄色沙滩上。

他的目光在码头上逗留了好一会儿，看着独自站在那里的一个渔夫——一个握着一根棍子的、消瘦的男人的黑色轮廓。这样，他就能记住这个画面了。在他的心中，他认真地记下在海波上舞蹈的阳光、在烈日的照射下如同玻璃一般的海面、坑坑洼洼的沙滩、层层的假山，还有三个或四个游泳的人的模糊的身影。

有人突然在他身后大喊："哈米！"

他转身，眯起眼，但是看不见任何人。没有人在沙滩上，也没人在大道上，那里一个人都没有。他看着空旷的海滩、浅色的柱子，他一路看回大道上的台阶，然后在停车场的车中间寻找玛万的踪影。

他知道没理由担心，甚至还没过半个小时。玛万还在市场上，他可以照顾好自己。但是，他又想起广场上停着的警车，又想到他弟弟是独自一人走去那里的，这促使他伸手去摸自己黑色牛仔裤口袋里沙迪的电话。也许他在摸到电话时还想起了我，为了保险起见，他拿出手机，以确保没有漏接电话。也许他期盼着我能看到他打了三次电话，我会听到他的留言。在他们离开出租车时，他意识到这就是我给他讲过的那片在雅法边上的海滩——那片在钟塔之下的开放式海滩。也许在他回头看向大道上的台阶的时候，他也在找寻着我。也许他曾有个稍纵即逝的预感说我会出现在那儿，他会突然看见我，我已经听到他兴奋的留言然后冲过来见他。刚才是我在喊他：“哈米。”

又或许不是这样，不是玛万或者我。在他闭着眼睛站在水边的那静谧的几分钟里，也许他除了海浪有规律的涌动声和呼啸着的大风之外什么都没听到。没有别的声音吸引他的注意力，没有一点点的担忧或是期盼。我希望能假设他在睁开眼睛前的最后时刻是简单而纯粹的。我想要拉住他、拖着他，直到他回头看向沙迪和塞哈姆玩耍的地方。直到他发现，忽然之间，那儿没了人影。

他快速地从右往左看，焦虑地搜寻过沙滩，依然希望他们也许是在他没注意的时候从水里出来了。他看看身后沙迪的包，还有毛巾旁的那几双鞋。然后，他的头再次转动起来——这一次是更快速的移动，眯着眼，回到那明亮的天空，而天空也在和他怦怦乱撞的心一起跳动。

之前，那看上去温和驯服的海浪现在似乎升高了一些，投射下一片阴影。它们发出有韵律的、催眠的轻哼声，那之前让他充满了舒适感和深深的宁静的声音，现在听上去像一声咆哮或者是令人窒息的嘶喊。

“沙迪！塞哈姆！”你听见自己惊慌失措的声音，“沙迪！”你再次尖叫，但也只是徒劳，“沙—迪！塞—哈姆！”你被恐惧攫住，发出了一阵急促的抽泣声，用双手抱住头。

但接着，你突然发现塞哈姆的头出现在远处，随着海浪起伏着，头发披在脑后。你看着她出现又消失，她的头从水里浮现又没入水中。但是，你看不见沙迪。塞哈姆哭着喊着，绝望地向你挥手，但是海浪的咆哮声将她的声音吞噬，直到那个时候——带着一阵令人惊惧的噪声，太晚了——你的心碎成一片：沙迪不见了。

我能看见哈米惨白的脸，他在岸边焦急奔跑时疯狂的神情。灼热的念头满是愧疚地在他内心呼啸而过。他带着恳求的神情在大道上来来回回地奔跑，迫切地想找到人，得到帮助。我能听到他可能冲着码头喊出的话——那个渔夫去哪儿了？他的双唇间可能会冲出压抑的、惨痛的呜咽，向着远处在游泳的人。也许他又转回大道，看见了什么人，他大喊着，大幅度挥舞着手臂，指向水中，用阿拉伯语尖叫着、乞求着，然后又换成英语，他不住地啜泣。

如果哈米之后看到那个男人有了回应，如果他看见那人开始向广场跑来，也许他会再次把双手握紧片刻，挣扎着要不要跳进水中。但在哈米回过头再次望向塞哈姆的时候，发现她在浪上漂浮，又沉入水中，沙迪依然不见踪影。他知道自己不能只站在这里看着，他脱下衬衫，迅速地拉下牛仔裤，迈着大步冲进水里。

第三十六章

起初，你是奔跑着的。你跑过浅水区，越过一波海浪，又穿过另一波海浪。你跟浪涛搏斗，弯下腰、跌倒，又惊慌地后退。你脚步沉重地蹚过那寒冷、湿滑、拍打在你脚跟的水，脸被太阳炙烤着。你被在你耳边哭号的风吹得睁不开眼。你跑着，听见自己的喘息声，你冲大海雷鸣一般的呻吟声大喊。蹒跚向前，你在水位升高、淹过你小腿的时候差点跌倒，几步之后，突然间变得湍急的水流在你颤抖、下沉的膝盖间穿梭，又使你站立不稳。

你站起来，继续走着。迈着沉重、不顾一切的步子，抵抗着不断在你左侧和后侧奔腾的水流。你踏着泥泞的沙子，摆着胳膊走过那顽强的、不肯停歇的、复杂多变的浪潮。它们疾驰而来，狠狠地打在你的背上，它们高吼着用炙热的、咸苦的海水淹没你。你把脸转向一边，厌恶地把水推开，但再一次，你被冲开了，因为又冷又热的波浪而浑身湿透，摇摇晃晃。你越过起泡的海水，随着它上下起伏，从一个浪头划向另一个。

你的眼睛一直睁得很大，因为担忧而失去了理智，搜寻着每一个地方。一遍遍地找着沙迪。你的脸被盐蜇红、蜇伤，双眼却还一刻不停地在你周围的无穷的蓝色海水中搜索着。大海在刺眼的阳光下变得空寂而闪亮。你能听到自己的喘息声，还有海浪的雷鸣声，海浪在你面前矗立着像一堵墙，把你和依然在远处的、不时从水里冒出头来的塞哈姆隔开。

接着，你脚下的沙地也开始下陷。你踩着的沙堆在你迈出下一步的时候消失了，变成了张开大口的深渊。你的双脚在水里漂动，你想要让自己停下，你的双手紧紧抓着空气。你的呼吸急促、空洞，从肺中喷出，水从四面向你涌来，沉重得让人无法承受，压在你身上。突然间，你被一阵刺眼的、由上千个直冲鼻腔的银色气泡所组成的海浪吞没。你整个身体被一股强劲的暗流所掠走，它有力地将你往下拖，就像在深处有一条暗流正在翻腾一样。它用力地推拉你，你发疯似的拍打它、踢它，却毫无作用。它卷走你，将你带到更黑的水域——现在已经将你包围，像空气一样没有尽头——进入井底的黑暗和寒冷之中。在一个陡坡上，你的意识又回来了一会儿，带着这也许就是结束了的可能：你不仅无法救沙迪，而你自己也沉下去了。但是，你的脚忽然间又踩到了沙地。它们落到实处，被一阵湍急的水流往回推，撞上一阵突然觉醒，猛冲到你之上的巨浪。

你浮出水面，贪婪地、带着无法喘息的激动之情吸着空气，发出嘶嘶的声音，猛地咳嗽起来。你痛苦地吐出大量的水，那些挤满了你的肠黏膜、使你窒息又被你艰难地吐出来的水，带着发酵的气味，灼伤了你的鼻腔。你的腿不停地踢水，精疲力竭地滑动，像是在骑着一辆看不见的自行车。你的手一直在试图抓住水的表面，握紧，滑走，涌起。你的头猛地向后仰，脸拼命地往高处伸。

井底是无尽的深渊，水已经拍打在你的脖子上，你恐惧地朝着蓝天眨眼：那也许是你唯一能看见的，一整片辽阔的天空舒展在离你很近的地方。岸离这里好远，可能比地平线还远。塞哈姆，就像沙迪一样，消失在你惊恐、充满忧虑的双眼中——因为在你下沉的时候，他们都上了岸。沙迪气若游丝地吐出一些水，塞哈姆眼泪汪汪地游在他身后。但你看不见他们俩就在那里，发着抖、惊慌失措地寻找着你。

这口黑井包围着你，你只能看见这里的水比周围要深一些，海波形成浪峰在它两边掠过，围住了去往岸上的路。似乎如果你继续向左滑水也许就能到达岸边，如果你能再坚持得久一些，用手划水，踩在起着泡更浅一些的地方，你也许会被海浪冲回岸上。然而，之后有什么事情发生了。也许是风向变了，也许是退潮将你拉了回去。水涨起一种黏性，爬上你的腿，紧紧抓住它们，强行拖住它们，不肯放手。一阵纷乱密集的水流晃动着你的脚踝，扭伤你的膝盖和臀部，你再也无法承受这股力量了。

海水涌向另一个方向。它们靠近你的脸，像一层一层扬起的窗帘一样覆盖了上去。亮光一点一点地被冲走，被水吞噬。一阵尘土卷进了这又厚又黑暗的静止空间中。鱼儿来回地游动，尾巴旋转，鱼鳍摆动。水里漂浮着好多垃圾：一只皱巴巴的零食袋，一个牛奶巧克力的盒子，一长条漂浮物，一只运动鞋。你离海底更近了。模糊的光线在岩石和嶙峋的石头间散开。姿态迷人的海葵，缠绕纠结的海藻。还有一只旧轮胎和几块木板，一张渔网缠在不知道什么东西的骨架上，长满苔藓的铁桩又是一簇海藻，还有贝壳锐利的碎片。

更远的地方是坍塌了的沙地，像月球表面一样坑坑洼洼，由淤泥、泥土和厚厚的淤积层形成的灰色的河床。一群闪耀着绿色、紫色和金色的鱼游进绵绵不绝的鱼群中。改变了前进方向的大群鲇鱼和鲇科鱼。使人眼花缭乱的光滑的鲇鱼、红色的胭脂鱼，发着光的孔雀濑鱼在水中打着转，又一大群银色的鱼，像聚合了的手风琴一样红色和黑色的鱼，又来了更多的胭脂鱼。

你的身体一直随着水漂流，随水滑行，就好像那是风。你头发的波纹向后散去。那些卷发——你所有的卷发，现在都散开了，你的脸闪耀着，有些褪色，像婴儿一样，又像是在一张破旧的老照片里。但你的双手，哈米克——只有你美好的双手看上去苍白了、起皱了。那双手啊。

这里是生命的聚居地和温床：软体动物，蜗牛和微小的双壳类动物，甲壳动物在橘黄色和亮红色的薄膜上繁盛地生长着；淡黄色的、像柏树一样的植物；一大簇盛开着的海百合和海绵，还有大片茂密的软绵绵的蕨类植物、海藻的花朵；鳗鱼和精巧的海星，舞蹈着的乌贼和章鱼带着长长的触须；海胆和螃蟹，四只可爱的海马直立着并肩站成一排，就像一串问号。

你的头向后仰，垂入那个大拱形里——那是墨水蓝色的圆形波纹里。紫红色慢慢冲淡了这无边无际的蓝，那是你画的河流的蓝色——那是天空的蓝色，那是你在所有颜色中永远第一个用完的颜色。所有的那些在我们第一个晚上见过的色度和次色度，塞在那些粗管子里的颜色，现在都混合着在你四周旋转。你在它们中间漂浮，它们在你身上流过，朝阳蓝和深夜蓝、蓝绿色和灰蓝色、银蓝色、瓷器蓝和浅蓝都被大海那巨大的刷子混合在了一起，泼洒在无尽流动着的画布上。

第三十七章

我们计划在天黑前去趟华盛顿广场，在喷泉对面的长椅上拍张合照。我们从没有一张单独在一起的照片，一直都想照一张。那天是我们最后的机会了。我们到达的时候已经过了 4 点，温柔的夕阳在树林间闪耀，投射出一片枫糖般金色的光芒，恰巧可以当作照片的背景。但在我们打开装着照相机的盒子，哈米开始读说明书的时候，才发现电池在使用前需要充二十四个小时。

在整个冬季漫长的几个月里，我们没有一张合照。没有一张在拥挤的派对里站在一起的照片，或者一张只有我们俩、背景是美丽的景色的照片，虽然我们常常这样独处。我们没有一张随意的日常照，更没有去过照相馆。只有一张那天没拍成的虚构的照片，在华盛顿广场淡黄色的金光中——那张只在我们离开前片刻存于我们内心的眼睛里的照片。

“不，等等，”他说，把我推回长椅，“在这儿等等。”

我的出租车 7 点来，不到两个小时了。我们在哪儿能找到一家照相馆或者一个照相摊呢？或者一位能为我们拍张照的游客？我开始因为这愚蠢的照相机而哭泣，还有疯疯癫癫的、不知道数码相机要事先充好电的哈米。我愤怒、挫败的抽泣一声接一声地涌出来，再也收不住。

“哦，Bazi... 我的 Bazi。”他用左手臂环住我，“你想在我们的照片里长这样吗？”他把自己的右臂举在我们面前，将相机对准我们俩，

“过来。”

看不见的眼睛注视着我们紧贴在一起的脸颊，他卷曲的发尾挡住了我的眼睛。

“准备好了吗？”他紧张地问，试着用一个侧面的吻和坚实的拥抱让我高兴起来，“笑！”

我回以沉默和一阵呜咽。

“你在笑，对吗？”他坚持着，“你在笑吗？”

图书在版编目（CIP）数据

爱的边境 /（以）朵莉·拉宾雅著；杨柳婧译. —
杭州：浙江人民出版社，2018.2
ISBN 978-7-213-08409-6

Ⅰ.①爱… Ⅱ.①朵… ②杨… Ⅲ.①长篇小说—以
色列—现代 Ⅳ.①I382.45

中国版本图书馆CIP数据核字（2017）第247077号

浙江省版权局
著作权合同登记章
图字：11-2017-282

爱的边境
（以）朵莉·拉宾雅 著 杨柳婧 译

出版发行 浙江人民出版社（杭州市体育场路347号 邮编310006）
责任编辑 徐 婷 钱 丛
责任校对 朱 妍 张志疆
装帧设计 付诗意
印 刷 河北鹏润印刷有限公司
开 本 880毫米×1230毫米 1/32
印 张 9.75
字 数 220千字
版 次 2018年2月第1版
印 次 2018年2月第1次印刷
书 号 ISBN 978-7-213-08409-6
定 价 45.00元

如发现印装质量问题，影响阅读，请与市场部联系调换。
质量投诉电话：010-82069336